── 目 录 ──

楔子　001

上部　005

中部　079

下部　173

— 目 录 —

楔子　001

上部　005

中部　079

下部　173

## 楔 子

很小很小的时候，我总是被一种声音笼罩。那声音从梦溪谷传来，在夜深人静的时候飞进我的窗户，把我的酣梦惊醒。后来长大了，知道那是背二哥的号子。那些号子声是被燕子岩阻挡回来的，一部分落进梦溪谷谷底的溪水里，一部分穿过梦溪谷飞到我们居住的胡家大院上空，再到我的窗前，拍打着我的躯体，像一只飞来飞去的蜻蜓在我的心海里游荡，变成我长长短短的心事，一直陪伴着我，赶也赶不走。

那些回声，在我兴高采烈的时候到来，在我悲痛欲绝的时候到来，在我孤独无助的时候到来，在我想念亲人的时候到来。有时，那些声音好像从我口中喊出，等传得远了，又回到我的耳边，像要给我指明一条人生的道路，让我在那些回声里努力前行。

那些回声又像从那棵弯柏树上落下，像炒熟的豌豆从锅里蹦出来，砸在院子里地面上发出噼里啪啦的声响，有时候把狗弄醒，把鸡惊飞，把圈里的猪和牛也搅得翻起身来，把羊儿也弄得想跑出圈门。而那些深睡着的其他人，似乎根本感觉不到有哪些声音回来，即使这个院子里住着能唱背二歌的背二哥前辈和后代。我很庆幸自己这么小，就能听到这些声音，知道那些号子。

那些回声好像一直在赶路，从很远很远的地方回来，有时候走得很疲惫，声嘶力竭；有时候像在努力奔跑，跑得很兴奋，高亢圆润激越；有时候慢慢地在地上滑行，滑行得很悲伤，拖着沉沉阴郁的长音；有时候像在和亲人朋友告别，诉说一缕缕的惆怅和思念。那些声音又像从远古走来，在我独处的时候萦绕在我的脑海，我却始终听不明白那些词曲，好像《诗经》《楚辞》，好像李白、苏东坡，也像《西游记》《红楼梦》，让我似懂非懂。我老是闭着眼睛集中精力聆听那些飘来飘去的声音，那些让我魂牵梦萦的声音。

那些声音好像从狗的狂叫中发出，像从牛的反刍里发出，还像从鸡打鸣的咯咯声里传出，像从小羊咩咩的叫声中传出。那些声音在树底下，在草丛中，在山谷里，在高山上，在河流中，在一弯一弯的羊肠小道上，在野花里，在晨雾中，在夜色里，在月光下，在阳光灿烂或者阴雨绵绵的日子里。在婆婆的期盼中，在妈妈勤劳的双手上……无处不弥漫着那些声音，到处都能遇到那些声音。那些声音，萦绕在我的四周，像一根根绳索捆着我，又像一片水浸泡着我。我和那些声音说着话，把它们变成了我的知心朋友。

有时候我想要抓住那些轻飘飘软绵绵的回声，可是那些声音像影子一样，等灯光一灭就不见了，我很失落。时间久了，还发现，那些声音往往在我睁开眼睛的时候不见了，闭上眼睛的时候，那些声音又回来了。为了找回那些声音，我常常一个人闭着眼睛等着那些声音出现，即使抓不住，也要等它回来。等着等着，我知道了那些声音的秘密，那些声音是爸爸他们走在山谷里，时而激越时而疲惫时而兴奋时而阴郁的歌唱和呐喊。于是，长大了的时候，我使劲地背诵背二哥吼出的背二歌，会写字了，还把那些背二歌的歌词用本子记下来，悄悄地藏在我的书包里，这样便记住了很多背二歌。渐渐地，我睁着眼睛也能够听到那些回声了，感到自己很了不起，终于可以抓住想要的那些好听的背二歌的回声了。

那些声音一直陪伴着我成长，伴着我走过酸楚的童年，走过小小少年，走过飞扬的青春。我把自己的幸福融入那些声音里，那些幸福就可以跑得很远很远，让我思念的人分享我的那些幸福，我就更加幸福；我把自己的悲伤抛入那些声音中，我的悲伤就沉入山谷,就会埋在开满野花的泥土里,就会钻进春天的杜鹃里,还会钻进秋天的红叶中,我就希望自己现在的悲伤在明年春暖花开时长出一地快乐;我把那些声音撒到一座一座山的脚下,那些声音就会和山里的松鼠和野鸡还有猴子们嬉戏,那些山里的动物啊,也会发出那样的回声,听到它们的歌唱,我就更加思念那些行走在大山里的亲人。我把自己的一切梦想都融入那些声音里,想要拥有自己的美好生活。

那些声音是爸爸的寄语,是爷爷对我们的期盼,更是他们对大山的呼唤。那些声音飘过几千年,承载着一代一代的山里人对美好生活的向往;那些声音,带着几千年的怒吼,穿越无数个时光隧道,逐渐变成一种记忆,一种精神,一种传承,总让我不能忘却。

我把那些声音装进我的心海,让它们在我的心海里漂荡,激励着我像我的父辈一样,对幸福美好生活有着无穷无尽的向往。我要用那些声音告诉世界,在我们大巴山深处有那么多故事,从贫穷到富裕,从苦难到幸福。

我把这些故事装进那些声音里,飞向遥远的世界,飞向自己的心灵,飞向你的身旁。

# 上部

有妈妈打屁股的日子，我讨厌妈妈。没妈妈打屁股了，我又想妈妈。我的童年为啥那样痛苦和矛盾？

一

　　哟呵,哟呵喂——
　　伙计们,走起
　　走起,走起
　　耶,嘿,耶,嘿——
　　走起,走起
　　走起耶,嘿
　　哟,呵呵呵,耶
　　……

　　山下梦溪谷传来一阵阵背二哥号子的回声,那声音时远时近,有时候在我耳边,有时候又在山的另一边呼呼作响,搅得我不能安心睡觉。
　　院子里的鸡还没打头遍鸣,我翻身起来撒尿发现棉絮打湿了。妈妈已经在灶屋里煮猪草了,我悄悄把打湿的那块棉絮卷起来,上床继续睡觉。
　　妈妈叫我起床时,发现我尿床了,几巴掌扇在我屁股上,我忍住泪水和羞愧没敢哭出声。
　　"叫你莫喝那么多,你偏要喝,硬是说不听,这下好,被子只有一床,晚上盖啥子?"妈妈生气地吼着我,吐出的话像枣核,打在脸上，好疼。

我摸着发烫的屁股又摸摸发烧的脸，不敢说话。却后悔，昨晚上婆婆给爸爸煮的酥肉汤太好喝，多喝了几口，今早上就出拐（出毛病）了！

爸爸要出门背东西挣钱，出门前都要吃顿好的。只是一出门又是一年半载才回来，爸爸出门前婆婆总是要给他煮好吃的，就像过年，我也能蹭点，却忘了自己有尿床的毛病，晚上不能喝汤。

即使挨了妈妈一顿打，心里还是为爸爸担心。爸爸是背二哥，这一去谁为他洗衣做饭？打雷下雪咋办？听说深山老林有黑熊、豹子、老虎，还有野猪和大灰狼……

妈妈说爸爸不出门哪个挣钱供我们？

婆婆说爸爸是个男人就要养家糊口、顶天立地。

婆婆把打湿的棉絮拿到火盆上烤，鼎罐里的水咕嘟咕嘟响着，一阵阵烟子熏得她睁不开眼。我想晚上的棉絮还是可以继续铺上。幸好外面在下雨，婆婆不能把棉絮拿到院子里晒，否则，黑牛子和春梅子看到又要说我昨晚上在床上画地图了。

我不知道自己什么时候开始尿床的。反正每次睡得正香，就开始做各种各样的梦，或者和黑牛子找地方比尿尿，看谁尿得高，或者自己尿急，总是一直找啊找地方尿，可找来找去，实在找不到地方，憋不住，就开始尿，而这一尿，就把尿撒到床上了。

夏天还好，可以把棉絮弄到院坝里很快晒干，到了冬天就很恼火，即使天刚亮就拿到院坝里晒，到晚上也很难晒干，很多时候都是婆婆把棉絮弄到火盆旁烤干。而家里的棉絮只有两床，婆婆和我一床，妈妈爸爸一床，爸爸不在家的时候，我常常钻到妈妈的床上睡觉，这样就老是把妈妈的棉絮打湿，我也老是被妈妈的巴掌把屁股扇得通红，精痛。

我恨妈妈的大巴掌，那巴掌常常让我既泪流又羞愧。

被妈妈扇几巴掌不打紧，被婆婆数落几句也不打紧，可是被黑牛子和春梅子看见我家的棉絮在院坝里晒着就惨了。他们总是第一时间跑到院坝边上的弯柏树下大吼，黑牛子还对着我用手指在脸上画着羞我的符号，从额头经过脸庞画到下巴，极其夸张。春梅子那尖利的声音像从挂在树上的高音喇叭里扩出来的："你们看哟，土狗子昨晚上又在床上画地图了！"

他们的声音似乎要穿过燕子岩，我无地自容。

我恨黑牛子和春梅子撼天动地的嘲笑。

被他们笑话，我整天没精神，感到很羞愧，在他们面前抬不起头来。我小心地度过每一个晚上，到了下午就很少喝水了，黑夜来临的时候就基本不敢喝水了，晚饭的时候也基本不敢喝什么菜汤。可是家里除了既缺盐又没有油的清汤寡水的素菜汤，还有什么？喝了即使很少的一点点汤，夜里还是常常尿床。

婆婆和妈妈因为我尿床，总是找来一些偏方，比如猪尿脬蒸糯米、猪腰子清蒸薏仁、白萝卜炖牛鞭，等等。似乎能找到的偏方都用了，可我还是在睡梦中把尿撒到床上，像关不住的水龙头，无奈极了。

我盼望着哪天可以不尿床，妈妈就不会打我，黑牛子和春梅子也不会嘲笑我了，该多好。

只是尿床久了，也就只有让他们去随便说了，去笑话了，我渐渐地脸皮变厚了，对他们的嘲笑也习惯了。

## 二

婆婆和妈妈在家里又吵架了。

"煮个酸菜汤要放那么多油？"婆婆看到妈妈在锅里放了一点香油就开始发火。

"不放点油,娃儿喝了这汤又要尿床嘛。"妈妈边炒菜边小心地回了一句。

"像你这样操持,这个家就被你们吃光了。"婆婆不依不饶,一脸怒色。

这样的情形我已经习惯了,不去多听,反正到了晚上我也不敢多喝那酸菜汤,管它油多油少。

胡家大院是春梅子家、黑牛子家和我家三户人家住的一个院子。听婆婆讲,这个院子在中华人民共和国成立前是一个胡姓大地主家的院子,土改时政府把这个地主镇压了,留下的院子分给我们三家人,每家都分了四间房,猪牛圈、厕所共用,每户人家的厨房另外修建。院坝很大,有时村上在这里召开社员大会,可以坐上百人。院坝的右前方有一棵弯柏树,很老的一棵树,这树很大,大得即使我们三个孩子吊在树枝上也不会被人发现。树上还挂着一只高音喇叭,里面偶尔播放通知,让村上的社员来我们院子里开会。

胡家大院分东西厢房,正房四间是春梅子一家住的,黑牛子一家住东边耳房,我们一家住西边耳房。院坝前面是几亩旱田,走出旱田就是弯弯曲曲的山路,四处都长着茂密的森林,风景极是美丽,四周的树一年四季都长出不同的颜色,像一支支彩色笔,层层叠叠地一直延伸到山外边,很远很远,望不到边。我们胡家大院的人们在那些不同的颜色里,在那些望不到尽头的山里,过着相同的四季。

院子的背后有一口老井,不知什么年代就开始有水了,黑牛子的爷爷说从来就没有干过。一年四季的井水都冒着汩汩的热气,尤其是在冬天,从那水井冒出的热气弥漫开来,像有人在那里爨火烘腊肉,蹿出一阵一阵的白烟,那些白烟又像婆婆煮饭的炊烟,立在我家草房的头顶上,像一根又长又粗的柱头。柱头经不住风吹,风一吹它就倒了,再一吹,斜斜的柱头就由粗变细,变成一缕缕白烟,有时像一只白色的野鹿,有时像一匹大白马,沿着山谷跑得很快,我的眼睛都追不上。有人说那是一口温泉井,我们似懂非懂。我们舀起那些冒着像柱头一样的白烟的井水洗菜、淘米、煮饭。

春梅子、黑牛子和我都是独生子女,在20世纪90年代出生。春梅子比我小半岁,我比黑牛子小半岁。很小的时候就听妈妈说,我们三个人的爸爸是一起出门找生计的背二哥,春节后出门,第二个春节前回家,周而复始,从不间断。

我体质弱,常常感冒,一感冒就要喝半个月或者一个月的中药,最长的一次感冒竟然喝了半年的中药。还经常咳嗽。婆婆说是百日咳,反正要弄很久才会好起来,一般都是找村里那个赤脚医生看病抓药。

妈妈常常抱怨,为我治病用了那么多钱。婆婆心疼我,说钱挣了就得花,不为孩子为谁?

我总是一到秋天就穿得厚厚的,婆婆说小娃儿莫得热天。我知道婆婆害怕我感冒,因为中药也要花很多钱,毕竟家里穷,只有爸爸一个人挣钱呢。

我也不想感冒,不想喝中药,不想去那个医生那里看病,听他怪笑着说土狗子你又来了。

黑牛子和春梅子似乎没有感冒过,我很羡慕他们。黑牛子和春梅子在我喝中药的时候还要嘲笑我一番,今天又变狗了?我不知道变狗是什么意思,他们也不知道,但是大人经常这样说,他们学大人的话。后来我们就猜变狗了就是感冒了吧,而且我名字叫土狗子,变狗就变狗嘛,有什么了不起?渐渐地,也不难为情了。

日子像一条河,静静地流淌在我、春梅子和黑牛子之间。

有天晚饭后黑牛子和我在院子里走"狗卵坨"棋时,悄悄对我说:"我发现春梅子家里有鸡蛋。"

"你家里不是也有鸡蛋吗?"

"我们家的鸡蛋是我爷爷保管起来的,还锁着。"

"我家的鸡蛋也是婆婆藏起来的。"

"春梅子家的鸡蛋就放在柜子上呢。"

"那是她屋里的鸡蛋,我们也吃不成。"

"你不想吃鸡蛋?"黑牛子问。

"想吃啊。可是要吃鸡蛋,还得过春梅子这一关。"

"就是,我想办法。"

"你叫春梅子请你吃一个?"我笑。

"我去要两个,我们一人一个。"

"万一春梅子不肯?"

"我就悄悄拿,只要你不说出来,就莫得哪个发现。"

第二天一觉睡醒,我已经忘了吃鸡蛋的事。黑牛子却在早饭后来叫我,扯了一下我的袖子说鸡蛋到手了,还怪笑几声,扮了一个鬼脸。

我不相信,以为他在说笑。他用手指一勾说,跟我走。

到了他住的房间里,黑牛子揭开被子,在被子下面的草帘子上,是他藏着的两个白白圆圆的大大的鸡蛋。鸡蛋上像有根绳子牵着他和我的眼睛。

"等你婆婆和妈妈出门干活去了,我们去你家的火盆烧起吃!"

"要得,我先回去侦查一下,等她们走了我就喊你。"看到久违的鸡蛋,我很兴奋,喉咙里似伸出两只手。

太阳一竹竿一竹竿慢慢地向天上爬,爬得像蜗牛,慢极了。我讨厌太阳爬得那样缓慢,想催那太阳快点升高。我故作平静地看着那太阳光,像慢慢要燃起来的火一样一寸一寸在弯柏树下缓慢爬着,直爬到树尖上,那光线很亮很亮了,妈妈终于和婆婆收拾好出门了。我长出一口气,轻松下来。

"狗子,把门看好。"

土狗子是我的名字,妈妈和婆婆一般叫我狗子。

"要得,要得,我都这么大了,你们还不放心?"我装着镇静,心里有事,不能表露。

等妈妈和婆婆出了门,消失在第二根田坎上,我迫不及待地向对面的房门悄悄喊了一声:"黑牛子,快过来。"

黑牛子的背带裤一边的背带都掉到腰杆上了,一只裤脚在地上扫来扫去,他没有理会,显得很兴奋,两只手各攥着一个用草纸包着的鸡蛋,像拿着宝贝,小心地轻脚慢步地从他家移到我家,快到我家门口时,又踮着一只脚,轻轻一蹦,跳进我屋里,用嘴努一下他家大门:"后面我爷爷没有看见吧。"

"平——安——无——事。"我学着他爷爷讲的那个戏里敲钟的老头说的话,把嘴附在黑牛子耳边,轻轻地对他吹了一口气,把四个字小心地吹进他的耳孔。

很快,我们钻进里间,走到火盆边,扒开婆婆埋着的火苗,又在火盆里添了几根柴疙瘩。黑牛子用吹火筒使劲吹,烟子把他眼泪都熏出来了,他一直笑着。过了一会儿,火便烧起来,他用手一揩,他本来就黑的脸庞抹上了柴灰,一下子就变成"花野猫儿",我忍不住笑,他看到我笑,他就笑得更欢了。

鸡蛋熟了,黑牛子用火钳从灰里把鸡蛋刨出来,他给我分一个,我等鸡蛋变凉了一点,才慢慢地剥了,边用嘴吹着,边用沾满柴灰的两个指尖一点一点把鸡蛋掐烂。

黑牛子狼吞虎咽地吃得满嘴边都是灰,几下吃完,喷出一个嗝来,比他的屁还臭。我用手扇着他的嗝臭,一口一口小心地吃着,慢慢地咽着,像吃着山珍海味。感觉这蛋味是那么沁人心脾,使人心旷神怡,好像自己又吃了一顿大餐,打了一回牙祭。

晚上,我听到隔壁春梅子的爷爷和妈妈在吵架,便叫上黑牛子跑到春梅子家门前,听里面传出来的声音。原是他们在盘问春梅子:"鸡蛋咋少了两个?"春梅子说:"不知道。"先听到春梅子爷爷和妈妈吼了几句,又听到春梅子惨叫,似有鞭子抽在春梅子身上。黑牛子把嘴附在我耳朵上悄悄说:"春梅子肯定在挨打了。"

我们蹲下来,静静地趴在春梅子家的门槛下面偷听着。

"船上不漏针,漏针莫外人。你个败家子把鸡蛋偷出去干啥?晓不晓得那鸡蛋是凑起卖钱的?"王婶婶大声数落着。

我妈妈和黑牛子妈妈听到春梅子在挨打,就过去"保"她,我们假装蹲在春梅子家的门槛下面比石头剪子布。

"啥子不得了的事哟,就是弄丢了两个鸡蛋嘛,咋把娃儿打得那么惨哟?你们看看,春梅子这细皮嫩肉的,好造孽哟!"妈妈说。

"得好好教了,这么小的娃儿就这么大胆,今后咋办哟!"春梅子妈妈很是气愤。

"那也不至于把娃儿打成这样哟。"黑牛子妈妈扳着春梅子的腿,看到一条条浸着血丝的棱子。

"小了偷针,大了偷金。"春梅子爷爷火上浇油,没有看那棱子。

那天夜里,我和黑牛子都不敢出门,更不敢找春梅子玩了,连煤油灯都没有点亮,就早早地钻进被窝里睡觉。

第二天早上,我问黑牛子那鸡蛋是不是他偷的,春梅子怎么挨打了呢。黑牛子说那鸡蛋是春梅子请我们的,他哪会偷她家的鸡蛋。还当着我面称赞春梅子,说春梅子即使挨了打也没有"供出"是我们两个吃了鸡蛋,看来春梅子是最值得我们信任的朋友。

春梅子一直坚持说那两个鸡蛋是她不小心碰烂了,扔进粪坑了。她爷爷和妈妈没有再追究,当然,春梅子妈妈和爷爷可能知道她撒了谎。

等春梅子的腿不疼了,又出来和我们玩的时候,黑牛子对她显露出了极其佩服的神情,我也是。因为春梅子把责任自己揽着,我们免了一顿打,于是,她的形象一下子在我和黑牛子的心里高大起来。

"黑牛子都准备向你爷爷投降认账了。"我对春梅子说,"黑牛子差点叛变。"

"我本来不敢撒谎的，他们知道是你们吃了鸡蛋，你们也要遭打……反正自己都挨了打，何必让你们再挨打呢。"春梅子淡淡地说。

"幸好我还是忍住了。"黑牛子脸红红的。

"以后我再不敢给你们拿鸡蛋了，想不到爷爷心里有数。"春梅子看着黑牛子，还不时看一下我。

看到春梅子腿上红红的棱子，我和黑牛子心里都难受死了。瞬间，那样的鸡蛋就没有太好吃的感觉了。我心里又开始埋怨起黑牛子来，不是他这个"好吃婆"出这么一个馊主意，春梅子也不至于被她妈妈痛打一顿了。我们吃了一次鸡蛋好受吗？我们不是每天照样喝着那些清汤寡水的酸菜汤？不是每天都吃些简单的粗茶淡饭？妈妈炒菜偶尔放了一点油，婆婆都要吵几句。我们不都习惯那样的生活了吗？就是黑牛子这个"好吃婆"，老是嘴馋，哪家煮好吃的他都要去"望嘴"。可是，他"望嘴"的时候如果被他爷爷发现了，也少不了挨上一顿臭骂，可是他依旧死不悔改，不吸取教训，还是嘴馋，还是经常出一些馊主意，这一次不但让春梅子吃尽苦头，春梅子还一个鸡蛋都没吃成。要不是春梅子够坚强，我们也免不了挨一顿饱打。想起来都有点后怕。

虽然日子过得很清贫，可是院子里哪一家有了好吃的，谁都不会忘记我们三个小孩子。婆婆在山上捡了菌子和挖了山药会分一点给春梅子和黑牛子家；春梅子爷爷的蜂蜜收了，会分给我和黑牛子一瓶；黑牛子妈妈酿的醪糟熟了，一样要分点给我们两家，说是尝尝鲜；还有，黑牛子爷爷在山上打到野鸡野兔，会炖好一大锅，让我们去饱餐一顿。

这一次，因为春梅子的仗义，让我和黑牛子打心底里佩服，渐渐地，春梅子就成了我和黑牛子的"大哥"和"头儿"。我们都围着春梅子转。

## 三

冬天来了，知道爸爸们快回来过年的消息，我们都兴奋得睡不着觉。

爸爸们回来的时候，山谷里会传来一阵阵背二哥的号子声。那声音像梦，像爸爸们沉重的脚步，又像他们喃喃呓语，像他们抽着旱烟的啪嗒啪嗒的声音，时不时就会在山谷响起，穿过燕子岩，又从燕子岩的石壁上弹回来，穿过梦溪谷，回到胡家大院前面的弯弯的田坎，轻轻地飘过院子前的弯柏树尖，再飞进我的梦里。很多时候我就这样想着爸爸。到冬天的时候，婆婆就会在弯柏树下偶尔张望几次，妈妈会在夜深人静的时候给爸爸纳鞋底，赶着时间，等爸爸一回来就交到爸爸手上。妈妈总是说今年得纳厚点，明年出门就经穿（不易坏）了。我想啊想，到了快过年的时候，爸爸就会把背篼背进我的梦里，我会梦见爸爸给我带回来好多我没有见过的东西，有好吃的，还有好玩的，更有新衣服。

背二哥的号子声在爸爸们要回燕子岩的时候，悄悄钻进我的脑海，敲打着我稚嫩的思绪，让我一次一次跟着那声音时而奔跑，时而飞翔，像骑着爸爸的脖子，翻进爸爸的背篼，像爸爸托住我的胳肢窝把我抛向空中，幸福而快乐。

从胡家大院出门经过那片大田，就是一个长下坡，几百米尽头处下面就是梦溪谷。梦溪谷其实就是一条小河。走完梦溪谷再爬过一个坡，前面就是燕子岩。燕子岩高耸入云，远看像一堵墙封住出山的路，走近细看，燕子岩的半山腰还有两条路，从左向上再走几百米的山梁上是燕子岩小学，向右穿过几座山可以走到光雾山镇，到了镇上再穿过几座大山，就可以去很多地方了。我们只去过小学，没有向右走过，听说只有爸爸们才出过山，妈妈们最远也只是到过镇上，在逢场的时候赶过场。

每年爸爸们回来，院子里的婆婆爷爷和妈妈们都要带着我们三个孩子，去燕子岩迎接他们。

背二哥回来的消息都是从燕子岩后山那个幺店子带回来的，因为他们有的货是爸爸他们从外面背回来的。山上的幺店子是供销社在村上设的农副产品代销代购点，一般都是村上干部家属在那里当营业员。

冬天的山上已经飘着洋洋洒洒的雪花了，到了梦溪谷，那雪花就不见了，到了燕子岩那雪花又飘出来了，真的很奇妙。那雪花就像出门的爸爸，从胡家大院离开，又从燕子岩回来，一年四季飘来飘去。我们看爸爸就像看雪花，总是看得见影子，抓到手心就不见了。

梦溪谷为什么叫梦溪谷我们也不知道，反正大人们这样叫我们也跟着这样叫。那个峡谷还有一条小溪，总是让我们流连，春天里满峡谷开满各式各样的花儿，花儿下面长着茂密的水草，水草里的折耳根尤其诱惑我们。那个时候春梅子总是要我们陪着她去，挖上一口袋折耳根，回家凉拌了吃。夏天，我们总是背着大人悄悄去河里滗澡（洗澡），让春梅子远远地给我和黑牛子站岗放哨。秋天是一年最漂亮的季节，梦溪谷在一夜之间就红透了，满山遍野的红叶，把水映红，把山染红，把路照红，也把我、黑牛子和春梅子的脸抹红，我们在梦溪谷里疯跑，还能找着野核桃和板栗，可以摇着柿子树，等着落下的柿子吃。冬天来了，在漫天的雪花里，我们坐在梦溪谷的石滩上又开始想爸爸了，今年会给我们带玩具吗？有没有上海或者北京的水果糖？

梦溪谷是我们的乐园。梦溪谷的春夏秋冬陪着我们看光雾山五彩斑斓的世界，一年又一年。我们的思念在梦溪谷里渐渐长大，我们想着爸爸，想着爸爸带回来的幸福和甜蜜。

妈妈说，我们去燕子岩。随后，婆婆和满院子的人都出来了，我和春梅子、黑牛子走在最前面，我们知道爸爸们回来了，我们要去迎接他们。

经过梦溪谷时，我和黑牛子一阵疯跑，故意要把身后的春梅子甩了。终于爬到燕子岩，春梅子一边气喘吁吁，一边怒气十足地吼我们："瘟狗子，死牛子，你们跑得脱吗？"

我把拳头握起，在她脸上扬了扬。

"输你敢？"黑牛子挑衅我。

"就是，输你敢？"春梅子撅着热气腾腾的小嘴，翻着一对白眼，根本不看我的拳头。

我就讪笑。

不久，我们又和好如初。

随后，婆婆爷爷们还有三个妈妈也来到了燕子岩。

等我们闹够了，山背后忽然传来一阵一阵的号子：

啥子叫唤把头抬

啥子叫唤瞌睡来

啥子叫唤要死人

啥子叫唤贵客来

公鸡叫唤把头抬

鹦哥叫唤瞌睡来

乌鸦叫唤要死人

喜鹊叫唤贵客来

我明白，爸爸们回来了。我们不约而同，还是一阵疯跑，跑到挂在燕子岩半山腰的小路上。这一次我们让春梅子跑在最前面。

周叔叔放下背篼，第一个举起春梅子，春梅子骑在周叔叔的脖子上又亲又啃，不时传来银铃般的笑声。接着我被爸爸放在他的脖子上，黑牛子骑在罗叔叔的脖子上，我和黑牛子不好意思当着大家的面亲爸爸，我们幸福地在爸爸身上扑腾着、打闹着……我们像三条小狗分别见到久违的主人那样亲热。我看到妈妈和婶婶们眼角有了泪珠儿，婆婆也是，还有两个爷爷，他们盯着自己的儿子喃喃地说："回来就好，回来就好。"

爸爸们放下我们又背上背篓，拿着打杵，我们吃着糖，牵着爸爸的另一只手，一步一蹦地跳下燕子岩，再回梦溪谷，朝着胡家大院的方向走去。

院子里三条狗已经站在田埂上摇头摆尾、四脚乱踢，嘴里呼着热气，相互打闹着，不时狂吠几声，在地上兴奋地打着滚，迎接它们不常见的男主人。

那个晚上，我们院子里热闹极了，三家人凑在一块儿吃了一顿丰盛的晚饭，提前吃了一顿年夜饭。

那个晚上，我突然想起爸爸们的号子在燕子岩的背面也会有回声，就像爸爸们站在梦溪谷朝燕子岩喊一嗓的回声一样。那些一阵高过一阵的号子总是萦绕在我幼小的心灵里，挥之不去。时而铿锵，时而温婉，时而高昂，时而悠长，那些声音总让我在夜深人静的时候想爸爸，那些声音总是在爸爸出发的时候飞过燕子岩，飞过高山飞过丛林。又总是在爸爸回来的时候飞回梦溪谷，飞回胡家大院，回到我的身边。

站在梦溪谷，望着燕子岩，那号子仿佛就是从那只石头燕子的嘴里飞出，那只燕子站在那里不知多少年了，一年一年，看着爸爸出门，也看着爸爸回家。

我常想，假如那只燕子会开口说话多好！有一天，我真的发现燕子也会唱歌了，燕子跟着爸爸的那些号子歌唱，爸爸一唱，燕子口里就有了歌声，那歌声回到梦溪谷，梦溪谷两旁的树就会沙沙发响，偶尔还有树叶簌簌跌落，像一只只蝴蝶，一忽儿聚成一团，一忽儿又单飞,飘在水里,飘在岸边,也有的随风而去地飞得很远很远。水里的鱼儿似乎也会听到号子婉转又铿锵的回声,那些从云霄滚入水中的号子声,像鞭子一样轻轻地敲打着那些游来游去、徜徉在静静的水流里的鱼儿。被那回声轻拍的鱼儿,不时吐出几圈泡泡,把水面划出一道一道波纹。号子落进水中,很快就融化了,水面荡出一圈一圈的涟漪,很久才恢复平静。

很多时候我也想学着爸爸的号子对着燕子岩喊出去,又怕喊不出那样的回声。就想,等我长大了,有力气了,一定要去喊上几嗓子,听燕子岩的回声。等长大了,还要和石燕子说说悄悄话。

燕子似乎也想着要和我说说悄悄话。

从此,我和燕子岩就有了约定,那是我们之间的秘密。

爸爸站在山脚下喊山,长大了,我也要像爸爸那样喊山。

## 四

春节说来就来。院子里热热闹闹的,婆婆爷爷们在家协助妈妈们备年货,推灰菜、做豆腐、蒸甜糕、晒山货。爸爸们请来匠人杀年猪,一半边自己吃,一半边拿到镇上卖,然后在镇上打酒买面,把带回来的布送到裁缝那里给我们缝新衣裳。更多的时间,爸爸们走亲戚串门,把从外面背回来的货给别人送去。

院子里又开始吃团年饭了,春梅子爸爸说:"明年不想出去背东西了。"

"那你想做啥?"黑牛子爸爸罗叔叔不解。

"我想和隔壁村子的人去广东打工,可以挣轻松钱了。"周叔叔端着酒杯,抿了一口酒。

"你先去嘛,等有机会也把我们带出去。"爸爸放下啃着的腊猪蹄，羡慕地看着老周。

这一夜，他们喝得很尽兴。

春节过后，春梅子爸爸果然比黑牛子和我的爸爸走得晚，正月初九才出门，春梅子学着她爷爷说："七不出门八不归，初九出门抱堆堆。"

春梅子爸爸去了广东，不再和爸爸还有黑牛子爸爸一起继续当背二哥。

这一年，不知为啥，我觉得燕子岩的号子少了一点劲道，那些声音软绵绵的，一下子飞不起来了样，落进梦溪谷回荡着沉闷的声音，那些声音似乎也没有力气爬上燕子岩了。或者，当背二哥的人少了一些吧。

爸爸出门后，我竟然梦见他遇到了一个硕大的、黑黑的像猪一样的怪物，那个夜里吓得我一身冷汗，醒来发现自己不仅尿床了，还在咳嗽，知道又要喝一阵子中药了。

妈妈又是一阵巴掌打在我屁股上，抱怨说咋生了你这样一个药罐罐哟。我流干泪水，默默发誓，等长大了，一定要走出胡家大院，不能待在家里，不和妈妈一起生活，看你打谁？只要自己不当背二哥就行。

唉，爸爸要是和春梅子爸爸出去打工该多好。

五

爸爸和罗叔叔出门后，除了梦见黑熊，我还梦见爸爸和罗叔叔他们。

爸爸和罗叔叔背着满满的山货，沿着梦溪谷走上了燕子岩，沿途的风景前所未有的荒凉，走出燕子岩，一路上竟然没遇到几个熟人和同行的背二哥。

这钱越来越难挣了。罗叔叔盯着杂草丛生的土路，漠然地望着远处的天空，吐出一圈圈烟雾，那话就轻飘飘地从口中飞出来，像烟雾一缕一缕散开去。

爸爸看着罗叔叔的烟锅自言自语地说：就是啊，村里很多人都像老周他们出门打工了，干我们这行的人越来越少啰。

我们明年也不背这个背篼了，还是出去找事做，现在交通便利了，谁还找我们背东西？那些做生意的都自己搞货运了，现在很多地方都通火车和汽车了嘛。罗叔叔说黑牛子爷爷早就说过，只要山里交通一发达，这背二哥的生计就难找。

不知道还要多久，我们光雾山就要通公路了，我们这些背二哥就真的要失业了。爸爸也感到自己要失业了，很无奈地附和着。

管他呢，人挪活树挪死，我就不相信把我们饿死了。家里有一大家人还指望我们挣钱喔。只要手脚齐全，慢慢背吧。罗叔叔歇好了，收了烟锅，拿起打杵又开始上路。

风吹过卧牛寺的山脊，松树林发出一阵阵呼啸声，吹得他们直冒汗，他们觉得又该歇气了。爸爸放下背篼和打杵，一屁股坐在身边的大石头上，说歇会儿嘛，抽锅烟再走。

罗叔叔也坐下说，我这里还有几个卤鸡蛋，是黑牛子爷爷装进背篼里的，叫我们歇气的时候吃。

爸爸说，翻过鹰嘴岩，到了喜神坝我们就可以坐一段路的车了，现在当背二哥比原来轻松多了。

过了杨家河路就平坦了，可以走路也可以坐车。罗叔叔边吃着鸡蛋，边喝着水壶里的老鹰茶。我们还是尽量走路嘛，节省点车费钱可以给家里多买点东西。听说汉中专门给背二哥修了民工公寓，一晚上五角钱，吃个冒儿头和一碗白菜汤也才一块钱。

爸爸又说，我们还是去大桥底下睡，每天节约五角钱，一个月就是十五块哟。

走着走着,一个月就过去了,过了南郑,离汉中就不远了。

爸爸和罗叔叔这一路上竟然没有吼几嗓背二歌,一路上多了一些寂寞和孤独,多了那么多沉重的心事,没有歌唱的心情。

梦醒了,我突然觉得,这一次,爸爸和罗叔叔似乎走过了一段背二哥最后的旅程,完成了一段辛苦的跋涉,让光雾山背二哥暂时完成了使命。

## 六

"土狗子身上长虱子了哟!"春梅子穿着那件红色碎花布衣裳,是她过年穿的新衣服,蹲在我身后,双手抚在我衣服的领边找着,边掐虱子边大声地吼道,好像要把身后房屋的屋顶吼翻。

"吼啥子嘛,有啥子好吼的嘛,好像你没长过?"我的声音也大,觉得她大惊小怪的。

黑牛子穿着那件他爸爸从汉中带回来的人造革皮衣,正骑着他屋里的那条大黑狗,听到春梅子的吼声,战战兢兢地从黑狗身上跳下来,屁颠屁颠跑过来:"春梅子,也帮我捉一下嘛,痒死人了。"

"喊你爷爷捉,身上滂臭,我才不给哪个捉呢。"春梅子的脸笑得灿烂如花。

"不捉就不捉,有啥了不起?"黑牛子嘟着嘴巴,"二天土狗子欺负你,莫喊我帮忙。"

"土狗子,你二天欺不欺负我?"春梅子停住掐虱子的手,脸一沉,"你二天再摸我耳朵,我真不给你捉虱子了。"

我一直喜欢摸人家的耳朵,晚上睡觉的时候经常要摸着妈妈的耳朵才能睡着。趁着大人们不注意的时候,我摸过黑牛子和春梅子妈妈还有他们爷爷的耳朵，也摸过婆婆的耳朵。在和黑牛子、春梅子一起玩的时候，也经常摸春梅子和黑牛子的耳朵。摸遍了所有人的耳朵，我感觉到这个院子里，还是春梅子的耳朵摸起最柔软最舒服。

春梅子的话提醒了我，正想悄悄摸一下春梅子耳朵，妈妈突然叫我："快回屋里去，把那条裆裆裤穿起，学校的张老师到家里来了。"又对黑牛子说了一句，"你也回家把裆裆裤穿起。村小的老师来了。"

我一下子把手缩回来。春梅子放开我的衣领，站在院子中间。春梅子穿着裆裆裤，不用换。

早听婆婆说，燕子岩村小学的老师姓张，背有点驼，走起路来还有点跛，书教得不错。我回到屋里，边想婆婆说的话，边穿家里那条我唯一的裆裆裤，妈妈又在外边催我了。

刚走出门口，那个老师就到了。

"娃儿好大了？"

"六岁半。"妈妈说。

黑牛子穿好裤子也出来了。

看到春梅子和黑牛子，张老师指着他们继续问："这两个娃儿几岁？"

"春梅子六岁，黑牛子七岁。"妈妈指着春梅子，又指着黑牛子。

张老师想了想，拿出纸笔写了几行字，边写边对妈妈说："三个娃儿下半年都可以上学了，到时候来学校报名吧。"

"要得，要得。"

"娃儿叫啥子名字？"张老师头都没抬，仿佛记起什么，一脸严肃地问道。

妈妈不好意思，脸一下红了，嗫嚅道："还没起呢，我们没读啥子书，想不出啥子名字，一直叫娃儿的小名，等上学了想让老师帮忙起一个。"

"那好,我回去想想,下半年到学校把名字给他们起上。"说着,张老师好像忘记了妈妈给他端的开水,没有喝一口,收好本子,站起来,驼着背,一拐一拐地微笑着离开了院子,出了门去。

## 七

过了几天,三个妈妈商量要带我和黑牛子、春梅子去一趟光雾山镇,说要上学了,给我们买新书包。

"春梅子爸爸寄钱回来了。"我听到王婶婶悄悄给妈妈说,"还专门打招呼,要我请娃儿们照个相。"

"广东好挣钱不?"李婶婶问,李婶婶是黑牛子的妈妈。

"还行吧,说等明年还准备买个黑白电视机呢。"王婶婶露出很幸福的神情,"明年也叫你屋当家的和老周出去打工,背背篼太辛苦了,还挣不到几个钱,老周说的。"

"要得,要得。"妈妈和李婶婶异口同声,煞是羡慕。

知道第二天要去镇上赶场,我很兴奋,一夜竟然没有睡好。二十多里山路对于我们几岁上下的孩子似乎还是很漫长,可是,因为第一次出远门,我们兴奋极了,在妈妈们的带领下,一路小跑。从燕子岩到光雾山镇要翻过好几座山,在我们不经意的嬉笑追逐里就翻过去了。春梅子看着光雾山镇那些高楼,不小心说了个昏话,声音很大,想要旁边的人都听到:"这房子修这么高,咋爬得上去哟?燕子岩还有个路,这房子里面莫非还修得有路吗?"

李婶婶和王婶婶都笑,妈妈摸着春梅子的脑袋说:"房子里面有楼梯,不用修路。"

春梅子望着妈妈的脸,欲言又止,似懂非懂。我和黑牛子也似懂非懂。

我们来到一家照相馆。

国营光雾山镇照相馆的胖叔叔慈眉善眼的,我和黑牛子、春梅子照了合影,我们三个小娃儿和三个妈妈照了合影,我们三个小娃儿和三个妈妈分别照了合影……妈妈们给我们每个人买了一个新书包,春梅子的最好看,黑牛子的最大。妈妈给我买了一支圆珠笔,王婶婶给春梅子买了水彩笔,李婶婶给黑牛子买了几个作业本。

等一切买完,春梅子妈妈请我们在路边摊上,每人吃了一碗酸辣粉,我觉得那味道虽然又麻又辣,却很安逸。黑牛子吃完酸辣粉,说没有吃够。王婶婶又要了一笼包子。妈妈们在旁边看着我们三个娃儿吃,我和春梅子一人吃了一个就感觉有点饱了,黑牛子一个人却把剩下的六个包子全部吃完,吃得饱嗝连天。听到黑牛子的饱嗝声,李婶婶硬是不顾黑牛子反对,按在地上给他提背(一种消饱胀的方法),连续响了几次,黑牛子妈妈听到一次响声就说:"多吃了一碗。"再响一次又说,"多吃了一碗。"这样连续响了五六次,黑牛子的背被李婶婶揪得生疼,忍不住呻吟起来,抱怨道:"早知道吃个酸辣粉和包子这样恼火,还不如不吃哟。"

"好吃婆,吃了还莫得感谢话。"春梅子听不得黑牛子这话,气大。

"咋这么说黑牛哥哥哟。"王婶婶拦住春梅子,"牛牛下次想吃啥子,婶婶还是要请你。"

吃完东西,集市快散场的时候,我们又恢复了旺盛的精力,妈妈们带着我们回家。

阳光照在回家的路上,我们依旧一路小跑,爬上燕子岩,黑牛子的屁一路放得山响,还没到梦溪谷,他竟然说又饿了。三个妈妈和我就笑,春梅子忍不住捂住肚子大笑。王婶婶说:"刚才请你吃完酸辣粉和包子,该再带一笼包子在路上吃。"

"黑牛子,哪个养得起你哟。"春梅子收住笑,认真地说。大家又笑。

一路上,妈妈小心地照料着我,把我被汗水打湿的背用草纸垫了起来,害怕我咳嗽,更害怕我喝那些费钱的中药。

回到胡家大院,天黑下来,想着再过些日子就要上学,心里很是期盼,期盼的夜里我竟然又尿床了。妈妈又是一阵抱怨和几个巴掌,边打边说,马上就是小学生了,还尿床,今后咋办哟。

这个夏天,黑牛子在他爷爷的教导下学着数数,还背"白日依山尽"和"床前明月光"那些唐诗,却是背着我和春梅子悄悄藏在屋里读那些诗。背完诗,他总要出来显摆一下,随后又回到屋里。我们也不理他,依旧在梦溪谷陪着我们的羊和牛,看它们吃草喝水。黑牛子一个人背完唐诗数完数,还是要跑到梦溪谷赖着我们,和我们一起疯玩。

## 八

农历七月半又叫鬼节,也叫月半节,七月半是我的生日。七月半来了,山山岭岭的院子附近的山里就会冒出一缕缕青烟,偶尔也能听到几声零星的鞭炮声响。今年我们院子依旧没有鞭炮声,大人们觉得鞭炮太贵。黑牛子爷爷早就给我爷爷和春梅子婆婆,还有他自己的老伴,也就是黑牛子婆婆写了符纸。反正只有黑牛子爷爷懂,只有他会写这些文字。春梅子说从没有见过她婆婆,黑牛子说也从没见过他婆婆,我也说从没见过我爷爷。记事时,我爷爷、春梅子婆婆和黑牛子婆婆就是三座坟墓了,我们要见他们,只能跪在他们的坟前,通过自己的想象随便想他们的模样。

七月十四的晚上。婆婆和妈妈带着我来到爷爷的墓地，那墓地就是一个坟堆，几块石头凌乱地堆砌在一起，没有墓碑没有祭台，周围长满了杂草。我和妈妈跪在坟前，跪在草上，跪在有月光的晚上，跪在婆婆的记忆里，跪在妈妈和我的虔诚和孝顺里，先是作揖，作揖的同时婆婆就开始说话："今天我和秀英领着土狗子，给你这个老背时的过节，烧了三封符纸，烧了三盒火纸，你快来领钱吧。这几年，我们一家人在你儿子的努力下越来越好了，狗子逐渐长大了，马上就要读小学。秀英把一个家打理得有条有理，一日两餐都是秀英在弄，屋里的猪牛鸡狗和羊，还有那些树都长得好。我的身体也可以，能经常进山里挖一些山药，还能攒点钱，你放心吧。"说着说着，婆婆就开始流泪了，然后抹了一把泪水，又接着说，"老背时的，你在阴间还好吧，我们每年给你烧的纸不多，也没有鞭炮来叫你，我知道虽然你喜欢热闹，可是，你也要理解我们还不富裕。等儿子有钱了，我们不会忘了你的。你呀，你要保佑狗子健康成长，在学校学习好，将来有出息。保佑你儿子在外面莫病莫痛，平平安安，顺顺利利，能够挣钱发财，保佑我和秀英身体好，就行了……唉，说多了你也记不住。"

等我和妈妈磕完头，婆婆说她要一个人待会儿，让我们先回去。

"今晚上给狗子煮点好吃的。"婆婆看着我，边抹泪边说，"顺便把春梅子和黑牛子叫过来，给狗子过个生。"

"要得。"妈妈牵着我的手向院子走去。

远远地看见春梅子手里拿了一个鸡蛋站在我家的门前，我问她："又是偷的？"

"你就晓得偷，爷爷叫我送给你的。"春梅子扬着脸，翻着白眼，比月光还白。

"你不挨打就好了。"黑牛子也跑到我家门口，我晓得他又来望嘴了。

不久，妈妈从灶屋里端来三碗腊肉丝丝面，我那碗里有个荷包蛋。我把荷包蛋分成三份，给黑牛子、春梅子和自己各一份，往春梅子碗里夹。春梅子使劲地掩住她的碗说："是爷爷给你一个人的。"又朝着黑牛子吼道，"你也不准要，你过生日的时候，爷爷也要送给你一个蛋。"推了好一会儿，我硬是把黑牛子那一份夹给了他，虽然春梅子一直盯着黑牛子翻着她的白眼，怒气难消。黑牛子把鸡蛋用筷子夹到碗的一边，边看着春梅子边一点一点地吃下去，害怕春梅子把蛋抢回我碗里。春梅子把脸转过另一边去，赌着气根本不看他。过了好一会儿，我们才又愉快地吃起面来。

妈妈回到厨房热剩饭，等着婆婆回家。

七月半后，我又长大一岁。

这天晚上，我又梦见了那个像猪一样的大怪物，我总是被它无缘无故地追着，我一直跑，却怎么也甩不掉，跑出一身冷汗，醒来又咳了几声！却不知道这怪物为啥老出现在我的梦里，它究竟是什么东西？我不知道。

这天晚上，我虽然咳了几声，但是没有感冒。

## 九

上学的日子说来就来。9月1日早上，春梅子、黑牛子和我，在黑牛子爷爷的带领下去燕子岩小学报名。

梦溪谷岸边的柳树很绿，知了在树上莫名地叫着，仿佛要把梦溪谷的水叫冷。我和黑牛子一忽儿跑着一忽儿跳着，春梅子背着书包有些吃力，黑牛子喊爷爷帮春梅子背书包，罗爷爷笑着取下春梅子肩上的书包，春梅子甩开双手，一下子比我们跑得更快了。

秋天的野花在梦溪谷静静地绽放，绽放出秋天美丽多姿的梦，我们兴高采烈地爬上燕子岩。阳光灿烂地从燕子嘴透射进来，照在我们的身上，暖洋洋的，舒服极了。四面山上和树上，一些不知名却长着彩色羽毛的鸟儿在婉转低唱着我们听不懂的歌谣，松鼠和野鸡不时从草丛里蹿出来，偶尔把我们吓一跳。燕子岩的风比梦溪谷要大很多，依旧有些凉，我们沐浴着这样的秋风，走在山里柔软的布满小草的小道上，心旷神怡。

在一块空地上歇气，看到一块立着的岩石，黑牛子爷爷笑眯眯地拿出一把卷尺，说："今天你们第一次上学，一起比一下高矮，我把你们的高矮都刻在这石头上。以后，每年都可以来这里比一下，看看你们三个娃儿哪个长得高，哪个娃儿长得快。"

我们排着队走到那块石头下，罗爷爷在我们的头顶上面认真地画着线。春梅子扬起头，第一个走到岩石下，还踮起脚尖，黑牛子笑着吼她不许踮。黑牛子的爷爷边笑边画着线，第一根线画给春梅子，罗爷爷说一米二八。第二根线是我的，又说一米三一。第三根是黑牛子的，说一米三五。虽然春梅子踮了一下脚，还是黑牛子最高，春梅子最矮。比完高矮，我们继续爬山，继续向燕子岩小学走去。

远远地就看见了燕子岩小学，一根旗杆高高地露出教室的屋顶，红旗迎风招展，仿佛在那里欢迎我们的到来。到了学校，老师和另外两个学生已经站在那里，大家都笑眯眯的，矮的那个女生的脸有点脏，穿着一件粉红色碎花布罩衣，两只眼睛黑黑的、大大的，辫子翘得老高，走起路来左右摇晃，像两只水桶在她背上均匀地甩着。高的那个男生比黑牛子都高一头，脸黑黑的，比黑牛子还黑，穿着一件黄衬衫，一只袖子拢住手臂，一只挽着，脚上穿着一双凉鞋，让人羡慕。

黑牛子的爷爷和张老师坐在教室里，我们站在旁边。张老师拿出一个本子，对我们说："名字给你们起好了，春梅子叫周春梅，黑牛子叫罗栋梁，土狗子叫吴月。今后在学校，大家就不要叫小名了,大家都是同学。"张老师又对着门外喊了一声,"王大山和孙萌萌进来一下,给你们介绍三个新同学。"

我们认识了王大山和孙萌萌,王大山读二年级,孙萌萌和我们都读一年级,同班。

"给老师数一下数。"黑牛子爷爷怂恿着孙子,眼睛放光,显出一丝得意,"数数完了,再背几首诗。"

张老师把微笑收住,眼睛一下子亮了起来。孙萌萌投来羡慕的目光,春梅子故意不看他们爷孙,我觉得这个黑牛子不简单。只是王大山仍旧站在那里,呆呆地望着春梅子。

"1、2、3……100。"黑牛子这次似乎准备得很充分,一口气不间断地数完数,比他在我们面前显摆时,要数得顺畅多了——显摆的时候或许和春梅子数落他有关吧。

"白日依山尽,黄河入海流。欲穷千里目,更上一层楼。"接着又背,"床前明月光,疑是地上霜。举头望明月,低头思故乡。"

我听不懂那些话,春梅子莫名其妙地看着黑牛子。

"不错,不错。"张老师很是惊奇,"这些唐诗,是哪个在屋里教的?"

"我。"罗爷爷摸着下巴上的胡子,更加得意。

"你读过书?"张老师问。

"读过几天私塾。"

"真好,这下几个娃儿就好教了。"张老师凝固了笑容,若有所思。

春梅子悄悄扯了一下我的袖子,不屑地说:"臭显摆,你看他们爷孙那副吃不完要不完的德性。"

我很佩服黑牛子,没有将春梅子的话放在心上。心想,没想到黑牛子藏在屋里跟着他爷爷学了这么多,只是不知道啥子叫"私塾",私塾读了就能背这么多诗?

"莫啥了不起，我们上了学也会背那些诗。"春梅子似乎明白过来，黑牛子背的叫诗，同时又安慰着我。

黑牛子对我们做鬼脸吐舌头，很神气。我们不理他，春梅子把脸背转过去，望着教室外没有一只鸟飞过的天空和远处起伏的山峦。

报名结束，我们不想那么早跟黑牛子爷爷回家。我和春梅子想和那两个新同学玩一会儿。黑牛子爷爷却催着我们："早点回去赶午饭。"

离开学校前，张老师对我们说："明天早点到学校，我们要先举行升旗仪式，然后举行开学典礼，中心校领导要来讲话，不要迟到。"张老师变成一脸严肃，对罗爷爷说，"明天你们大人就不要送孩子们上学了，他们三个可以一起结伴到学校来上学。"

那天晚上，我梦见我会背很多唐诗，背着背着，又梦见那个怪物，梦醒后竟然又尿床了，妈妈又是几个巴掌扇在我的屁股上。

我讨厌妈妈的大巴掌，心里想现在读书了，等长大了，总有一天你那巴掌就打不着我的屁股了。

十

早晨，胡家大院外面的山冈，弥漫着一层又一层的雾岚，给我们的房子穿上一件轻纱，随着风摆动着白白的裙裾。不久，阳光开始绚丽起来，树叶仿佛一夜之间变得金灿灿的了。虽然初秋，那些树和山的颜色还没有到最美的时候，但是，这个季节渐渐变得成熟和厚重了一些。

我们早早地起床，吃过早饭，把脸洗得干干净净，背上新书包。妈妈们想送我们去学校，想起昨天老师要我们自己去上学，我们分别给妈妈说,院子里我们三人可以结伴来回,不要她们送我们了。

王大山和孙萌萌比我们还到得早。等大家都到齐了,张老师吹哨子说集合了。我们五个孩子按照高矮顺序,按照张老师的要求,排成一排站在旗杆下。

张老师站在我们前面,伸出右手握成一个拳头,面向国旗,庄严地向上举起,高过头顶:"你们看老师的拳头放在哪里,你们就放在哪里。"

我们学着老师的样子,举起右边的拳头,只有黑牛子用左手把拳头举过头顶。

张老师转过身,一眼发现了问题:"罗栋梁同学请举右手,你看看其他同学举的哪个手。"张老师纠正道。

其实我们并不知道右手是哪只手。

"吃饭用筷子的那只手就是右手。"张老师似乎看懂了我们的心思。

"我举的就是拿筷子的手。"黑牛子大声说。

我和春梅子就笑,我们晓得他用左手吃饭,是个左撇子,过年在院子里坐席时,还与我和春梅子经常"撞手"。

"罗栋梁同学不用拿筷子的手,其他同学还是用拿筷子的手,好。这样大家就对了。"张老师一下子明白了,轻描淡写地说,然后放下自己的右手,看着我们,对黑牛子说,"你虽然经常用左手,但是要分清楚左右手。"

"我们先练习一下,等会儿领导们到了,我们就正式开始。"张老师说,"大家举起右手,向五星红旗行注目礼,就是用眼睛专心地盯着旗杆上的红旗,红旗在哪儿你们的眼睛就看哪儿。"又转过身,还是举着右手,"哦——做得很好——现在开始唱国歌——王大山同学起头,对了,你们四个同学,谁会唱国歌?"

"我会!"黑牛子很得意,一下子来了精神。

"罗栋梁、王大山同学和我一起唱。"张老师说。

"起来,不愿做奴隶的人们,预备——起!"王大山唱道,于是操场上就响起了他们三个人的歌声。

春梅子的腮帮子一鼓一鼓的,脸色由白变红,气得说不出话来。我想,黑牛子竟然还会唱国歌,肯定是他爷爷教的,这么大的事仍然瞒着我们。

我和春梅子无语,孙萌萌一脸羞涩。

"唱不来不要紧,老师会教你们,除了国歌,以后还会教你们唱其他歌曲,当然,国歌应该是我们小学生学会的第一支歌,也是最重要的歌,我们每个人——只要是中国人,都应该学会,都要能够完整地唱出来,要把国歌唱得滚瓜烂熟,永不忘记。"张老师说。

正式的升旗仪式是在中心校领导带来的音乐老师的指导下开始的。那位漂亮的女老师怀里抱着一台手风琴,试了几下音就开始奏国歌。这一次是那个女老师起的头,然后,中心校的领导和张老师、王大山、黑牛子还有音乐老师一起唱,那歌声庄严雄壮,让我心潮澎湃。

唱国歌前,张老师先把红旗降下来,笔直地站在旗杆旁,等音乐响起才慢慢向上拉,一脸神气和自豪。我们举着右手,眼睛一动不动地注视着缓缓上升的红旗,感觉特别神圣。

音乐结束,张老师宣布:"升旗仪式结束,现在请领导讲话。"

领导站在我们面前,开始讲话:"同学们,今天你们正式成为燕子岩小学一名光荣的小学生了,今后将在张老师的教育和培养下茁壮成长,希望你们在学校里能够好好学习,天天向上,能够德智体美全面发展,今天你们以学校为荣,将来学校会因为你们骄傲。祝大家在燕子岩小学愉快成长,健康成长!"

开学典礼很快就结束了,我们在这个日子里,正式成为燕子岩小学的一名小学生,春梅子六岁半,我七岁,黑牛子七岁半。

这个小学只有我们五名学生和一个张老师,却有两个班,一间教室。后来知道这叫复式班：王大山读二年级，我们三个和孙萌萌读一年级。

领导讲话我只记住了几句，但是我们五个同学站成一排的升旗仪式，是那样庄重和神圣，深深地刻进了我的脑海。

## 十一

童年从一年级正式开始了。张老师懂得真多，张老师寝室里的玩具也很多，有地牛儿、铁环、风车，有跳绳、毽子，还有乒乓球拍和一个橡胶篮球。上体育课时，张老师教我们拍篮球，说再过一些时候就要装篮球架了，我们很喜欢也很期待。张老师还教我们打乒乓球，那球台似乎太高，有时候飞过来的球我够不着，总是输给王大山，不想玩。春梅子跳绳是我们几个中最厉害的，孙萌萌踢毽子踢得最好。除了体育课，张老师还给我们讲他们小时候玩的游戏，说也要让我们学会，说这些游戏可以锻炼大家的动手能力。空了，张老师教我们抽地牛儿、滚铁环、跑风车。

最开心的是放学后在胡家大院里抽地牛儿。黑牛子最先用一根红苕削了一个地牛儿，我和春梅子没抽上两鞭子就烂了，春梅子数落黑牛子："你屋里连个木疙瘩都莫得？"

黑牛子说："木疙瘩不好削。"

"你爷爷不是啥子都会？喊他给你做一个嘛。"春梅子翻着白眼。

不久，黑牛子爷爷在我们的强烈要求下，果然做了一个我们院子里最好的地牛儿，黑牛子在地牛儿的平面上画了几种颜色的圆圈，一转就花花绿绿的，很是好看。每到放学回家后，我们都要一起抽地牛儿，黑牛子开始用手"发动"地牛儿，等地牛儿转得平稳了,我们就用鞭子一人一下地开始抽打。

院子里就响起了噼里啪啦的声音。地牛儿不知疲倦地转动着,我们轮番上阵,你一下我一下地抽着……太阳在天上转着,地牛儿在地上转着,我们三张花花的脸也围着地牛儿转着。渐渐地,太阳被我们一鞭一鞭地抽下山去,黄昏的天空飘着彩色的云朵被我们的鞭子抽打碎了,变成一缕一缕的红霞,渐渐褪去了颜色。地牛儿还在不知疲倦地旋转,不久,把一片片夜色轻轻地转动了出来。

这样的晚上我还是要咳嗽,总是喝中药,因为汗水经常打湿我的背,打湿背就容易感冒。即使喝中药也不能让我安静地待着,不能阻止我和黑牛子、春梅子玩耍。

玩腻了地牛儿和风车,我们又喜欢上了滚铁环。有一次在学校的操场上,我的铁环把王大山的铁环撞瘪了,王大山要我赔。

"又不是故意撞你的,你用石头敲一下就可以了。"

"你赔我新的,这是八号铁丝烧的,花了好几角钱呢。"王大山语气强硬,没有商量的余地。

春梅子实在看不下去,说:"给你敲圆就可以了嘛,不要那么欺负人。"

"谁欺负人?"

"就你,一个烂铁环,还想要钱。"

"就是要赔钱。"

"偏不赔,看你咋样。"春梅子翻着白眼,撅起嘴巴。

"你们这些背老二的娃儿,有啥了不起?"王大山瘪着嘴,高高在上地蔑视着我们,"一群小背老二,还想耍赖?"

"莫看不起背老二!莫得我们背老二你家盐巴都吃不成。我看你屋里也不是啥子好高贵的人。"春梅子不依不饶。

"人家爹是社长。"孙萌萌说。

"社长也莫得啥子不得了。我们今后当的官至少比你爹那个社长大。"春梅子心高气傲。

035

我倒成了局外人,站在一边看他们吵架。只是那个时候我知道我们是背二哥的后代,被人称为小背老二,心里很不是滋味,一下子觉得抬不起头来。

"走着瞧。"王大山气愤地说。

春梅子红着面孔朝我扮鬼脸,显示出胜利者的姿态,没有被打击的感觉。

以后上学的日子,王大山总是背着春梅子找我的麻烦。在玩老鹰捉小鸡时,故意把我让给老鹰,抽地牛儿时一鞭子把我的地牛儿抽到操场几十米外的泥地里。最惨的一次是我和黑牛子斗鸡,他不由分说地加进来,伸出他的长腿,用膝盖把我的鼻子撞出血来。我忍无可忍,顾不上揩脸上的鼻血,一头向他肚子撞去,他却一动不动,没有反应,我反而倒退了几步。

"土狗子,你凶,又来,你个小背老二。"王大山继续挑衅。

我吞了一口口水,摸了一下鼻子,想喊黑牛子看看还在流鼻血没有,黑牛子却不知跑到哪里去了。

"哪个小狗才和你玩。"我边说,心里却在想这个黑牛子,遇到事情就藏起来了。

"你承认你是小狗了?哈哈。"王大山笑起来。

"咋啦?"春梅子看到我脸上有血,问。

"莫事,莫事,不小心绊了一跤。"

春梅子看到王大山,似乎明白了是他在找碴。

春梅子从地上找了一块石头随手一扬,只见王大山捂住额头,悻悻地跑了。

"王大山你的额头上起包了!"孙萌萌惊叫道,"还流血了!"

"王大山,你再欺负吴月,莫怪我不客气!"春梅子一手撑住腰,一手遮着眼,望着王大山的背影警告。

不久王大山额头上补了疤,竟然没有再和我们纠缠。

很快,张老师知道了这件事,在班上教育我们:"你们都是同学了，要团结，要相互帮助，要相互爱护。"

这个冬天，张老师还带领我们在操场堆起了雪人。张老师边堆雪人边给我们讲故事，卖火柴的小姑娘、白雪公主、七个小矮人、灰姑娘、青蛙王子等。把那些童话故事里的人物，一个一个陈列在乒乓球桌上，找来煤炭粒做成眼睛、鼻子、嘴巴，孙萌萌和春梅子在雪人的胸前弄排煤炭粒做成纽扣。春梅子在白雪公主的脖子上围上一根红领巾，风适时地吹来，那红领巾就随风飘扬，像操场上的国旗那样鲜艳。春梅子打扮着白雪公主，白雪公主打扮着我们的童年。

一天天过去，那雪不化，我们的雪人也不化。我们就想这个冬天一直这样冷下去该多好，雪人就会一直陪着我们，成为我们的小伙伴。

以后的日子，大家相安无事，只是背老二这个名词像一座大山沉重地压在我的心上。黑牛子老是抱怨，对王大山的挑衅很不满。而春梅子还是整天嘻嘻哈哈，或许她爸爸到了广东不再做背老二吧，或者因为一石头把王大山打跑了吧。

这次打架后，我们几乎不和王大山和孙萌萌说话，因为我们是背老二的孩子，他们是干部子女。

## 十二

很多个想爸爸的晚上，我总会做一些断断续续的梦。

冬天来了，爸爸依旧背着背篓，行走在汉中的大街小巷，收起了废品。

每天早上，爸爸带上秤，背上背篓，开始穿梭在汉中的街道。"收废书、废纸、旧洗衣机、旧电视机、旧自行车……"

那些声音把一个个黎明唤醒，伴着长长的脚步声，萦绕在居民的房前屋后，从早到晚。

爸爸从物资局一个再生物资回收门市部出来，小心翼翼地数着一张一张小小的钞票，汗水在脸上幸福地流着，画出一道道甜蜜的弧线，他小心地把钱揣进口袋，露出满意的微笑。

废品回收门市部的老板对爸爸说："老吴好久去西安帮我吧，这汉中城的业务太少了。"

爸爸没有一下子答应老板，他说得回家和妈妈商量，还想带着妈妈一起出门，老周不是带着老婆一起去打工吗？

爸爸收了一辆旧自行车，修好后自己用。有了自行车，收废品的速度就提高了好几倍。爸爸每天收两趟废品，上午一趟，下午一趟，像那些上班的工作人员，中午吃一顿饭，休息一会儿。

爸爸自言自语地说，今年回家一定带着老婆一起出门，到西安那个老板的地盘上打拼，等有机会还要把儿子和娘接来一起生活。

罗叔叔说想去青岛，罗叔叔学过木匠，想去青岛的建筑工地"支木"，他表弟已经是那个工地的包工头了，每年都带着好几万人民币回燕子岩过年呢。

罗叔叔在汉中城里当临时的背二哥，罗叔叔的力气大，爸爸叫他一起收废品，罗叔叔说不卫生，废品收久了要染病。其实爸爸每天晚上收工回来都要全身上下洗一遍，干干净净后，才开始做饭吃。爸爸也怕染病，他给自己规定了几个地方的废品坚决不收，比如医院和化工厂附近就从来没有去过。也不去垃圾桶里找废品，都是到楼房外面，看着主人把废品从家里带出来，然后再称，打捆，算账，给钱。

爸爸劝了几次，就不再劝罗叔叔了，人各有志嘛。

梦醒后我就庆幸，爸爸和罗叔叔不是背二哥了，我和黑牛子跟春梅子都不是小背老二了。

## 十三

我和黑牛子闯祸了。

我想报复王大山,黑牛子想吃王大山带到学校的蒸肉。

我把王大山的饭盒偷偷端了出来交给黑牛子,等黑牛子把蒸肉吃完,我给王大山的饭盒里放了几块黄泥巴,然后又放回原处。

王大山看到自己带的蒸肉变成黄泥巴就哭了,把饭盒端到张老师的寝室告状,出来后还恶狠狠地瞪了我几眼。

我没有理他,心里很舒坦。

张老师把饭盒端到班上,问是谁干的,眼睛盯着我们。我就心虚。

春梅子知道是我或者黑牛子干的,只是不说话。

王大山和孙萌萌在座位上狠狠地盯着我们。

我的脸发红。

"是我把王大山的蒸肉吃了。"这一次黑牛子承认得快,没等我开口就先说话了。

"是我把饭盒偷出来的。"我也不敢撒谎,反正心里觉得畅快,要让王大山知道,我们不是好欺负的,谁叫你看不起我们背二哥的娃儿?

放学了,张老师把我和黑牛子留下来写检讨,等王大山和孙萌萌离开了,春梅子在教室外面等着我们。

张老师把我们送回家天已经黑了,又把情况给黑牛子爷爷讲了,然后离开了胡家大院。

虽然张老师说我们已经承认了错误,可是在晚饭后我们还是被妈妈们叫出来,三个人排成一排跪在院子中央,黑牛子跪在中间,我和春梅子各跪一边。

黑牛子爷爷拿着一根小树条,一边打黑牛子一边教训着。

"你没有吃过蒸肉?老是这么好吃,阎王爷都不敢收你。"黑牛子爷爷教训着,说着尖酸刻薄的话。

"我不晓得这娃儿,咋养成了这个好吃的习惯。"李婶婶附和着爷爷,一起教训着黑牛子。

"现在不像60年代那么困难了嘛,也不知道这个娃儿从一生下来,咋像从饿牢房里放出来的,没有吃饱过一样。"

等黑牛子爷爷教训完了,妈妈拿过黑牛子爷爷手上的小树条,朝着我的屁股也是几条子打来,我用手护住屁股,但还是疼得我止不住流出泪来,大声哭着。

妈妈训斥道:"你就会想些歪主意,指使黑牛子干坏事,臊我们胡家大院的皮!"

"人家是干部的娃儿,你们是背老二的娃儿。今后人家咋看我们胡家大院?人要活得有骨气,他们有好吃的我们不稀罕,不能臊皮哟。"罗爷爷的胡子在脸上抖动着,话真多。

李婶婶抢过妈妈手上的树条,又是几鞭子,打在黑牛子身上,黑牛子又一阵惨叫。

"今后还偷不偷人家的东西吃?"李婶婶很凶。

"不了,妈妈,我再也不偷人家的东西吃了。"

"唉,也怪我们家太穷了,老是吃些亮红苕(煮红苕)哟,唉。"李婶婶边打边叹气。

这时候周爷爷一脚跨过我们的头顶,抢过李婶婶手上的树条,我以为春梅子也要挨打,急忙说:"春梅子不晓得我们偷王大山的饭盒,她是陪我们写检讨才留下来的。"

周爷爷一下子把树条扔到弯柏树下面,没有朝春梅子身上打下去,我才长舒一口气。

"你们看看,张老师都说了,他们已经承认错误了,你们还把娃儿打上了，造孽。"周爷爷护着我和黑牛子。

挨打终于结束了，我们收住眼泪依旧跪着，直到我们保证下次不再犯错误才各自回家。

这次蒸肉事件后，我们更恨王大山了，在心里暗暗较劲，干部子女有啥了不起？

我偷看黑牛子的日记，里面写着："爷爷和妈妈就是法西斯，我是刘胡兰，宁死不屈。"

我不明白啥是法西斯，不晓得哪个是刘胡兰，又不好问黑牛子。

黑牛子身上的血棱子很久都没有消失，我心里很不是滋味，是呀，爸爸们一年到头除了给我们带一点东西回来，没有给家里寄多少现钱。很多时候还是婆婆在山里弄一些山货拿到燕子岩上卖，换点钱给我买文具，给家里偶尔买点日用品，反正，日子过得紧巴巴的。孙萌萌偶尔还有零食给我们分点，说是拿钱在山上的幺店子买的，也偶尔把钱拿出来让我们看，花花绿绿的很好看，我们就羡慕孙萌萌，家里有钱给她买零食。而我和黑牛子除了妈妈们买文具时看到过钱，其他时候都没怎么见过现钱。

我就想，有钱还是好。就像王大山家有蒸肉吃，孙萌萌有零食。又想起黑牛子爷爷说的话，人家的东西我们不稀罕，我们是背老二的孩子，再穷都要有骨气，不能人穷志短，更不能臊皮。

黑牛子还是嘴馋，还是想吃肉啊什么的好东西，后来罗爷爷终于想到一个办法，等我们放学后把我们召集到弯柏树下面，给我们讲故事。

于是，等我们做完作业，吃了晚饭（上学后就基本上吃三顿饭了），我和黑牛子还有春梅子先给罗爷爷搬一个长板凳，既可以坐人又可以放杯子，随后我们每人搬上一个自己的小木凳，围着长板凳放下，我们坐在树下的空地上，等着罗爷爷到来。

不久，罗爷爷端上他家那个大搪瓷杯，泡着一杯老鹰茶，边喝茶边踱着步子,来到我们给他搭好的凳子前面,舒舒服服地坐下。

这样的傍晚,罗爷爷就开始讲他那些没完没了的故事,有关云长千里走单骑,曹操煮酒论英雄,也有刘备白帝城托孤,还有诸葛亮草船借箭;有狸猫换太子,包文正铡陈世美;有岳母刺字,岳飞精忠报国;有林冲风雪山神庙,还有其他水泊梁山好汉的故事,最让我们感兴趣的故事是孙悟空三打白骨精等那些西游记里的故事。

"那个猪八戒咋那么蠢?唐僧为啥不听孙悟空的要听猪八戒的哟?"春梅子问。

"唐僧也蠢嘛。"黑牛子说。

"你们听我讲完了再说,现在就说哪个蠢哪个聪明,还为时过早,哈哈。"罗爷爷喝了一口茶说,"当然,孙悟空有火眼金睛,有千里眼顺风耳,还有七十二变,武功高强,在取经的路上因为有孙悟空,他们师徒四人总能逢凶化吉,孙悟空当然聪明,但是,但是猪八戒也不笨——"

我们就睁着大大的眼睛盯着罗爷爷的脸,等着他讲更精彩的故事,每到这时,罗爷爷就打一个呵欠,说:"不讲了,不讲了,回去睡觉啰。"我们知道罗爷爷故意卖关子,却也阻止不了。

于是罗爷爷一手拿着茶杯,一手拉起黑牛子回家睡觉去了。到了第二天晚上,才继续讲那些没有讲完的故事。

除此之外,罗爷爷有时晚上也要给我们讲一些"鬼"故事,让我们很害怕,也讲一些笑话,让我们笑得在地上打滚。大家笑的时候,罗爷爷总能稳住不笑,他总是在我们的笑声中一本正经地喝着他的老鹰茶。

笑声过后,夜就很深了,我们都很疲倦,我们都想早早地回家睡觉。

罗爷爷的故事很吸引人,婆婆和周爷爷还有我妈妈和黑牛子的妈妈在晚上空了的时候,也会来到弯柏树下听罗爷爷讲那些故事。罗爷爷讲完故事后还常常告诫我们,要好好读书,只有读书才能出人头地，才能吃一口轻松饭，书中自有黄金屋。我们是背二哥的孩子，要想改变命运，就要加倍努力，读书是唯一的出路。

久了，我才发现这些故事除了让人振奋，还能够止饿，尤其是能止住黑牛子的肚子饿。

我蓦然发现，自己梦里出现的怪物就是罗爷爷说的熊婆婆，就是黑熊，罗爷爷把黑熊叫作黑娃子。听了罗爷爷的故事，我不怕啥子黑熊了，熊婆婆虽然那么狡猾，还是让聪明的小孩子给收拾了。

我们期待着罗爷爷讲下一个故事，又在罗爷爷的故事里慢慢睡去。

## 十四

操场上果然装上了篮球架，我感觉自己越来越喜欢打篮球，但是王大山似乎更喜欢篮球，打得比我好，经常扇我的帽，说让我"吃火锅"，经常连球带人把我按翻在地。

我喜欢打篮球的另一个原因，是我的身体越来越好。随着打篮球的时间增加，我似乎咳得少了，感冒也好得快一些。因此，妈妈才允许我经常打篮球。

打篮球的时候，王大山常对孙萌萌说，看我咋收拾那个小背老二的。而孙萌萌脸上总是荡漾出会意的微笑，等着看王大山对我横冲直撞。

我不服输，暗暗地想，等我长高了，看我咋收拾你，让你孙萌萌失望，让你孙萌萌笑不出来。

可恶的王大山！狗眼看人低的王大山和孙萌萌！

我在梦溪谷开始一步步练习，尽量往高处跳，把能够摸到的树枝都摸遍了，还练习跑步，一趟一趟跑到燕子岩的山脚下，又往胡家大院的方向跑。每天下午放了学,我都叫黑牛子和春梅子在梦溪谷靠胡家大院的路口等着,至少等我一个小时,等我练习完了跑步和跳高,我们才一起回家。

那年春节前,爸爸给我带回来一个橡胶篮球,于是我总是放学后,在院子里练习运球,练习运球过人的步法。到了学校,尽量不表现出来,不要王大山知道,和王大山打球时,除了少要他让我"吃火锅",我努力按照自己的动作,心平气和地和他对抗。我想等我再长高点,再让他知道我的厉害。

春节过完,周叔叔和王婶婶又去了广东,爸爸带着妈妈出门打工,去了西安,黑牛子爸爸也不当背二哥了,带着李婶婶去了青岛。院子里只有春梅子爷爷和黑牛子爷爷,还有我婆婆和我们三个孩子。他们三个老人带着我们三个孩子,照顾我们在燕子岩小学读书。胡家大院一下子就冷清了,妈妈离开后,家里似乎没了生机,显得有些寂寞。可是我还是很高兴,心里轻松了许多,妈妈不会打我屁股了,最重要的是爸爸们都不当背二哥了,我们自然不是背老二的孩子了。

我要让王大山和孙萌萌知道我们爸爸都不是背二哥了,我们再也不是小背老二了。

妈妈和爸爸离开的那天晚上,梦溪谷又传来了一阵阵号子声,仿佛这声音是妈妈的,我跑出胡家大院,穿过梦溪谷,第一次一个人爬上了燕子岩。

燕子岩还是那么高,我没有能力爬上它的峰顶,看着燕子的嘴巴张得很大,似乎想要和我说话,我静静地等它开口。

"想妈妈了吧。"过了很久,我竟听到了它的声音。

"是啊,妈妈走了,院子里就空空荡荡的。"燕子开口说话了,我很惊讶,我立即回答。

"妈妈不出去,你爸爸也很寂寞呀。"

"爸爸当背二哥时都不怕寂寞呢，现在打工害怕啥寂寞？"

"当背二哥还有一群群的人和他做伴说话，你不知道？"

"我只知道爸爸当背二哥常年在外，走深山老林，风吹雨打的，挣钱很辛苦。好在，爸爸现在不当背二哥了。"我想起王大山和孙萌萌奚落我的眼神。

"背二哥又咋啦？爸爸做背二哥只是他的职业，如今他打工了，选择了另外一种职业。"

我似懂非懂。

"为啥王大山和孙萌萌他们瞧不起背二哥？因为他们是干部子女吗？"

"干部也是一种职业，他们现在还小，大了就不会瞧不起背二哥这个职业了。当干部和当背二哥的人，都是平等的，没有高低之分。"

"我不想低人一等，不想被王大山他们瞧不起。"我恨王大山和孙萌萌，我又很自卑。

"那就好好读书，读书可以改变自己。"

我似乎明白了，似乎还很迷惑。

"爸爸不容易。但是妈妈也很辛苦，待在家里挣不到钱，这次妈妈和爸爸出门，或许会改变你们家的命运。"燕子又说了一句。

"但愿吧。"我想着自己的心事，等着燕子继续说话。

燕子沉默起来，不再说话。我在想，我为什么要想妈妈不想爸爸？或者爸爸在我很小的时候就出门挣钱，习惯了吧。而妈妈一直陪着我，这一走，就感觉到了一种寂寞。唉，爸爸妈妈出门，也是为了这个家和我吧，我要好好读书，将来报答他们。

走下燕子岩，梦溪谷的水竟被一袭月光轻轻泗着，月亮在水里晃动起来，像妈妈的脸，也像我的篮球，我一走，妈妈就跟着我走，那篮球也跟着走，我停下来，妈妈也停下来，那篮球就浮在水上不动了。我望着水里的妈妈和篮球，看着梦溪谷上空露出的月亮,边走边想自己的心事。走着走着,还没走出峡谷,那月亮就不见了,水里的妈妈和篮球也不见了。爬上通向胡家大院的路,又出现了一路月光,天空像蓝色的绸缎铺展开来,两边的树影在月光下朦胧婆娑,在我身边静静地摇曳,陪着我的心事,慢慢行走,送我回家。

走在回家的路上,那些孤独的风缓缓地拍打我的脑袋,吹进我的灵魂,让我在这个晚上第一次有了孤独和思念。

想到自己被王大山和孙萌萌说是小背老二,心里就很是不平静,我不相信今后我会比他们差,就像春梅子说的,他们干部子女有啥了不起?罗爷爷说只要好好读书,我们是有前途的,只要将来我们考上大学就可以走出大山,就可以到大城市做干部,比这个燕子岩村的干部不知要高级好多呢。王大山和孙萌萌因为是干部子女就总是高人一等?将来谁高贵还说不一定呢,至少今后黑牛子就会比你们有出息,因为他成绩好。

爬上婆婆的床,我就睡着了,想要睡进我的梦里面。

爸爸妈妈出门打工后,我竟然好长一段时间都没有梦见过黑熊,即使尿了床打湿了棉絮。我咳嗽的时候也越来越少了。我感觉到很奇怪。

## 十五

山外面修了一条公路通到梦溪谷,公路通车时,张老师又给我们讲安全知识,说见到汽车要行注目礼,最好站在那里敬一个队礼,这样司机叔叔看到你们就会小心驾驶,不会分心,或者还会停下来让你们过。这样大家就很安全。

有天放学,春梅子、黑牛子和我走过梦溪谷,正准备穿过那条公路,黑牛子叫春梅子走远点,说他要撒尿。

黑牛子脱下裤子正在撒尿，一辆小车驶过来，他急急忙忙想把裤子提上去，可是汽车已经到了面前，于是他左手提裤子，右手立即敬礼，而屁股还露在外面，黑牛子的脸窘得绯红。车上一位大爷走下来，来到黑牛子身边，笑眯眯地摸着黑牛子的脑袋说："好啊，真好，这里的孩子教育得真好啊，我回去也要让我们教育局的同志来这里看看，学学，取取经。"

大爷微笑着看着黑牛子，又看着敬着队礼的我们，若有所思地站了一会儿才上了车，等我们走远了，他的汽车才缓缓开动。

春梅子跑过来对着黑牛子说："脸都被你丢尽了，还真好！"

黑牛子急哭了，说："我哪晓得屙尿的时候要来车嘛。"

"羞死个先人板板。"

"肯定是个大官。"我想这下好了，黑牛子出名了。

"管他是不是个大官，都臊了我们学校的皮了。"春梅子又数落他。

黑牛子一直担心这个臊皮事件，春梅子一直数落着黑牛子。我们没有告诉王大山和孙萌萌，怕他们奚落我们。

又过了一段时间，黑牛子的"边屙尿边敬礼"的行为竟然被张老师知道了，还得到了张老师的表扬，他说罗栋梁同学能在那么紧急的情况下，不忘记学校和老师的教诲，这说明他的安全意识这根弦绷得紧，大家都要向他学习。

黑牛子绷着的心一下子放下来，向春梅子炫耀："这下我该没有臊皮吧。"

"反正，我觉得臊皮，屁股都露在外面，羞死人了。"春梅子的嘴巴不依不饶。

山里通了公路，背二哥就更少了。罗爷爷说，交通越发达的地方，背二哥的活儿反而越少。山里的年轻人越来越多地出门打工，丢下了背篼和打杵，从农村往城市迁徙，农村里似乎只有老人和孩子了，我们燕子岩村渐渐地变得不热闹了。

## 十六

6月的山里总是一场连着一场的雨,把我们走向学校的山路淋得透湿。梦溪谷涨水的时候,张老师忙碌起来,放学了,先是送我们从梦溪谷过河,接着送孙萌萌回家,最后送王大山到燕子岩背面山下的另外一个生产队。

我们时不时被大雨堵在家里不能上学,好在有张老师接送,我们有惊无险地上学放学。

有天早上,我觉得有点不舒服,不知什么原因,总觉得心里堵得慌,心神不定,眼皮跳着,好像有一群群乌鸦飞过。或者自己又要感冒了?

那天早上出门上学的时候,我忍不住给黑牛子和春梅子说:"燕子岩上有乌鸦在飞。"

"土狗子莫乱说哟。"春梅子和黑牛子不约而同地吼我。

婆婆说看到有乌鸦飞过是不吉利的。我真的看到了燕子岩附近有乌鸦飞过,而且不是一只,是一群。

"反正我觉得不好,今天。"我低声抱怨着,不理他们。

一路上我们小心地走着,谁也不说话。

到了梦溪谷,没有见到张老师来接我们,我们手拉手小心地蹚过河,走过燕子岩到了学校。

远远地看到王大山在他当社长的爸爸陪同下站在操场上,王大山的肩膀一耸一耸的,哭得很厉害,没有平时在我们面前那么趾高气扬了,当着我们的面哭得那么伤心,把脸都哭花了。春梅子正准备上前数落几句,突然看到那天开学典礼上讲话的中心校领导站在那里,把快要吐出的话生生地吞了回去,没有发出声来。

一个妇女非常伤心,边用手拍打着张老师寝室的门板边哭道:"你咋这么短命啊,早就叫你回镇上你不回,现在把命丢在这里,你就安心了啊!你这个砍脑壳的,你死了,我们咋办?我们咋活嘛。"

孙萌萌悄悄地扯着春梅子的袖子,眼里满是泪水,伏在她耳边轻轻说:"张老师死了,为救王大山,被他家屋后的泥石流埋了,今天早上才被村上的干部挖出来……"

春梅子"哇"的一声大哭起来,随后,我们也哭起来。

张老师走了,带着他的驼背、跛脚,和他总是笑眯眯的眼睛,还有脑袋里那些没完没了很有趣的知识,默无声息地离开了我们,离开了我们的操场和教室,离开了那面威武又鲜艳的五星红旗,离开了燕子岩小学。

那个晚上,我一个人跑到燕子岩下面。仰望着那张黑黑的燕子嘴,大吼一声:"哟——"

燕子也"哟——"回应着我。

我竟然能够把那声音吼上燕子岩,那声音又被燕子岩挡回到我的面前,我吼出的声音终于像爸爸的号子一样有力了。我可以喊山了。

我止不住地大哭,泪水像婆婆锅里被大火炒飞的豌豆,一颗一颗滚在地上,很快就被黑夜掩埋,像张老师那笑眯眯的脸一样,消失得无影无踪。

我的耳畔有了爸爸的号子,很是凄凉:

> 月亮弯弯弯出头
> 堂屋灯盏干了油
> 你把眉毛当灯草
> 我把眼泪来当油

"我们怪不怪王大山?"我问燕子。

"不怪,王大山也差点被泥石流埋了。"

"怪不怪泥石流?"

"不怪,只怪这山里雨下得太久太大,山里太偏僻,交通太落后,人们太贫穷。"

我似懂非懂,内心深深地自责。

"怪不怪我们太调皮,惹老师生气?"

"老师爱你们都来不及,你们都是老师心中的好孩子。"

我无语,张老师太不幸了,这么好的人咋说不见就不见了呢。我们也太不幸,这么好的老师哪儿还有?

"擦干眼泪,努力学习,才是对老师的回报。"燕子又在说话了。

我默默地望着燕子岩,看到上面的杜鹃花儿被风抽打着,静静地晃来晃去,一片片花瓣无声地向山下簌簌地坠落,像张老师落下的粉笔灰。萤火虫在树下无聊地飞着,一闪一闪地亮了又熄,熄了又亮,很是烦人。还有那些缀满枝丫的野樱桃在大片大片的乌云下面扑簌簌地抖动着,仿佛是我的一颗颗饱满而伤心的眼泪,为张老师的离开在悄悄地滴落。我忍不住无数次流泪无数次伤心,不知道因为张老师还是因为燕子岩的风,还是为那些熄灭的萤火虫和飘逝的杜鹃花。

我站在燕子岩,无奈地看着萤火虫一点一点消失在周围的树丛里,野樱桃一晃一晃地摇曳在天际,就像张老师笑眯眯的眼睛,一眨一眨地慢慢熄灭在这个黑夜里。

月亮又升起,月光越过燕子岩在天空中默默地绽放,把天空一片一片地点亮。风像一具僵尸蹒跚而来,嗖嗖地呼出一缕缕阴气,吹乱我的头发,更吹乱我的心绪。

这个晚上,我再一次有了心事。

## 十七

婆婆说爸爸妈妈在西安开了公司，家里日子好过了。黑牛子爷爷说今年春节一定要买台电视机，管它有没有信号，收不收得到电视节目，即使让电视机放在家里"做摆设"也行。春梅子的爸爸妈妈挣了钱，说不买电视机就回来把房子打理一下，把草房换成瓦房。

婆婆在暑假带着我，上山采中药、挖天麻。春梅子和黑牛子在各自家里做着自己的事情。黑牛子读书读得更勤奋了，这次期末考试他又是第一名，他爷爷逢人便夸他孙子成绩如何如何，好像刚读完二年级就成了科学家似的。春梅子看到他爷爷那么显摆，越来越不想和黑牛子玩了，我也是。

春梅子在家帮她妈妈喂猪，空了跟我和婆婆上山捡核桃。有一天，黑牛子撵路，春梅子不同意，我劝了春梅子很久，才同意他和我们一起去。

春梅子瞪着黑牛子："去也行，捡了核桃不准偷吃。"

"好嘛，你说啥子都行，只要让我去。"黑牛子低声下气地说。

我们早饭后便和婆婆出发。到了后面的山上，那里的野核桃树比比皆是，核桃满地，等着我们去捡。黑牛子吃不吃都无关紧要，那地上的核桃哪捡得完、吃得完呢。

婆婆在另外一处空地捡着核桃。我们看到远处的半山崖上有一棵野樱桃树，结满一树乌红乌红晶莹剔透的野樱桃。春梅子想吃，我们也想吃。只是那树，上不挨天下不着地，要想爬上去难度极大。黑牛子想在春梅子面前表现一下，自告奋勇第一个脱了草鞋，找来一根树枝，双手攀着石头，一步一步爬上了悬崖，靠到树丫上慢慢上了树。他给我们摘了一串一串的野樱桃。那果子比野泡儿大比葡萄小，吃起来很爽，甜、涩、酸都恰到好处。黑牛子在树上手舞足蹈地吃着，偶尔还比画几个动作，做做鬼脸。突然，他一晃，一个丫枝断了，他一下子从树上掉了下来……

婆婆转过身，看到黑牛子从树上摔了下来，吓了一大跳，吼道："你们咋这么不省心嘛，我才转个身就出事了，这下咋收拾哟？"

黑牛子坐在地上哎哟哎哟地呻吟，我和春梅子乱了方寸，不知咋办。婆婆一下子把黑牛子抱起来，装进自己的背篼，连走带跑，带着我们回到胡家大院。

黑牛子只是腿受了伤，没有大问题，他爷爷用草药给他包扎好，在屋里养了一周后就痊愈了。只是他爷爷看到我们极为不爽，好像是我们把他孙子从树上推下去的。婆婆老是赔不是，好像婆婆做了啥子对不起他家的事情样。春梅子说，以后尽量少叫黑牛子和我们玩耍了，不能让栋梁之材因为我们耽误了，让他在家里和他爷爷一起读书。

黑牛子的腿好了，除了仍旧藏在屋里读书，大多数时间，还是忍不住要找我和春梅子一起玩耍。

## 十八

再开学时，我们竟然等到了10月。听说这个老师是中心校和教育局费了很大劲才调来的。

老师姓苟，是我们燕子岩本村的人，住在燕子岩的后山上，已经五十多岁了，说把我们这届复式班教完就退休。

黑牛子说苟老师要叶落归根。春梅子翻着白眼说就你懂得多。其实我也不晓得啥子叫叶落归根，反正又有老师来教我们了就行。

我们依旧在燕子岩小学上学，依旧从梦溪谷到燕子岩再到小学校，放学后仍是从燕子岩到梦溪谷再回胡家大院，我和春梅子、黑牛子依旧同路行走。

渐渐地，我们模糊了张老师，喜欢上了苟老师。

苟老师第一次到班上就检查同学们的个人卫生，叫黑牛子把嘴张开，说你这牙齿可以漱口了，又面向大家："同学们在家漱口吗？"

没有一个人举手，连王大山和孙萌萌这两个干部子女也没有。

我们面面相觑，以为漱口只是大人们的事情。况且，我们在家没有看到婆婆爷爷们漱口，只是偶尔看到妈妈在漱。

"从明天开始，我每天在上课之前，都要检查大家漱口的情况。"老师说，然后拿出一支牙膏和几把牙刷。

"今天我把牙刷和牙膏都带来了，送给你们，以后叫你们家长给你们买。"接着又说，"家里实在没有钱买牙膏的，可以抓点食盐放在牙刷上漱口。我们要养成从小爱清洁讲卫生的习惯，对不对？"

随后，他叫我们出了教室，来到水池前面，拿了一个搪瓷盅子舀了一盅子水，给我们每人一个牙刷："看老师咋挤的牙膏，照着做。"

"你们看老师咋漱的口，张开嘴，先朝上漱，漱一分钟以上，再朝下漱，还是漱一分钟以上，再反复。"

老师说着说着，王大山竟然"哇"的一声哭了，说："你们看，我嘴里是不是流血了？"

老师就笑："第一次漱口不流血还流脓吗？"

"大家不要怕，你们从来没有漱过口，牙龈出血很正常，多漱几次就不会出血了。"老师漱完口，把牙刷放进盅子里。

以后上学，我们都把脸洗得很干净，口也漱得清香扑鼻了。我突然感觉孙萌萌比春梅子长得好看，或许跟孙萌萌穿的衣服和洗脸有关吧。

我不喜欢孙萌萌比春梅子长得好看，春梅子帮我们挨过打，孙萌萌在班上故作清高，对我和黑牛子爱理不理的，还和王大山一起说我们是小背老二，却对王大山点头哈腰的，像王大山养的一条摆尾巴狗，还狗仗人势，帮着王大山欺负我们胡家大院的娃儿。

体育课的时候，苟老师又教王大山、黑牛子和我打篮球。从五十米折返跑，到运球，三大步上篮，转身跳投，一步步教我们，我们的技术提高得很快。黑牛子生来好像就莫得运动天赋，即使老师做了很多次示范，他学起那些动作来还是感觉别扭，很不协调。于是，老师更多的时候只指点我和王大山，让黑牛子在旁边看着。

王大山说苟老师年轻时是县男子篮球代表队的主力后卫，因为受伤才改做老师的，在县城带了一大批篮球苗子，有的进了市队，还有个进了省队。苟老师大学读的中文系，报纸上登过他的文章，因为年龄大了，身体有旧伤，想回老家，这次教育局才把他安排回燕子岩小学教书。

暑假，读四年级的王大山，被苟老师安排去光雾山镇小学集训篮球了，我没有被老师选上，可能是因为个子太矮，或者因为我还尿床（苟老师做过一次家访，婆婆告诉他的）。其实我不后悔，我相信只要不尿床了，肯定可以去中心校打球。我的技术在苟老师的调教下，已经可以和王大山对抗了，偶尔还可以运球过他，虽然不能赢他。当然，王大山个子比我高很多，至少十厘米。

黑牛子的成绩越来越好，春梅子极不服气，因为黑牛子爷爷逢人便夸他孙子，在燕子岩小学成绩如何如何。春梅子总是翻着她那对漂亮的白眼对我说，他那成绩拿到镇上去比，最多只是中上水平。

可是，有一次苟老师宣布全县统考成绩，说燕子岩小学获得平均成绩集体一等奖，还有同学进了优等生行列。我想这个"还有同学"肯定是黑牛子，好在他爷爷不晓得这个情况，否则十里八乡都知道他家出了个"文曲星"。

暑假里，黑牛子家真的买了一台黑白电视机，虽然我们胡家大院收看不到电视节目。黑牛子还是和我们在梦溪谷和燕子岩玩耍，更多的时候却藏在屋里看书写作业，听从他爷爷的教导。

春梅子爷爷的蜂蜜那年大丰收，城里有人专门到院子里来买春梅子爷爷的蜂蜜，他们说山里的野生蜂子酿的蜜，现在市场上很难得买到了。

婆婆悄悄给我说爸爸又汇款回来了，还要我不给黑牛子和春梅子说爸爸妈妈开公司的事，要有心胸（心眼）。我才不管大人们的事，当然不会给黑牛子和春梅子说爸爸妈妈开公司的事。家里吃得好一点了，经常可以吃一些家里母鸡下的鸡蛋，那些鸡蛋婆婆也不在赶场的时候拿到光雾山镇卖了，还有些品相不好的天麻也不拿去卖了，婆婆在家偶尔还给我用天麻炖一只鸡，不时叫春梅子和黑牛子来家里打个牙祭。腊肉丝丝面就常吃了，几乎每天晚上放学回来，婆婆都要给我端一碗腊肉丝丝面，有时候我都感觉有点吃腻了。

婆婆在空闲的时候带上我去燕子岩的空地上卖一些山货，有核桃、猕猴桃、天麻、山药和板栗，顺便帮春梅子爷爷卖一些蜂蜜，总之，山里有的山货婆婆都会弄上一些拿到那里卖。听说这几年的秋天，燕子岩有外地的客人来这里旅游，说燕子岩的红叶好看。

来燕子岩的人逐渐多了，婆婆的山货就好卖，我竟然第一次有了零用钱，我可以在燕子岩后山的幺店子买那些好喝的饮料了。

春梅子、黑牛子和我在暑假里除了帮大人们做一些力所能及的事，整天都待在一起玩耍。

"我第一次喝可乐，差点把我眼泪冲出来。"我和春梅子、黑牛子在路上玩耍，我说。

"我也是。"春梅子说。

"我也是。"黑牛子说。

那一天我们三个人每人带了两块钱去幺店子买可乐，拉开盖子，看到里面的水还在跳，都不敢喝，后来，春梅子第一个喝了一口，看到她眼泪一下子就冒出来了。

"放了啥子药吗？"黑牛子问。

"毒死你！"春梅子眼泪汪汪，红着脸没好气地说。

接着，春梅子又喝了一口："好喝。"

"是不是哟，你不是在流眼泪了吗？"

"春梅子莫骗人。"我说。

"那你们不喝，都给我喝。"春梅子一口气又喝了几口，惬意地咂了几下嘴巴，这一次看来这东西真的好喝。

黑牛子喝了一大口，却"哇"的一下吐在地上，竟然也是眼泪汪汪。我等了会儿才小心地喝了一口，果然很冲，但是冲过了觉得很好喝。

那个夏天，我们学会了喝可乐还有其他一些饮料，想起这个世界除了酸菜汤和白开水还有这么好喝的东西，生活真的很美好。

## 十九

梦溪谷再也没有号子声了，村里的年轻人都不当背二哥，都像爸爸们那样在外面或打工或做生意，人们的日子似乎好了很多。

很多家里只留下老人和孩子，像我和春梅子、黑牛子一样，大家都成了留守儿童。那些老人像我们的婆婆和春梅子、黑牛子的爷爷一样成了留守老人。

好在我们院子里还有三条狗，还有一些母鸡公鸡，还有一些猪羊和牛。反正公鸡会在我瞌睡正香的时候打鸣，狗会在夜深人静的时候吼几声。于是，我们院子里仍会冒出一些生机和热闹，那些鸡鸣狗吠使我们的院子不至于那么寂寞。

春节的时候，我们去梦溪谷接爸爸妈妈们回家。自从梦溪谷通了公路，回村的人就不走燕子岩了。

这一次妈妈没有回来，看到爸爸不高兴我也不敢高兴。爸爸悄悄在婆婆耳边说了几句，就和罗叔叔、周叔叔、李婶婶、王婶婶打招呼。他们问起妈妈，爸爸轻描淡写地说："今年秀英有事不回来过年了。"

我们回到家里，婆婆很不高兴，当着我的面对着爸爸大骂妈妈："那个莫良心的婆娘，这山见着那山高，就是嫌我们家里穷嘛。跑嘛，跑嘛，咋不叫山里的黑熊吃了，咋不叫山里的狼叼去？这个良心被狗吃了的婆娘！"

"娘，你不要骂了，不要骂了嘛。"爸爸欲言又止。

"我就是对她太好了，你对她也太好了。这下子看到外面的花花世界就跑了，不跟你过了。水性杨花的东西。"

"你不要骂得那么难听，娘，秀英不是那样的人。"

"你还向着她，这个连家都不要了的婆娘，你还替她说好话。"

婆婆边骂边把妈妈的衣服，还有妈妈用过的其他东西往外面扔，我突然看见那张我和妈妈的照片，那是上一年级前春梅子妈妈请我和妈妈照的合影，我悄悄捡起来，藏在我的书包里。我想，以后或许只有在这张照片上才能见着妈妈了。

院子里的另外两家人看到婆婆在骂人，都到我们家来劝婆婆，听到缘由又开始指责妈妈，一边又安慰婆婆和爸爸，说跑了就跑了，今后再找一个就是了。

爸爸一个劲地解释，还是解不开婆婆心结。

除夕的晚上，大家在一起吃着团年饭就没有多少话语了，爸爸喝着酒一言不发，周叔叔和罗叔叔劝爸爸想开些。

这个晚上，等晚饭吃了，我早早地躲进屋里，爬上床去假装睡觉。躺在床上，我竟然睡不着，看到爸爸一个人坐在堂屋里抽烟，一根接着一根抽，烟雾包围着他佝偻的身躯，顺着他黑黝黝的头发无聊地向屋顶飞去，像冒出一股股怒气，找不见出去的洞。他的四周都是他扔掉的烟头，烟头像爸爸写在地上的字，不知道是不是给妈妈的信。爸爸的脸一直黑着，偶尔长叹几声。

婆婆边唠叨边收拾着上床睡觉了。爸爸一个人待在那里生闷气，在那里抽着烟，想把黑夜点燃。

我悄悄地从婆婆的床上溜下地，出了门来，一路奔向梦溪谷，向燕子岩跑去，向着自己的忧伤和思念跑去。

外面真冷，漆黑的地上到处结着霜，我好几次都差点摔跤，我不顾那些，迅速地跑着，朝着妈妈离开的方向，想要跑到山外面去找回妈妈。

还没到燕子岩，仿佛听到了一声声号子，那些号子似乎是从妈妈口里传出来，很是凄凉：

久不唱歌忘了歌
久不打鱼忘了沱
鲢鱼忘了鲤鱼洞
贤妹忘了小情哥

我无法抑制自己，对着燕子岩大哭，燕子岩也和我一起哭，那哭声一阵阵传回梦溪谷，像一颗一颗泪珠儿掉进水里，弄出滴答滴答的响声，水里也仿佛有了哭声，那些睡不着觉的鱼儿，开始和我在一起哭泣，还有梦溪谷岸边的水草和树，以及周围的风和地上的霜，都在一起哭泣，想帮我把妈妈哭回来。

我感动了自己，也感动了燕子岩。妈妈似乎透过燕子的嘴在和我说话了。

"不要伤心了，狗子。"

"你为什么不要我们？不要我们这个家？"

"不是我不要你们，很多事你不知道最好，知道也无能为力。"

"爸爸对你不好吗？婆婆对你不好吗？"

"你想错了，这些与他们无关。"

"可是，为啥你不回来？婆婆说你跑了，因为我们家里太穷。"

"不是的，咋能说我跑了呀？再过——再过二十年，你大了，你就会知道的。"

"为什么要二十年？为什么要那么久？"

"不说了，狗子，你回去吧，山上太冷了，以后的日子，你要学会自己照顾自己。"

燕子不再开口了，我的脑袋昏昏沉沉的，没有一点主意，任凭山上的风吹着，没有感觉到一点寒冷。

刚一转身，爸爸站在不远处："狗子，你好急人啊。妈妈离开了，就不要想了，等你长大了，就知道为啥妈妈要离开我们。你要相信妈妈没有做对不起我们的事，妈妈永远都是个好妈妈。"

我想，你们大人只会说等你们长大，就啥子都知道，为啥我们现在不可以知道？为啥现在不能知道？

回到家里，天已经亮了，隔壁黑牛子爸爸放响了鞭炮，新的一年开始了，这个春节我们家里没有笑声，只有沉默，只有无尽的悲伤以及我沉重的思念。我的眼里因为悲伤，就把那些眼泪化成水，一滴一滴地无声地让它滑落，落进自己孤独的思念里，落进痛苦的时光中。

正月初三过完，春梅子、黑牛子知道了我的妈妈不会再回来，都跑过来安慰我。

"我妈妈就是你妈妈，莫啥了不起。"春梅子说。

黑牛子怪笑："你们要成一家人啰，你和土狗子是多好的一对,哈哈。"说着,还用两个手指比着。

"呸,呸,牛嘴里吐不出象牙,你就会歪起想,死牛子!"春梅子打着黑牛子的手,她的脸变得绯红。

正月初三,爸爸又出门了,家里恢复了往日的平静。

爸爸离开的第二天晚上,我又尿床了。尿床之前又梦见了黑熊,那黑熊一直追我,直到把我撵醒,醒来就发现自己尿床了。我等着妈妈的巴掌,可是一直到天亮都不见妈妈来扇我的屁股,我知道妈妈再也不会回来打我了。可我多想妈妈能再打我的屁股啊。

那个春节,我十一岁半,我失去了妈妈,也失去了那些快乐和幸福。

# 二十

初五的早上,我还是忍不住,偷了婆婆藏在篮子里的几十块零钱,带上婆婆放在灶屋的几坨酥肉出门了,我要出去找我妈妈。

我想走到光雾山镇,在那里坐车去汉中,在汉中坐车去西安,去了西安就可以找到妈妈了。

我很兴奋,一路走着还唱起了歌,看到路边飞过的小鸟和爬行的松鼠还不时问候一下它们。光雾山真美,有的树枝上还冒出了嫩嫩的绿芽,预示着这个春天马上就要来了。

在中午阳光明亮的时候,我已经把燕子岩甩在身后好几里路了,可是什么时候能到光雾山镇我不知道。我感觉到很饿了,先吃了两块婆婆炸的酥肉,却后悔出门的时候忘记带上一壶水。在路边找到小溪,我趴在溪边随便喝了几口水,似乎比饮料还好喝,或许真的很渴吧。

夕阳来了的时候,我还没有走到光雾山镇,我渐渐地焦虑起来，我想这个晚上一定得走到光雾山镇。

夕阳落山的时候，我感觉到自己迷路了。

我竟然会走错路？我不是去过光雾山镇吗？我不知道在哪里走错了，马上就到夜里了。才正月初五，这样的晚上没有月光，我害怕起来。我在路上走着，很没信心地走着。远处没有人家，没有灯火，我在黑暗中行走，愈走愈害怕，我知道不能停下来，这荒郊野外的。

夜越来越深了，我还在走着。我不敢哭，我听说这山里有很多野兽，我怕我的哭声会把野兽惊醒，那样我就会成为野兽们的美味。我不敢想下去。

越走越疲惫。我快要站着睡觉了，我感觉到头脑越来越乱，我控制不住自己的脚步。

我找到一块大石头，我坐了下去，我不断地喘着气，我想睡一觉，我便睡着了。

一觉醒来，我的身体不停地发抖，这个该死的夜真冷！抬眼望天空竟然有了点点星星，我看不见路，只有靠在那块石头上，抱着双手，任由寒冷的空气宰割。我在心里一遍一遍地提醒自己不能再睡了，再睡只有死去。

我咬着牙，想站起来做几个跳跃的动作，却不能够。我感觉到自己饿极了，摸摸身边装酥肉的口袋，竟然找不见。我多想吃东西，可那口袋不知道什么时候不见了，我真粗心！在这个关键时刻，竟然把酥肉弄丢了。

我又冷又饿，我望着天空绝望地伤心起来。这个时候我多想待在婆婆的被窝，吃着婆婆做的饭菜……我好想回家。

突然，两只黑黑的像猪一样的东西喘着粗气向我扑来。我无力躲避，闭上眼睛等待着它们的袭击，是呀，就是死嘛。

我却怕疼，我怕那野兽一口一口撕咬我，让我生不如死，那样就太惨了。

转瞬间,我又听到狗叫,竟然像我家的大黄狗!

我睁开眼睛,那两只黑乎乎的野兽转身向大黄狗奔去,山坡上,我家的大黄狗已经在和那两只像猪一样的野兽在搏斗。

大黄狗一忽儿奔向左边的野兽咬上几口,一忽儿奔向右边的野兽咬上几下。

两只野兽像商量好的,把我的大黄狗围住,大黄狗在原地打着圈,突然,一只野兽向大黄狗进攻了,大黄狗一个趔趄似乎受了伤,大黄狗咬住另一只野兽,那只野兽很快倒下去。

大黄狗已经精疲力竭了,两只野兽也精疲力竭了,我看得眼花,却忘记了饥饿与寒冷,被大黄狗和两只野兽的搏斗深深地吸引,竟然忘记大黄狗是来营救我的。

星光下,只看见无数只眼睛射出蓝蓝的光,交换着位置。那些光可能是野兽的,也可能是大黄狗的,大黄狗不能和我打招呼,它被那两只野兽死死地缠住。

不久,就听到有东西滚下山崖,发出沉闷的响声。随后就是死一样的沉寂,黑夜在星星的照耀下发着寒光。

我坐在星光下等着明天,没有睡意。

黎明终于来了,两只猪一样的野兽不见了踪影,大黄狗躺在不远的草坪上喘着粗气,我跟跟跄跄地强撑起来,爬到大黄狗的身边,大黄狗的身下一摊污血,肚子烂了一个窟窿,肠子掉了一地。地上的一片小石子在大黄狗流出的血里,硬硬地扎着我的腿。

我去草坪扯了一把草想堵住大黄狗的肚子,又怕弄断了它的肠子。我看到大黄狗睁着灰色的眼睛,眼角挂着两滴泪珠,无神地望着我。我摸摸大黄狗的鼻子,已经没有气出了,我知道大黄狗死了。

大黄狗为了救我死了。

我回到石头旁,突然看见不远处有一条大蛇,蠕动了几下,我一下子昏了过去,不省人事。

## 二十一

我醒来的时候已经躺在一户人家的床上了。

我看到了王大山。王大山的爸爸正在给我喂米汤，我边喝边闭上了眼睛，我怕王大山嘲笑我。我听见王大山的爸爸说这个娃儿命真大，好在终于醒了。

王大山没有嘲笑我，帮他爸爸打水给我洗脸。

那个时候我真想钻进地洞，为啥是王大山爸爸把我救下来？我宁愿是一个陌生人救我而不是王大山爸爸。因为我心里是那么恨王大山，以后，我还会恨他吗？毕竟王大山是我救命恩人的儿子。

有一天，我可以下床行走了。

王叔叔说你已经在家里躺了三天了，要不是大山从他舅舅家回来，还不知道你是哪家的孩子呢。

午饭后，王大山把我婆婆和周爷爷、罗爷爷还有黑牛子、春梅子一起带到家里来了。

婆婆眼里闪着泪光，看着我对王大山的爸爸说了很多感谢的话。黑牛子爷爷说要给社长送一面锦旗。

王叔叔说要感谢就感谢那条大黄狗，是大黄狗救了他。大黄狗真厉害，竟然把两只野猪活活地咬死了。要不是这条大黄狗，这个孩子可能早被野猪害了。还有，那条蛇如果不是正在冬眠，这个孩子也会出事的。唉，这个娃儿命真大！只是深更半夜让他一个人跑出来，不知道有多危险，你们这些当家长的咋这么粗心大意？婆婆频频点头，不停地说着感谢的话。

王大山爸爸又说，都是一个村子的，何况吴月还是王大山的同学呢，你们就不要再客气，再说啥子感谢的话，好好把孩子看好就对了。

　　春梅子和黑牛子看到我很是高兴，春梅子拉着我的手说："你不知道你不见了你婆婆多着急，还有我和黑牛子和爷爷们多着急，几乎找遍了梦溪谷和燕子岩，找遍了我们能想到的所有地方，只是没有想到王大山家这边。爷爷说到汉中就要走这条路，那是他们背二哥走的路，想不到你走到这儿来了。"

　　黑牛子说："再找不到你，爷爷就准备报案了。"

　　春梅子第一次友好地对王大山微笑了一下，黑牛子却没有对王大山示好。他们相互之间仍然没有说话。

　　周爷爷说孩子没事就好，没事就好。

　　婆婆没有问我为啥要离家出走。

　　经过这一次的离家出走，我再也不敢一个人出门找妈妈了。我想，等自己长大了再去找妈妈吧。

## 二十二

　　黑牛子爷爷住院了。黑牛子爸爸回来了一趟，因为缺钱交药费，把家里的电视机拿到镇上低价卖了。

　　黑牛子爷爷得了急性阑尾炎，做了一个手术花了一千多元，罗叔叔好像一下子老了十几岁。

　　婆婆提着一筐鸡蛋，带上我和春梅子去镇上医院看罗爷爷。

　　"怪我不争气啊。用了家里这么多钱，这些都是两个娃儿在外面挣的血汗钱啊。"

　　"把病医好才重要，不要想啥子钱不钱的了。"罗叔叔说。

　　"就是，钱用了可以挣嘛，命没有了咋办？"婆婆说得很直。

　　"你看嘛，我得了这个瘟病，不但把儿子媳妇的钱用光，还耽搁儿子的时间,哎,我咋不死哟。"

"爹啊,你这算啥子瘟病嘛,就是一个简单的病。"罗叔叔说,"钱用了,我们可以挣啊,你老的命不值钱吗?"

"哎,你们在外面不容易哟,眼看到日子一天天好起来,因为我这一住院,我们的日子又回到解放前了。"罗爷爷不无心酸地说。

"爷爷,你好生养病嘛,我二天大了,也给你挣钱,挣很多很多钱。"黑牛子说。

"你就莫在这里挣气呕了。"春梅子翻着白眼。

"牛牛孙子有志气。"婆婆笑着说。

随后,婆婆掏出两百元钱给黑牛子爷爷,说:"我和春梅子家的一点小意思,你好好养病嘛。"

罗爷爷推着,硬是不接,黑牛子一下子从婆婆手里抓过那钱,放到罗爷爷的枕头下面。

"还是牛牛懂事,还是牛牛懂事。"婆婆又说,"他罗爷爷,你就好好养病,我们走了。"

这是我听到婆婆和罗爷爷说得最多的话。

婆婆随后带着我和春梅子离开了医院。黑牛子继续留在医院陪着他爷爷和爸爸。

"黑牛子就是一个见钱眼开的人。"春梅子悄悄在我耳边说。

"你回去给爷爷说,你们家的那一百元钱给了你罗爷爷,这个情带到了。"婆婆对着春梅子说,"罗爷爷也不容易,这天发病不是被你爷爷发现,让村上来人及时送到医院,还说不一定有多危险哟。"过了一会儿,婆婆又对春梅子说,"这个老罗,还得感谢你爷爷。"

我们回到燕子岩,想起罗爷爷说的那句回到解放前,只是不理解啥子是解放前,就问春梅子:"你晓不晓得啥子叫解放前?"

"我不晓得。"春梅子说。

"哈哈，解放前就是说解放前的生活很困难。解放前我们几家人的祖上都是地主家的背老二，一天东躲西藏跑山河，辛辛苦苦一年到头只能挣几口饭吃。"婆婆给我们解释着，又抱怨着，"你罗爷爷也真是，现在无论如何也比解放前好多了。"

我和春梅子相视一笑，没有听懂婆婆的解释，更没有听懂跑山河是啥意思。只是想，可惜黑牛子家这下就没有电视机了，因为罗爷爷的病。

罗爷爷没有住几天就出院了，黑牛子跟着他爷爷回到胡家大院，罗叔叔办完罗爷爷出院手续，直接从镇上又去了青岛。

胡家大院恢复了往日的宁静，我们三个孩子按部就班地去燕子岩小学上学放学，经过梦溪谷，总是有使不完的劲，到了梦溪谷就是一阵疯跑，而那个时候最爱听春梅子在身后喘着粗气吼我和黑牛子："跑嘛，跑嘛，跑那么快去投胎吗？"等吼完了，又在后面大叫，"你们等下我嘛，我气都回不上来了啊！"

于是，我们就坐在燕子岩上的空地上等着春梅子，等春梅子到了，黑牛子会主动和我一起帮春梅子背书包。我们又生龙活虎地往学校跑去。

## 二十三

光雾山上兴起了旅游，很多外地来的人都说，梦溪谷和燕子岩是这山上风景最好的地方。附近有人承包开发了温泉，一些农民家里办起了农家乐。

我一如既往地上学放学，跟着苟老师练习打篮球，整天和春梅子、黑牛子一起在梦溪谷跑跑停停，过着白天黑夜去来轮回的日子。总觉得梦溪谷和燕子岩就是一个很普通的样子，没有看出来有啥子好旅游的,没感觉到这儿有多美丽。

到了10月,到了这个秋天,今年的红叶似乎比哪一年都燃烧得旺盛。往年的红只是映红了水,今年的红连路和那些田坎都被染红了,还有春梅子和黑牛子家的狗身上和额头上都红得灿烂起来,燕子岩一下子拥来了很多人。

看到春梅子和黑牛子家的狗,我就想起我家的大黄狗,那条用生命保护我的勇敢的大黄狗。

因为爸爸一个人在外挣钱,婆婆又开始上燕子岩卖山货了。一个周末,我和婆婆去了燕子岩的空地上,等婆婆招呼客人时,我悄悄拿出我和妈妈的照片,想了一会儿妈妈,抬起头又看到那块大石头,上面有我和黑牛子、春梅子比高矮画的线,今年我已经140厘米了,黑牛子148厘米,春梅子已经超过我们,到155厘米,成了一个大姑娘了。

我看到我们三个人的线,就盼着长大,就盼着二十年快快地过去,燕子说等二十年就可以见到妈妈了。

"你的照片。"我身后传来一个小姑娘标准的普通话。

"哦,谢谢。"我说不好普通话,用四川话,伸出手。

"小哥哥,你在流眼泪吗?"

"没事。"我擦了一下眼睛,我几乎就要说出,我在想妈妈了。

小姑娘怔怔地望着我,没接话。

"你做啥子的?"我问。

小姑娘从她的口袋里取出一个小油纸口袋,把照片从我手上拿过去,小心地装好,然后才给我递来。

"给。"

"谢谢你。"

小姑娘还是不说话,拿着装好的相片茫然地望着我,我一下子反应过来,或许她听不懂我说的那些四川话。

我把相片装进口袋，顺手找来一根树枝，在地上写着："读几年级了？"

"这是你小时候吧，你妈妈真好看。"小女孩终于说话了。

"哦，那是我一年级前和妈妈一起照的相片。"我继续写着。

"我读三年级了。这是我装大头贴用的小口袋，你把妈妈和你的相片保管好吧。"小女孩又开口说话了。

我用手摸了摸口袋，对她点了点头。

"能认识我写的字吗？"我继续用树枝和她说话。

"嗯，我都读三年级了嘛，能认很多字。"

小姑娘看到我和春梅子他们比高矮画出的线，指着那些线条问："那是什么？"

我用树枝指着今年开学时我画的140厘米那根线，然后在地上写道："这是我的身高。"

"那两根线呢？"

"我们院子里另外两个小伙伴的身高，我们是同班的同学，一起长大的小伙伴。"

"我可以比一下吗？"说着她就站在那块石头下，我用石子在她头顶画了一根线，她比我矮了似乎有七八厘米，没有尺子只能估计。

"你和谁在一起？从哪里来这里？"我还是用树枝写字问她。

"西安。"

那是我曾经想去找妈妈的地方，我又问："到这里来干吗？"

"妈妈带我来看红叶，我们离这儿不远呢。"

"至少有几百公里吧？"

"现在路好走了，不远。"

我还是觉得西安太远，远得让我迷了路，远得几乎让我失去生命，远得让我失去了我家的大黄狗。

"红叶好不好看？"

"当然好看了,漂亮极了。"

我没有表露我的悲伤,我注意到小女孩很漂亮,比孙萌萌还漂亮,两条辫子在肩上左右摇摆,摇摆着的辫子把她所有的美像秋千一样荡进了我的脑海里。她那一件红色的衣服,在红叶的映射下更加红得肥厚了。

"妈妈说明年有时间还要带我来看红叶。"

我在地上用树枝写着:"明年我就读初中了。"

"明年你不来这里了?"

"说不定,我住在这附近。"

"明年你可以好好学学普通话,你这样在地上写,真费劲。"她看到我在地上写写擦擦,袖口和手上都沾满了灰。

"明年你来吧,到时候我可能还和婆婆在这里卖山货。"

"我妈妈喜欢你们这里的蜂蜜和山药,我喜欢猕猴桃。"

"到时候给你妈妈弄最好的山药和蜂蜜。"我在地上写着,"我给你摘最好吃的猕猴桃。"

"我觉得来这里和你比一下高矮更有趣。"

"明年你来吧。"

"你也来吧。明年我说不定就赶上你的高度了,哈哈。"小姑娘信心十足。

接着,小姑娘伸出手指:"拉钩——"

我们刚伸出各自的小手指,正要拉钩。

"雅妮,我们下山去。"一个年轻漂亮的阿姨走过来,牵住小姑娘的手,"走。"

"小哥哥,明年等我,等我们来看红叶,比高矮……"小姑娘边走边回头,看着我在地上写的字。

"好!"我甩掉树枝,长出一口气,心情极好。

## 二十四

　　秋天悄悄走了，红叶随着秋天的结束四处飘零，在风中慢慢飘着，飘着飘着就不见了踪影，飘着飘着就把日子飘冷了，把秋天飘不见了。冬天来了，燕子岩又是漫天飞雪，到了寒假，我们在飞雪里停下上学的脚步，回到家里等着新年的到来，黑牛子和春梅子可以等着爸爸和妈妈回家，我只能盼着爸爸一个人早点回来过年。

　　我再也见不着妈妈了，很多个黄昏我一个人穿过梦溪谷跑到燕子岩，拿出妈妈和我的那张相片莫名其妙地看着，看着看着，一个下午就不见了。那些时候雪花还在无聊地飞着，飞到我心里，想把我想念妈妈的热情变冷，想使我的血液结冰。我知道即使这样无尽地想着，也不会再见到妈妈。可是那些飞雪和寒冷可以阻止我想妈妈吗？不能啊，谁也不能阻止我对妈妈的思念。

　　我捧着妈妈和我的相片，痴痴地望着漫天飞舞的雪花，那些雪花一忽儿变成妈妈的笑脸，是那么美丽；一忽儿又变成妈妈的整个人，缓缓地向我走来，似要给我说点什么，可是，那雪忽然变大了，把妈妈笼罩在飞舞的雪花中，我看不到妈妈了，妈妈随着那些飞舞的雪花变成一只只燕子，从我的那张相片里飞走了，飞到我眼睛看不见的地方，让我一下子莫名其妙地悲伤起来。

　　我想在这飞舞着的雪花里抓上一把，或许可以抓住妈妈，即使抓不住妈妈的全部，也可以抓住妈妈的衣角，或者抓住妈妈的一根头发吧。可是那雪花刚钻进我的手心就不见了，消失得那样迅速，像妈妈那天离开胡家大院，悄无声息，毫无征兆。

　　我捧着相片，想啊，想啊。直到那雪花渐渐地歇息了，不再飞舞，直到我的肩上和头上都盖满了一层洁白的雪花，直到我的思念停满了雪花。

我捧着相片,想着妈妈,想着雪花里的妈妈,失望极了。我回到胡家大院,经过那棵弯柏树,看到婆婆在树下张望着,等着我回家。

回到胡家大院,婆婆拉亮了家里昏黄的电灯,我又回到那些浓浓的夜色里,回到思念里,总不能释怀,不能自已。

春节的时候爸爸没有回家过年。除夕的晚上,我和婆婆两个人和春梅子、黑牛子一家团了年。晚饭后,我回到婆婆的房间,面对一盏孤灯,我和婆婆又回到各自的寂寞中。为了赶走这些寂寞,婆婆当着我的面又数落了妈妈一顿,继续没完没了的家务。我伤心起来,早早地上床睡觉,在被窝里默默地想着妈妈,想着春节我们孤独以外的那些热闹,和往年有爸爸和妈妈时的幸福。

上学放学,我们的时光在穿越梦溪谷和燕子岩中静静过去。王大山早就去光雾山镇的初中上学了,我不再恨他,因为我是他爸爸救下来的。暑假里,孙萌萌和我们胡家院子的三个孩子一起被光雾山镇中学录取。时间真快,我们似乎提前把童年留在了燕子岩小学,留在了燕子岩,留在了梦溪谷,留在了胡家大院。

因为爸爸们打工和开公司,我们几家人的贫困随着时间的流逝,定格在了我们的童年和小时候,那些清汤寡水的生活离我们越来越远了。

黑牛子家又买了电视机,这一次还是彩色的。胡家大院还是没有信号,还是接收不到电视节目。

孙萌萌看着我们的眼睛依旧白多黑少,在她的眼里,我们小背老二的身份依旧没有改变,虽然我们从心里不会再承认自己是背二哥的孩子。

童年过去,我们忘记了"仇恨"。

## 二十五

  我满十二岁的那天,又到了七月半,等大人们祭拜完我们的先人们,我的生日才正式开始。婆婆张罗着给我做好吃的,穿着围裙在厨房里忙碌起来。

  我觉得少了些什么,或许因为这个生日听不见妈妈的呼唤,看不到妈妈的身影。

  黑牛子和春梅子给我准备了礼物。黑牛子送给我一个很漂亮的文具盒,里面还放了一张小卡片,写着:"生日快乐,天天开心!"春梅子给我送了一只电子手表,我感到这表太贵重,就说:"春梅子,这表你自己戴吧,太贵重了。"

  "我有呢。暑假我去爸爸的厂里,他们就是生产这个表的,爸爸说值不了几个钱。我还给黑牛子准备了一只。"

  "你现在就给我嘛。"黑牛子说。

  "想得美,等明年你生日到了再说。"

  我想起暑假在西安和爸爸一起的时光,给黑牛子和春梅子带了礼物,买的小兵马俑仿品,还没有给他们。

  "我想提前把你们的生日礼物给你们。"我说。

  我转身到我房间里,取出来几个兵马俑,春梅子选了个颜色鲜艳的,黑牛子选了个高大威猛的。

  "那我也回去把礼物拿过来吧。"春梅子改变了主意,和黑牛子同时说道,相视而笑,他们各自回了屋。

  "给。"春梅子把手表交到黑牛子手上,黑牛子把一只书包交给春梅子,春梅子脸一下子沉了下来,"你们家才吝啬哟,给土狗子只买个文具盒吗?"

黑牛子脸一下子红了:"我看到你的表那么贵重,临时把我的书包换给你了。"

"拿回去,我才不稀罕哪个的大书包。"春梅子真的生气了,翻着白眼。

"好嘛,我回去换。"

不久,黑牛子又拿了一个文具盒交给春梅子,春梅子才收下。

"今后一定要一视同仁。"春梅子又数落起黑牛子,"黑牛子,就你花花肠子多。"

这个暑假,我们三个孩子第一次坐了汽车也坐了火车,第一次出了一趟远门,春梅子去了广州,黑牛子去了青岛,我去了西安,我们都到了自己爸爸的工作地,和自己爸爸一起过了几天暑假。

春梅子给我们讲了坐地铁,说那火车竟然可以在地下跑。讲起广州的房价,还讲那里的发财人,她说今后她也想去广州做生意挣钱。黑牛子说青岛真凉快,就像我们燕子岩,即使再强的太阳光,只要站在阴凉处就会凉风习习,很是舒服。他说他和爸爸妈妈去了崂山,看了海底世界,去了五四广场,看了大海,吃了海鲜。我说,我和爸爸去看了兵马俑,看了华清池,去了华山,那山和我们燕子岩一样陡,握着铁链子在上面爬,心里都是悬吊吊的,真怕哪个不小心掉下去就惨了,我看到有人把相机掉下去,连落到地上的声音都听不见。

这个晚上,我们聊了很久,从爸爸妈妈打工的地方回来,我们都觉得自己长大了很多,开了眼界,见了世面。

说起妈妈,我心里又一阵阵难受。想起在西安的几天,爸爸陪着我似乎也很不开心,每走到一个地方就老是给我照相,估计花在照相上面的钱都有一百好几吧,还老是给我一个人照相,还给我说来一趟不容易,多照相好做纪念。

在西安,我悄悄地在爸爸的公司里找妈妈,可是哪有妈妈的影子?我还在公司周边找,越找越失望。唉,妈妈咋扔下我不管了?

也扔下公司不管了。妈妈啊,你可知道我来这里了,我就睡在你曾经睡过的床上想你呢,我多想我们一家人能在一起过日子,可是今天我来了,你却不见了!

我又想起自己的那一次离家出走,真的太天真了,即使现在自己在西安,还是找不见妈妈呀。妈妈早变成了一片云,飞得很远很远了。

在西安,在寻找妈妈的失望里,我还会想起在西安的那个小女孩,那个被她妈妈叫作雅妮的小女孩。想起她那些很标准的普通话。在华山的时候我也试着用普通话,竟然可以说得很流利,很多北方的游客还喜欢和我说话。我想,今年雅妮再来燕子岩,我就可以好好和她说话了,不用拿树枝在地上写字了。

其实,我还想把我妈妈的事说给雅妮听,让她好好爱她的妈妈,珍惜自己的妈妈。她的妈妈多好啊,在空闲的时候带着她出来旅游,带着她到处看风景,她的妈妈真漂亮。

那些日子,真想在大雁塔或者钟楼的拐角处遇见雅妮,遇见她那带着酒窝的微笑。想起我用树枝在地上写着潦草的字和她说话,听着那些标准流利的普通话,想着今年秋天她要来看红叶,还有和她在大石头上比高矮画线的约定,就后悔,那天竟然没有拉成钩。

或许她长高了吧,长得像她妈妈那么高那么漂亮。

在西安,我没有给爸爸讲找妈妈的事,也没有讲雅妮,讲那个发生在燕子岩上的故事。

回到胡家大院里,没有给黑牛子和春梅子讲我找过妈妈,也没有讲雅妮来燕子岩的事。

正想着,婆婆叫我们吃饭了。黑牛子比我还快,一下子蹿上了饭桌。晚饭真丰盛,有清汤丸子,有排骨汤,有鱼香茄子,有烧白,有酥肉汤,还用山药和天麻炖了一只鸡。

黑牛子饭量仍然很大,吃得满嘴的油。春梅子吃得很仔细,慢咽细嚼,直夸婆婆做的菜好吃。

"哪天爷爷能做这么多好吃的就好了。"春梅子说。

"我爷爷也弄不出来。"黑牛子说。

"不是你爷爷啥子都能干吗？这下才说了老实话。"春梅子笑。

"只可惜妈妈不在家，爷爷的饭只能饱肚子。"春梅子又说。

"就是，还是妈妈做饭好吃。"黑牛子说。

春梅子看到我脸沉了下来，立即收住话题，给黑牛子递了一个眼神："不说了。"

婆婆接过他们的话说："上了初中，每周回来，都来我家吃饭，我给你们做好吃的。"

"要得要得，我们回来就来蹭饭。"春梅子说。

"那还是要交伙食费啰。"黑牛子说。

"不用交，不用交。"婆婆说。

大家又是一阵笑。春梅子带头给我唱生日歌，黑牛子和着，我在心里默唱着，却高兴不起来，有什么老是压在心里，虽然我知道我又长大了一岁。

婆婆收拾碗筷的时候，春梅子和黑牛子离开了。我又想起妈妈，想起妈妈仿佛还在屋里，给我唱着生日歌，在晚饭后和婆婆一起收拾碗筷，做着家务，穿着那件洗得发白的蓝花布上衣，头上甩着两根长长的辫子，风风火火地在屋里屋外静静地忙碌着。

我的耳朵里竟然又响起了从梦溪谷传来的号子，那声音一会儿是爸爸的，一会儿又是妈妈的，虽然我还是听不太懂，可是那些声音却字字清晰，如歌如泣，在梦溪谷回荡，穿过云霄又回到谷底，来回地绕——

　　四更鼓儿过，奴家睡不着
　　翻身起来床上坐，月儿往下落
　　月儿落下，心想奴冤家
　　冤家不到我家耍，心里乱如麻

  冤家不来耍,奴也不怪他
  写封信儿拜上他,奴有知心话
  两脚转绣房,打开龙凤箱
  月红纸儿取一张,纸上述衷肠
  纸儿折成行,墨儿磨成浆
  砚台放在供桌上,自写自思量
  手提羊毫笔,泪珠往下滴
  眼泪汪汪写不起,愈写愈着急
  忍下一口气,提笔定上去
  要写当初我和你,并无二心起

  我望着窗外的月亮,静静地出神,想着妈妈。
  婆婆说:"七月半,鬼乱窜。你早点睡觉。"
  夜越来越深了,四处静悄悄的,所有的动物似乎都睡着了,连同黑牛子和春梅子家的狗。
  我不能入睡,那些号子还在我的耳边回响。我索性推开门,看见月亮已经挂在那棵弯柏树的树枝上,像葵花一样悄悄地绽放开来,屋外的田地被一亩一亩的月光装满了。山上很是宁静,宁静得老是听到妈妈的声音,在我的耳朵里嗡嗡叫着,我不知道今夜的燕子会不会和我一起想我的妈妈?我不想再去燕子岩,不想让那些眼泪流出来,流在我生日的晚上。
  可是我还是忍不住出门了,默默地走向梦溪谷。萤火虫在我眼前无聊地飞着、跑着,山谷很寂寞,没有一点声响,我仿佛走进一座古墓,可是萤火虫的光亮还是告诉我,这是秋天的开始。寻着萤火虫的脚步,我的思绪也在飞舞,忽明忽灭的萤火虫就像妈妈的眼睛,萤火虫眨着那些眼睛,好像妈妈有无数的心事挂在高远的夜空上。我跟随着飞舞的萤火虫,不知不觉来到了梦溪谷。水还在静静地流淌着,带着我的思念,要把我的那些思念流向远方,流到妈妈的怀里。萤火虫静静地点亮我前行的路，要带着我去找妈妈。前面的燕子岩太高了，萤火虫飞到燕子岩的树下，再也不向前飞了。我很失望，坐在山下，默默地看着萤火虫绕着燕子岩飞着，像我杂乱如麻的心事，那些心事变成一缕缕寂寞，缠绕在我的心里，总也飞不出去。

月光如洗，洁净得让我寂寞下来，我很矛盾，妈妈为啥就一走了之？为啥不再回到这么美丽的梦溪谷，回到胡家大院来看看她唯一的儿子？还有这么善良的婆婆，还有我家的那条大黄狗。那条大黄狗对妈妈多好呀，每次妈妈从外面回来，它都第一时间跑到院子外面迎接，又蹦又跳地围着妈妈兴高采烈地欢叫着。可是大黄狗却在妈妈离去之后和我一起找妈妈，死在黎明前的星光下，为我，也为妈妈。唉，妈妈咋就不回来了呢？因为我没有黑牛子成绩好，因为我老是尿床和多病？还是因为我是一个不争气的小背老二？

过了今夜，我十二岁了，十二岁的晚上我特别想妈妈。

婆婆不知什么时候站在我身后，她拉我回家。

今夜，我不再和婆婆一起睡觉了，婆婆说我读初中了，得独立。躺在婆婆收拾的新床上，我很快入梦了。

这个晚上虽然我喝了很多饮料，也梦到了黑熊，可竟然没有尿床，从第二天凌晨一直睡到中午也没有把尿屙到床上。经过寒气的侵袭也没有感冒没有咳嗽。我很庆幸，或许是妈妈保佑的吧，我想。

# 中部

——我们长大了，烦恼也长大了。烦恼里除了有成长，还有悲伤，无法拒绝。

# 一

初中住校,我真的不再尿床,不再咳嗽,不再梦见那只老是住在我儿时梦境里的黑熊了。或许我真的长大了,也许,黑熊害怕我男子汉的威风了吧。

婆婆说我定根了,我不知道什么叫定根,或许是婆婆迷信的说法吧。反正,我身体好了,像黑牛子一样不轻易生病。

我和春梅子一个班,黑牛子和孙萌萌一个班,每周六下午放假,周日下午到校,周日晚上要上自习。

光雾山镇开通了到梦溪谷的小班车,可我们舍不得花一块钱的车费,我们在周六一起结伴步行回家,周日下午又一起步行回到学校。

红叶灿烂的秋天,我在一个周末去燕子岩帮婆婆卖山货,没有遇见那个小姑娘,在接下来的几个周末还是没有遇着她,直到这座山上的红叶全部凋落了,都没有遇见那个叫雅妮的小姑娘。我很是失落。

我的普通话,现在真的讲得很好了,可以和那些南来北往的人们交谈,再也不必用树枝在地上写字了。

我在那个红叶散尽的周末又去了燕子岩。山上的红叶几乎全部掉到了地上,梦溪谷的水被红叶盖了厚厚的一层,红叶躺在水里,整条河床就像铺了一层红地毯,弯弯曲曲铺展开去,像天上掉下的一段彩霞,牵引着人们的眼睛。还是没见着那个小姑娘,心里空荡荡的。

时间过得真快,春节像个跟屁虫,很快到了我身后。胡家大院的电视机终于不是摆设了,山上有了信号,电视机有了画面,院子里响起了音乐，日子热闹了起来。

没事的时候，我和春梅子凑到黑牛子家里看电视，久了，黑牛子爷爷似乎不高兴，把电视机声音调到最低。我和春梅子发现黑牛子爷爷不喜欢我们，我们就不去他们家看电视了。

"可能怕我们影响黑牛子学习嘛。"春梅子偏着头，甩着她的辫子摇头晃脑地说。

我也是这样想的，我点点头。

"黑牛子现在老是班上的第一名，学校说要重点培养他。"

"第一名有啥了不得了？像他那样读死书的，一个木鱼脑袋，今后还不一定就出息得很呢。"春梅子瘪着嘴。

说完，春梅子回家了。

我回到自己的房间，觉着无聊，把在学校借的书拿出来看，以打发这个无聊的寒假。

我在这个无聊的寒假里开始喜欢上了写诗，我悄悄地写啊写，想把自己对妈妈的思念写给她，那些诗歌即使妈妈看不到，我还是要写出来。我还想给雅妮写，写山上的红叶和燕子岩的秋天，还有我们比高矮的约定。我把写出来的诗歌藏在我的小屋里，藏在我的书包里，连春梅子和黑牛子都不知道。

春节似乎少了几分热闹。不写诗的时间里我老是想着妈妈。爸爸现在也不一定要春节才回家，暑假偶尔把我和婆婆接到西安他工作的地方玩几天，到了春节他说自己很忙，不回家过年了，但还是按时给我们寄钱回来。快过年了，婆婆总是在那些日子盯着门外，眼睛里仿佛要射出一束束烈烈的火焰，像要把门前那棵弯柏树的树枝点燃，把藏在上面的鸟儿烤熟一样，目不转睛。我想婆婆肯定在想爸爸了，只是不肯说出来。

到了5月，有天下晚自习，春梅子在学校找到我，说："我们要从胡家大院搬家了。"

"为啥？"

"爸爸说现在镇上的农家乐很火爆,他们准备回来到镇上开农家乐。"

"外面不是好挣钱吗?"

"爸爸说我们一家四口人三个家,爷爷老了,需要人照顾。一家人在一起还是好一些。"

我想起我们一家只有三个人,也是三个家。

"你们能团圆真幸福。"我在心里为他们一家高兴。

"就是,你看爸爸们从当背二哥开始,整年在外面漂泊,到现在又在外面打工,爷爷和我成了留守老人和留守儿童。你们家和黑牛子家也一样,什么时候大家才能在一起?有时候我真想爸爸妈妈啊。"春梅子眼里有了泪水,我还很少看到她这么伤感。

"这下好了,你们先团聚了。我和黑牛子家也会逐渐好起来吧。"

"只是,搬到镇上我会不习惯的,周末的时候你和黑牛子到我们家来吃饭嘛,我妈妈回来了,做的饭很好吃的。"

我知道春梅子不舍得和我们分开,像我们不舍得和她分开一样。

"好嘛,你给黑牛子也说一下。"

暑假来了,春梅子一家终于搬出了胡家大院,看着他们一家人把所有的东西装进停在梦溪谷的货车里,也把我们的不舍装进了那货车。我和黑牛子在春梅子身边帮忙,守着车上那些东西,却守不住自己心里的那份牵挂。

汽车载着春梅子一家人,缓缓驶出梦溪谷,春梅子眼泪汪汪地向我们挥着手,黑牛子背转身去,我的眼泪快要流出来了,心里莫名地伤感,是呀,春梅子走了,还带着她们家的那条大白狗。车子启动了,冒出一股股烟雾,像春梅子的白眼,又像春梅子留给我们的离愁。

院子里只剩我和婆婆、黑牛子和他爷爷四个人了,狗也只剩下那一条黑色的大狗了，院子里少了春梅子的吵闹和她风风火火的脚步，少了那些快乐，冷冷清清。

自从大黄狗死了，婆婆没有再提养狗的事，或许害怕那狗带我去找妈妈，还是看到狗就会让我想起妈妈？

这一年，婆婆再没有数落妈妈了。每每到了夜里，她也学着妈妈，忙着剪裁那些用过的旧布，说要纳鞋底。那曾经是妈妈晚上喜欢做的活路，不知为啥，现在婆婆似乎更加痴迷，总是翻弄着那些旧东西，好像在寻找那些旧故事，要找回那些被妈妈裁剪过的旧时光。

我看到黑牛子爷爷不爱说话了，虽然常和过路的熟人朋友讲，黑牛子成绩怎样怎样好，声音却没有从前洪亮，神情没有原先那样豪气了，心里似乎总装着一份寂寞。即使这样，却还是装不完胡家大院的日渐萧瑟。

在光雾山镇中学，春梅子、黑牛子和我还是最好的朋友，我们只要有空，几乎都凑在一起。只是黑牛子更爱读书，比以前更加忙了，我们聚会的时候他总是迟到，我们没有什么怨言，总耐心地等着他、理解他、包容他，谁叫他是我们胡家大院的第一名呢。

春梅子家的农家乐很火爆，生意很好，春梅子放学后总是回家去帮忙，我和黑牛子常常去她家的农家乐吃顿好吃的，咀嚼我们那些割不断的浓浓情谊。

## 二

又一个秋天，我在燕子岩上把妈妈和我的那张照片弄丢了，我没有见着那个说普通话扎着两根小辫脸上有酒窝的西安小姑娘，连续三年我都等到红叶散尽，才不去燕子岩的。我和黑牛子、春梅子还是在那个石头上比高矮画线,初二结束,我已经175厘米,黑牛子172厘米,春梅子163厘米,我成了我们三个中最高的。春梅子真的长成了一个大姑娘,比高矮的时候还躲躲闪闪的,怕别人看见,不像小时候总是争着第一个站在石头下,踮起脚尖,扬起脑袋吼我和黑牛子:"不要给我画低了!"

那声音总是响在我的耳边,或许,再过几年我们也不会来这里比高矮画线了,那毕竟是小孩子们才做的事,我们长大了,我们的个子不会老往高里长。

有天晚上,春梅子来找我说:"我不想读书了,我这成绩就是继续读下去,也考不上大学,这样读着也是浪费时间,还浪费爸爸的钱。"

"咋那么没信心?这不是你的风格。"我笑。

"真的,我想学大厨,回去帮爸爸开农家乐,这个地方的旅游已经开始热起来了。"

春梅子总是有她的见解。

"你爸爸同意吗?"

"就是不同意。他要我继续读书,将来考公务员或者当老师,最不济也要当个护士,说女娃娃要有个固定工作。"

"你咋想?"

"我想做生意。"

"你得说服你爸爸。"

"爸爸啥子都依我,就这件事一直不肯。"

"周叔叔望子成龙啊,可他们不理解我们。他们从背二哥走出来了,自己实现不了的愿望,想交给我们下一代。"我向着春梅子。

"唉,我如果有黑牛子那样的成绩就好了。"她第一次羡慕起黑牛子来了。

"我们考个大专还是有希望嘛。"

"爸爸说只有读书才能改变一切。还说他们这一代太辛苦了,开个农家乐也是起早贪黑的,挣的辛苦钱。"

"但是,这样要你做你不喜欢的事,你不会开心的。"

"就是,我不喜欢读书,看到黑牛子一天只读书,觉得脑壳大,烦死了,可爸爸还要强迫我读书。"

我很理解周叔叔,他不想春梅子生活得太辛苦,想春梅子能够坐在办公室,按部就班地上班下班,挣点现成的工资,将来嫁个人成家立业,平平安安地生活。可是他却不知道春梅子从小就想做生意,想自己立业。

我也知道,我们的父辈想要我们出人头地,有出息。

"现在好好读书吧,或许周叔叔是有道理的,毕竟他们曾走南闯北,是见过世面的人。"我安慰道。

"只有这样了,混吧,混时间吧。"

我想起黑牛子爷爷说的话,继续和春梅子说话。

"罗爷爷和你爸爸一样,说我们背老二的孩子要想改变命运就只有读书。"

"为啥只有读书才能改变命运?我们现在除了读书还有很多条路可走啊。"

"我不想王大山和孙萌萌他们看不起,我们为啥不努力一把,改变自己,将来走出大山?"

"我不走出大山一样可以改变我的命运。我要在这山里实现我的梦想,改变这山里的落后面貌。"

"凭啥子改变,凭啥子实现你的梦想?"

"凭着我们一步一步踏实肯干。"

"还是要读书,还是要用知识。"

"当然,我还没有想好,我觉得读书只是实现梦想的一部分,很多东西要慢慢摸索,我们不能像父亲他们那样走南闯北卖苦力了,沿着一条路埋头走。我们得巧干,想办法,找捷径,反正,我还没有想好。"

"所以,不论怎样,现在我们最主要的事情就是安心读书。"

我说服不了春梅子,春梅子找不出反驳的理由。春梅子不置可否。

很多时候,我都会想起黑牛子爷爷的话。很多时候,黑牛子都在他爷爷的督促下给我们做表率。到了初中,他成了我们三个孩子的标杆,也成了我们村里孩子学习的榜样。

## 三

初中毕业,我收到了市里五年制大专班中文专业的录取通知书,春梅子被护理专业录取,孙萌萌被音乐专业录取,我们三个还是一个学校。王大山也在我们学校的体育专业就读,比我们高一个年级。黑牛子考上了市里的重点高中。

没上重点高中,我很失望。但毕竟有书读,而且和春梅子一个学校,也算得到了安慰。

这个暑假,我们又去燕子岩比了一次高矮,我长到了182厘米,黑牛子175厘米,春梅子还是163厘米。春梅子就抱怨,说:"以后不比了,再比我还是这么高,不会长了。"

黑牛子的成绩一天比一天好,我的弹跳也一天比一天高。在学校秋季篮球运动会上我扣了王大山一个大盖帽,虽然我不忍心扣他的帽,可是那个帽扣了后,王大山和我成了球场上真正的好朋友,王大山即使开玩笑,都不会叫我们小背老二了,或许我们长大了吧。

随后,我们经常在一起打坝坝球,他还把体育班的同学介绍给我认识。

收到录取通知书，春梅子说不想去报名，不想学护理，还是想学大厨。但即使她在家一哭二闹三上吊，使尽小性子，还是没能让她爸爸妈妈动摇让她读书的念头。秋天，在周叔叔、王婶婶亲自护送下，春梅子和我还有孙萌萌一起走进了学校。

在这个学校，我业余时间除了看书写诗就是打篮球，偶尔还和王大山等人一起出去打比赛。

那一年我的诗歌在省上的杂志上发表了。那一年王大山带领学校男子篮球队获得全市冠军。那一年孙萌萌参加《星光大道》闯到第三关"家乡美"。我们成了学校的明星。

一个周末，我又回到胡家大院看望婆婆，感觉婆婆一下子老了很多，头发变得更白了，脸上的皱纹更深，面孔像一颗放大了的核桃。看到婆婆的白发在昏黄的灯光下被风吹得杂乱地飞舞，我鼻子竟然酸酸的。婆婆说现在要进山去找山货都很困难了，腿脚很不方便，吃东西也不行，晚上根本不能吃主食，一吃肚子就不舒服。

还是秋天，我步行经过燕子岩，红叶依旧妩媚，好像没有被时间弄得那么萧索，不像婆婆一年一年地老去。那些红叶总是那样朝气蓬勃，总是那样青春靓丽，总是举着一树树的火把，把整个大山照亮，让外地的人们为了它的绚烂，不远千里，不辞辛劳地从四面八方赶来观赏，直到那火把慢慢熄灭，红叶一片片飘落和凋零。可是人们又在红叶飘零中，期盼明年的秋天到来，盼望明年的秋叶漫山红遍。

我多想婆婆也能像红叶一样一年一年地灿烂，永不老去。

我在燕子岩停下脚步，在那里休息，看看燕子岩的美丽。突然瞥见我们比高矮画线的地方多了一根红线，是用红颜色的彩色笔画的！而我和春梅子、黑牛子比高矮都是用石子画的。我好惊讶，想，那肯定是雅妮，肯定是那个说着普通话的西安姑娘来过这里，来这里想和我比高矮。如果没有记错的话，她今年应该有十三岁了。

我的心里又隐隐生出一份甜蜜，不知道什么原因，感觉到这个姑娘还会在我生命里出现。

我对着燕子岩大声朗诵我发表在省刊上的诗歌：

> 散落在你脚下的文字，像一片片红叶
> 长成一树树的相思
> 思念一年比一年开得绚丽
> 飞过时间的鸟，在你的天空
> 寻找你走过的河流
> 寻找你抚摸过的云朵
> 寻找你安放在我心上醒不了的梦

燕子回应着这样的诗句，那回声在梦溪谷翻滚着，又爬上耸入云端的燕子岩，穿过燕子翘着的嘴飞到苍茫茫的天空，一浪高过一浪。我跟随着那样的声音，心旷神怡，激动万分。

"寻找——云朵——"燕子笑。

"寻找——梦——"依旧是燕子发出的回声。

这一次，我竟然没有想妈妈了。或许，妈妈成了我渐行渐远的回忆，成了我生命里一个匆匆远去的过客。

## 四

秋天的市中学真美，操场和周围的跑道上铺满了一层又一层金灿灿的银杏叶，微风过处，被风吹起的叶子像一只只翩翩起舞的蝴蝶，相互嬉戏相互追逐。孩子们有的在跑道上尽情地疯跑，有的慢慢行走着聊天。操场上还有一群群打篮球和踢足球的孩子。校园里四处洋溢着青春的气息,在秋高气爽的天底下冒着烟。

黑牛子很喜欢他的新学校,更喜欢他的新同学。在春梅子家的农家乐吃饭之后,他给我们讲了他和同桌顾悦欣的故事:

有一天上课时,班主任老师推开教室的门,后面跟着一个女生。老师用双手击了几下掌:"同学们,安静一下,安静一下,现在给你们介绍一位新同学,来,站在我旁边。"

那位女生腼腆地站到老师旁边。

"这位同学叫顾悦欣,从今天开始,她就是我们高二(3)班的一员了,希望大家多多关照。"

老师环顾了一下教室,把女生径直带到黑牛子座位的旁边,说:"这儿有个空位置,罗栋梁同学今后要多多帮助顾悦欣同学。"

"好,好的。"黑牛子紧张地回应老师。他认真地看了一下顾悦欣,真是一个美女。一件翻领的红衬衫穿在她身上,显得气质高雅,乳白色的西裤使她的个子看起来更加高挑,苗条身材,举止落落大方。再细看,两只眼睛水汪汪的,嘴唇很厚,红红的像抹了口红,格外鲜艳,一条美人沟立在下巴上。她淡淡一笑,那嘴巴就露出一排白白的牙齿,脸上还泛出两个浅浅的酒窝,眉毛弯弯的像挂着很多欲言又止的故事。黑牛子一下子觉得这个女子美丽得不一般。

"多关照。"顾悦欣对黑牛子温柔地微笑着点头致意。黑牛子仿佛还没有反应过来:"……喔,相互关照,相互关照。"黑牛子很窘迫。

教师节的第二天晚上自习时,顾悦欣悄悄对罗栋梁说,这周末去她家吃饭,她爸爸妈妈想见一下他。

黑牛子知道,她爸爸妈妈想请他辅导一下顾悦欣,老师前不久专门给他打过招呼。

周末的时候,黑牛子给春梅子打电话,说这周不去她爸爸的农家乐吃饭了,他有事。

顾悦欣带着黑牛子到了一个很漂亮的小区。顾悦欣用卡刷了门禁,带着黑牛子在小区里面参观,黑牛子像进了大观园,不时地问上几句。

"这里的房子很贵吧。"

"我也不知道,是爸爸单位的房子。"

"你爸爸单位的房子真漂亮。"

"将来你也可以住这样的房子,你成绩这么好。"

"成绩好有什么用?我除了喜欢读书还是读书。"

"你将来肯定有出息。学习好就是基础。"

"走一步看一步吧,先考上大学再说。"

"你一定能上一个好大学。"

说着说着,顾悦欣带着黑牛子进了家门。

"快进来吧。"顾悦欣的妈妈笑盈盈地迎着他们,黑牛子不好意思脱鞋,在门口磨蹭着。顾悦欣笑了一下,随后递上一双鞋套,说穿上这个就可以了。

黑牛子看着这双很精致的鞋套,以前没有见过,好一阵子才穿好了,然后才进了门。

"听你们老师说你经常考全年级第一,不简单啊。"阿姨笑盈盈地夸他,一脸灿烂。

"哪里,我只是比其他同学更努力些。"黑牛子低声回道,"只是考试的分数高一点。"

"哈哈,考试好就行了,高考就是要成绩好嘛。"阿姨依旧微笑着,感觉这孩子很诚实,"坐,快坐。"阿姨热情地招呼着。

顾悦欣问道:"爸爸去哪里了?"

"他去下面的餐厅了,我打电话问一下,看弄好没有,弄好了,我们就可以下楼了。"

随后,阿姨打了一个电话:"好,好,我们马上下来。"

花间酒坊在小区的另外一个单元里面，顾叔叔站在门口迎接他们。看到顾叔叔，黑牛子觉得顾悦欣的长相随爸爸，爸爸是一个很清秀又帅气的男人。

桌子上是丰盛的菜肴，黑牛子就是在春梅子家的农家乐，也没有见过这么多好吃的东西，很多菜都叫不出名字。黑牛子小心地吃着，很不自然地小口吃菜，小口喝汤，小口喝饮料，而这饮料也没见过，反正比可乐和雪碧好喝多了，服务员说是鲜榨，是用好几种水果一起做的。

"你爸爸妈妈在哪里上班？"阿姨问道。

"我，我爸爸妈妈在外面打工。"

"你家是农村的？"

"对啊……在燕子岩村。"

"哦，离这儿也不远，有点偏僻。"阿姨若有所思，"今后周末来我家吧。"

黑牛子很拘束，不想来这儿，急忙找了一个理由："不了，周末我一般都要回去看爷爷。"

阿姨笑着，想不到随口一说就让孩子着急了，说道："真孝顺，这孩子真不容易，没有大人管，成绩还这么好。不像我家悦欣，从小娇生惯养的。"

黑牛子脸一阵红一阵白，很是腼腆，他们的交谈陷入沉默。

"今后大学毕业，来我们单位吧。我可以引进你。"顾叔叔打破沉默。

"他这么好的成绩，是你可以引进回来的人才吗？"顾悦欣不屑地说。

"年轻人去大城市发展最好。"阿姨说。

黑牛子不知如何回答，小声地说了一句："看今后考得咋样了，我也不知道能不能考上好大学。"

"现在你总是全年级的第一，我们这个学校的第一不好当，第一嘛，就意味着可以考你想要去的任何学校。"顾悦欣羡慕地说。

"所以，今天请你来我们家吃个便饭，想请你帮助一下我的女儿，从她平时成绩看，是很难考上本科的。"阿姨一边给黑牛子夹菜一边看着悦欣的爸爸，"我们老顾费了很大力气，才把悦欣从普通中学转到你们这个重点中学来，想她今后能上个大学本科。"

"就是就是，悦欣的基础不好，还请栋梁同学能帮她补补课，今后我们会感谢你的。"顾叔叔很是诚恳。

"老师给我讲过这事，我会尽最大努力给悦欣同学补课。老师说顾悦欣同学学习不错，有基础。谢谢你们一家人对我的高看。"黑牛子仿佛有了灵感，像他爷爷一样会说话了，说些自己都不相信的话。

饭后，顾悦欣送黑牛子出门，她说你是我爸爸最重要的客人之一。还神秘地说，他请的客人如果能进这个花间酒坊吃饭，一般都是大领导。

黑牛子像开了洋荤，长了见识，头却昏昏的，吹了很久的风才清醒过来。出了门来，竟然感觉肚子空空的，像没有吃东西一样，又饿了。

转过身去，看到顾悦欣消失在小区的尽头，黑牛子找到一个小卖部，在公用电话上迅速给春梅子家打电话："你们吃了饭没有？"


## 五


"正在吃。"电话是我帮春梅子接的。

"我想回来吃饭，不知道赶得上不？"黑牛子问。

"那你快一点，我们给你留几个菜嘛。"我说。

我和春梅子吃完饭，没有等到黑牛子回来，就出门了。春梅子说她爸爸买了一辆自行车,她想学。

黑牛子往光雾山镇赶路的时候,我和春梅子正在学骑自行车。春梅子说不但她要学会,还要我学会,她说今后用这车的地方多。

我也想学。我和她一起出门,在街道后面的空地上和她学骑车,我扶着后座,春梅子坐上自行车的座垫。我在后面跟着,她身体一偏就立即扶正,渐渐地,春梅子可以骑上几圈了。等她累了,我又开始学,一只脚放在地上,另外一只脚蹬着自行车的一个踏板,我倒是学得很快,可以连续地蹬着车子在街上转圈。

我们准备回去和黑牛子会合的时候,春梅子说再骑一次。这一次,春梅子把自行车撞到了停在路边的货车上,头被撞破了。我一下子慌了起来。春梅子却安慰着我,笑着说:"车没撞坏吧,不要担心我,我没事。"

我无语,等我反应过来,立即把车锁着放在一边,拉着春梅子往诊所跑,打了破伤风针,等医生包扎好伤口,我们才回到周叔叔的农家乐。

黑牛子刚到门口,看着我们狼狈的样子,黑牛子就笑。

"你还笑得出来哟。"我见不得黑牛子幸灾乐祸。

"你不是说不回来吃饭了?"春梅子说。

"留起的,留起的。"王婶婶一边端菜一边说,"春梅子,你的头咋整的?"

我只有实话实说:"学车被撞了。"

"你就晓得出去疯嘛,那自行车刚买回来,你就要去骑,咋不把你脸撞破?让你今后嫁不了人。"周叔叔对着春梅子吼,"你一天总不省心,这么大了还像个小娃儿,整天调皮捣蛋,硬是让人不放心,哪像个女娃儿?"

"我才不嫁人呢。"春梅子轻轻地顶着嘴。

周叔叔装着没听见,黑着一张脸回到厨房忙去了。

我们都不敢接话,看着黑牛子大口大口地吃东西。

"还是周叔叔家的菜好吃。"黑牛子看着周叔叔的背影,讨好地说。

"就晓得吃,撑死你!"春梅子的气一下子撒到黑牛子身上,小声地抱怨着。

于是,我们都不说话了,等着那份浓浓的紧张空气在时间里慢慢地溶解变淡。

## 六

那是一场每个队员都打了鸡血的比赛,更是一场充满青春活力的比赛。全市中学生男子篮球比赛在黑牛子他们中学如火如荼地进行,闯入最后决赛的两支队伍是职业技术学院和市师范校,王大山和我是市师范校队的。

这一次是我们学校的卫冕战,但是职业技术学院的夺冠呼声更高。

王大山和我分别打组织后卫和进攻后卫,是球队的核心。第二节结束我们落后十多分,王大山在中场休息时主动给教练说,他想改打前锋,所有球权都交给我来支配,这样更有利于进攻。于是,第三节开始,我成了球队的核心,很多次,我突破进了三秒区,一个虚晃,立即分球给王大山,而王大山总是不负众望,把我的一次次分球转化成助攻,完成投篮,我们的比分很快反超职业技术学院。

我看到场下的黑牛子,他竟然有空来看我们的球赛。春梅子带来了啦啦队,孙萌萌也组织了几十个音乐班的美女啦啦队。看到那些花枝招展的女孩子们,大家更兴奋了,所有队员在场上更加卖力,似乎有使不完的劲,努力奔跑着。

加油声此起彼伏，整个球场人声鼎沸。

在这场球最关键的时候，我在对方的中锋头上暴扣了一个球，把整个球场的激情再一次点燃，那些美女啦啦队轮番吼着我的名字，我瞬间成了这块场地上最耀眼的明星。还剩一分钟的时候，王大山抽筋了。

教练立即叫暂停。孙萌萌又带领她的啦啦队上前给王大山递红牛。

"显尖卖乖（故意讨好）的。"春梅子边用毛巾给我扇风边盯着孙萌萌，随后她又带着她的啦啦队故意给我递红牛，还把拉环拉开送到我嘴边。我的脸一下子红了，又忍不住笑起来，只是想，这对冤家咋办哟。

我感激地望了望躺在地上的王大山，王大山竖起大拇指。随着裁判的终场哨声响起，在同学们的欢呼声里我们获得了一场完胜。

这一次，因为篮球，还因为我要感恩王大山的爸爸。我从来没想到我们之间，还有这样的默契。

比赛结束，黑牛子跑过来和我们打招呼，我看到他身边多了一个美女。

"我叫顾悦欣。"黑牛子还没有开口，美女就自我介绍了。

"黑牛子，花花肠子还多嘛。"春梅子盯着顾悦欣笑个不停。

黑牛子的脸一下子红了，低声说："说啥子哟，这是我同学。"

"黑牛子？这个名字好听，哈哈。"顾悦欣盯着春梅子笑。

黑牛子给她介绍了我和春梅子，还有王大山和孙萌萌。

"以后多联系，黑牛子很优秀。"顾悦欣看着春梅子笑，大方地回应着。

我们在场地旁休息，不久广播里通知所有球队整队集合，我知道颁奖仪式要开始了，我和王大山很快归队，老师和同学们都围着我们叽叽喳喳地议论着，我们成了学校的英雄似的，开心极了。

这次比赛我被评为最佳球员,王大山被评为最佳得分手,我们的教练也是我们的体育老师,被评为最佳教练。

站在高高的领奖台上,我看到了一双熟悉的眼睛。王大山悄悄对我说看到苟老师了,我们刚刚转过身去,那双眼睛就消失了。我莫名其妙地感到失落,激动的心情一下子平复了。

我想,这次比赛我们没有让所有关心我们球队的人失望。很多时候,我们总是不能朝着预期的目标前进,不能向着人们期望的终点行走,多多少少都会留有遗憾。或许,因为我们年轻,那些遗憾也不能成为遗憾了,而那些成功倒是很耀眼,总是让人激情澎湃,让人燃起太多希望。即使就是这么一场篮球比赛,也会让人信心百倍。

这个时候,我真的想见见苟老师。苟老师教完我们这一届就退休了,每年春节我们几个孩子都要轮流看望他。苟老师总是关注着我们的成长,得知我的诗歌发表了,一定第一时间托人来要我的作品,看到孙萌萌上了央视《星光大道》,他总是自豪地逢人便说这是他教的学生。回到燕子岩,我不开心的时候总去找苟老师倾诉,他总是让我平静下来,给我找来很多经典名著,有时候还自掏腰包给我买书。他说既然要创作,就要养成阅读的习惯。苟老师经常从一场篮球比赛说起,教我们做人的道理。他说人生就像一场球赛,总会遇到低谷,防守不好,进攻不畅,被对手压着打。这个时候一定要冷静,该换人的时候要换人,该暂停时一定要暂停,进行战术调整。比赛没有永远的赢家,人生也没有永远的赢家,要有一颗平常心。

很多时候,苟老师像一盏挂在我前进路上的灯,总是在我前行的时候照亮我脚下的路。

逝去的张老师让我们喜欢上了篮球,苟老师让我们把篮球打得比同龄人更好。很多时候,篮球把我带进了一种忘我的状态;很多时候,因为篮球,结识了很多像我一样喜欢篮球的同龄人,和他们成了好朋友；因为篮球，我的感冒不见了，不再喝那些苦涩的中药，拥有一个强健的身体，更显现出年轻人的生气和活力。

篮球，让我和王大山成了好朋友。更多时候，篮球成了我的一种执着的热爱。

篮球，让我慢慢长大，懂得了很多道理。

篮球，让我能够挺起胸膛读书，成为一个意气风发的年轻人，对未来充满期盼和信心。

只是，一转身，苟老师就不见了，像妈妈一样，消失在那不经意的瞬间。我的情绪一下就低落了。

## 七

快毕业的时候，春梅子开始正式做生意了。她还是瞒着她的父母，很多时候都要我和她一起，陪着她行走在她做生意的漫漫长路上。

周五晚上自习结束，春梅子叫上我，说要去一家酒吧送酒，还说买了一辆二手自行车。

我们出了校门，去她家的房子里，见她从卧室里悄悄搬出两件"六人占"酒，我帮她放在院子里自行车的货架上。我们正要出门。

"春梅子，去干啥？"王婶婶问道。

"我和土狗子出去一下，给同学送点东西。"春梅子朝我吐了一下舌头。

"早点回来，黑灯瞎火的，真是的，白天不去送。"王婶婶边抱怨边关门。

"现在才有空呢。"春梅子小声应道。

春梅子陪着我推着自行车,深一脚浅一脚地行走在光雾山镇的街道上,用了近一个小时才到了一个酒吧。

"好不好收款哟。"我问。

"才开始做,咋知道!"

"听说,现在做生意不好收钱呢。"

"管他的,反正我已经开始了,不能回头。"

"但愿越来越好吧,我看好你。"我鼓励春梅子。

"我爸爸很反对我做生意。现在,或者很长一段时间都只能瞒着他们做这些,所以,很多时候只有你能帮一下我了。黑牛子要高考了,等暑假的时候,我就有你们两个帮忙,那时候我们甩开膀子大干一场。"

我们深一脚浅一脚地走着,推着自行车驮着酒,走在黑夜里也走在希望中。

"好久找你爸爸做一下工作,看能否为你说通做生意的事情,是呀,现在能够挣钱和自立才是最重要的,读书也是为了工作,工作也是为了挣钱嘛。"

"爸爸就是想不通,想要我读书,说他们这辈子太苦太穷了,没有文化。不想要我这么辛苦地生活,说要改变命运只有读书,一听到读书这两个字,我就烦!"

"周叔叔说的有道理,只是……"

"道理谁不懂?我真的觉得读书太难了,我不是块读书的料,不像黑牛子那样,天生喜欢读书。"

夜越来越黑了,我们送完几个酒吧的酒,就到了子夜时分,春梅子说请我吃点烤肉串,我不想吃,我骑上自行车载着她往她爸爸的农家乐驶去。

一阵阵凉风吹得我的手有点发冷,我小心地扶着车把,在坑坑洼洼的山路上滑行,春梅子却很兴奋,在身后唱起了歌,或许因为那些门市部都没有拒绝,就把送出去的酒收了,还开了收货单,算是做成了这笔生意。我想,有了这样的开始算是很吉利吧。

以后的日子,我越来越赞同和支持春梅子做生意了,我看到她在这条路上越来越有信心。我知道现在读书也是为了将来好好工作,大家选择的职业不同,实现价值的方式也不同。做生意有什么不好?今后大家能自己养活自己,能够自立,可以做一个对社会有用的人就行。我不知道自己将来对这个社会究竟能做出多少贡献,我只求自己上进,一直朝气蓬勃,跟上时代的脚步,让自己能够做成一些事情。

是啊,既然读书这条路不通,为什么不选择别的路走?条条大路通罗马呢。


有一天晚上,春梅子兴高采烈地叫我,说今天去收钱,钱收到了就有第一笔利润了。

她推着自行车等我下了自习,说和一个饭馆老板约好了,10点半见面,现在正好夜里10点,这时出发正合适。

我们很快骑上自行车,到了那家饭馆,门店已经打烊,主人正在收拾卫生。看到我们来了很热情地招呼我们坐,于是我们坐在那里等着。

快到夜里12点钟,主人一切都收拾好了,准备关门。

"老板,我们约好的结一下货款呢。"春梅子很疲惫,客气地问。

"哦,啥子货款?"老板是个中年妇女,好像忘记了货款的事。

"就是上次送的酒的钱,你看我把收据也带来了。"春梅子从口袋里掏出一摞条子,抽出最上面的一张。

"哦,记起来了,下午你打电话说了,可是——"

"你叫我们晚上10点半来,我们就来了。"

"有这回事,可是下午我把钱存了,不好意思,我忘记了,事多。"

我无语,这些做生意的人啊。

"那,我们明天来?"

"明天不行哟,等几天,到时候我给你打电话。"那个女人显然没有给钱的意思。

我心里窝了一肚子火没处发,看到春梅子眼泪汪汪就把火往下压。即使这样,还是想对那店门踹上几脚,这个老板太不讲信用。我一次次强忍着,因为春梅子。

春梅子把要急出的眼泪吞进肚里,笑着说:"要得,要得。我等你的电话哟。"

一个黑夜就没有了,我失望地骑着自行车,载着春梅子,无精打采地往周叔叔的农家乐骑,一路上再没有听到春梅子的欢声笑语,更没有听到春梅子的歌声,听到那些做成一笔生意时春梅子愉快的歌声。那样的好心情被这样的无聊和黑夜吞没,消散得无影无踪。我沉闷地走在凌晨的路上,担心春梅子的酒钱,不知道什么时候才能收到。

看来,这生意不可能一帆风顺。我没说话,只在心里为她祈祷和祝福。

## 八

周六的时候,周叔叔的农家乐笑声洋溢,高朋满座。我和黑牛子、春梅子都在帮着给客人端茶递水。

"老板,唱一曲?"一个男客人说。

"我们加钱。"一个女客人说。

"不要钱,不要钱。"周叔叔挥着手,笑眯眯地小声地说。

"要不要话筒？"另外一个客人问。

"不要不要，我清唱一首吧。"

周叔叔把围腰搭上肩膀，开始唱道：

中秋之夜星满天
月儿圆圆挂天边
若是妹儿在想我
定然也在把月观
若是妹儿无此心
此时月儿也不圆

客人们听完情不自禁地鼓掌。

"歌迷献酒，歌迷献酒。"有人起哄。

"我不能喝酒哟。"周叔叔笑着拒绝道。

"那就献茶。"还有人起哄。

"再来一个要不要得？"还有客人意犹未尽。

"献丑了，不唱了，不唱了。影响你们就餐了，罪过罪过。"周叔叔慢慢退出门，对站在门外的我们吆喝，"春梅子上蜂蜜酒，土狗子、黑牛子上菜。"

"要得——"我们在外面齐声回应着。

客人点的是十大碗，我先端一碗品碗，接着黑牛子端着鸡肉来了。春梅子上完酒，加入我们上菜的队伍，于是，三下五除二，我们就把十大碗上齐了。

酒足饭饱后，客人们陆续出门，有人说这蜂蜜酒好喝，有人说这酥肉太好吃，还有人说那坨子肉一点都不油腻，也有人说还是洗沙肉安逸。反正这种议论我们早习惯了，也不在意，毕竟收到这样的好评，是这个农家乐的真实水平，是常有的评价。周叔叔说，只有诚信经营才能有回头客，或许这是周叔叔农家乐火爆的原因吧。

后来，周叔叔的背二歌成了光雾山镇农家乐的文化符号，成了很多来燕子岩的游客必去的地方，他们都想亲耳听一听周叔叔的背二歌，感受大巴山里的背二哥文化。周叔叔的农家乐因为背二歌竟成了游客打卡的网红地。

等客人们散去，我和黑牛子帮着王婶婶把卫生收拾好后，又准备回胡家大院了，我们要回去陪一下婆婆、爷爷。

我和黑牛子出了门，又是月光朗照，树影婆娑，风在我们的身边轻轻地荡漾。行走在公路上，两边的电线杆慢慢地朝身后退去，像赶着我们前行的长竹竿。仿佛一切都睡着了，世界很是安静。

"今后上了大学咋打算？"黑牛子一般不会主动说话，还是我先说话。

"上了大学再说吧，不行就一直读下去，多读书也不是坏事。"黑牛子慢悠悠地说。

"你为啥没有目标哟？你成绩这么好，也不对自己做一个规划。"我发现黑牛子现在做事没啥信心了，不像小时候读书，心里想的总是第一。高考来了，他在想什么？我对他有点担心。

"你说我们背老二的后代，这样的出身，考上大学又有多大的前途？"

"我们这样的出身？"从爸爸不当背二哥后，我就不太自卑了。

"因为我们是背二哥的后人，今后成绩再好也走不远。"

"难道你也看不起自己？"

"不是，很多时候，我都很迷惘，因为我们的出身，我总是觉得低人一等，没有啥子前途。"

"现在都是啥时代了，不是看出身的年代了，我们应该靠自己了，不能看着别人的脸色做自己的事情。"我想起王大山和孙萌萌小时候常指着我的鼻子说我是小背老二，而现在，他们再也没有说这样的话了，以后不会有人瞧不起我们这些小背老二了吧。

"再说吧，反正马上就要高考了，我还是一心一意好好复习吧，等高考结束我再想那些关于前途的事吧。"

"从下周起，我给春梅子说不要你去她们家吃饭了，周末你也不要回胡家大院了，在学校专心复习吧。"

"那也行，等暑假了，我就可以和你们一起给周叔叔家帮忙了，还可以吃好的。"

"就晓得吃，哦，最近还要把伙食开好点，高三那么辛苦，要把营养跟上。"

"还行吧。学习上没有啥，只要平复心态就可以了。"

"你不要担心，以你这样的成绩，只要正常发挥，应该能上一个好大学。"

"那你有啥打算，今后？"黑牛子忽然关心起我来。

"毕业后，我要当一名教师，这是我的理想。"

说着说着到了梦溪谷。夜晚的梦溪谷真美，月光透过燕子岩的嘴巴给梦溪谷打着追光，照进水里，像一把明晃晃的弯刀静静躺着，跟在我们身后又像半只风火轮旋转着，很慢，很静，很美，被水波一忽儿漾开一忽儿收拢，像在收割河里的水草，偷听我们的对话，追赶我们的影子，走走停停，煞是有趣。

那时候，梦溪谷起雾了，树影在雾中时隐时现，温柔地摇曳着，摇着一个个绿色的梦。

远远地看见胡家大院了，还是那么安静，似乎都听不见狗叫了，也不见有萤火虫飞舞，月亮被一片乌云遮住，眼前突然不见了路，我仿佛走进了一片黑暗之中，竟莫名地悲伤起来，不知道是为胡家大院，还是为自己的婆婆，或者黑牛子的爷爷。

胡家大院是孤独的，我每次回来的心情也是孤独的。自从妈妈不再回来，还有我家的大黄狗为救我死去，到春梅子一家人搬离，再到我们渐渐长大，这个胡家大院只剩下了两个老人和黑牛子家老得不能再老的大黑狗，那狗现在见着生人都叫不出声了，在地上爬着，好像在等待死去。婆婆整天缝缝补补地混着时间，黑牛子爷爷整天在电视机前睡觉，不晓得做着啥子梦，只是混着时间吧，连在朋友面前吹他孙子成绩好也好像没有心情了。两个孤独的老人和那条即将死去的老黑狗，守着一座孤独的院子和院子前面的那棵渐渐老去的弯柏树，还守着这寂寞的乡村夜晚，总是让我由衷地生出很多莫名的寂寞，寂寞得无比心疼。

想着想着，我下意识地把手伸进衣服上面的口袋，却没有找到我和妈妈的那张照片，我知道那张照片早已经不见了。即使自己很久都不再想妈妈了，可是自己走进这样的寂寞里，妈妈又不由自主地来到我的脑子里，我情不自禁地把手伸向口袋里，找那张不知道什么时候就丢了的照片，找那照片上年轻而久违的妈妈，找照片上妈妈的影子，想找回她曾经给我的爱和好以及我对她的思念。

我知道，照片真的丢了。可是妈妈的身影还在婆婆周围出现，在我的床前出现，我似乎又看到妈妈掀开被子，用她冰凉的手掌拍打我的屁股，我又打湿了被子吗？

我知道照片真的丢了，只能凭记忆想想妈妈了。那记忆竟然那样清晰，妈妈还是穿着那件漂亮的蓝花布衣裳，两根长长的辫子左右摇摆，妈妈的笑容还是那样温暖，虽然打过我的屁股，可是现在却没有感觉好痛了，或许妈妈下手总是动作大、下手轻吧。

我又开始讨厌起妈妈了，为啥不回来看看我，为啥不回来看看婆婆还有胡家大院的这些寂寞？

唉，不要想了，妈妈已经不再是我的妈妈了，我已经绝望。

我和黑牛子推开了各自的家门，走进了各自的孤独。

## 九

高考结束了，我们问黑牛子考得咋样，他说还可以。我知道这个黑牛子对自己的成绩似乎从来就没有激动过，管他好坏都是一个样子，很是平静，遇到啥子事情总能泰然处之，或许这是黑牛子从小到大一贯有之的风格。

春梅子瞒着周叔叔在城里租了门面，开了一家门市部，专门卖山里农民自己做的腊肉，还有山药、蜂蜜、核桃、猕猴桃、天麻、人参等山货，生意出奇地火爆。那些顾客都说山里的腊肉不涩，一年四季吃着都非常可口，山里的那些农产品也是纯天然的，是市面上很难遇到的山珍。

暑假里，黑牛子和我整天跟着春梅子，去山里的农民家收腊肉。

春梅子的自行车换成油三轮了，春梅子骑着三轮车带着我们。我们把车停在梦溪谷的空地上，进山的路不能骑车了，只有步行。春梅子走在前面，黑牛子和我各背一个背笼，黑牛子背笼里面还装着一杆秤，走在中间，我走在后面。我们走村串户，每到一处，都钻进农户的灶屋看看，看到有腊肉就先问人家卖不卖，随后讨价还价，春梅子付款，黑牛子过秤装肉。

中午，我们在山里的农户家随便吃点东西，又上路继续收腊肉，一天下来有一百多斤。黑牛子背得很吃力，毕竟平常没怎么锻炼，不像我还经常打篮球，我比黑牛子多背几十斤。等收完肉，我们又回到梦溪谷，把肉放进三轮车里，春梅子载着我们和那些腊肉，高兴地朝市里的门市驶去。

每天，春梅子和我们都要收百多斤的腊肉。除了腊肉，我们还收一些农民要卖的山货，春梅子的门市部摆满了山里的好东西，都是绿色食品，城里人尤其喜欢。

那天下午收完腊肉，黑牛子和我坐着春梅子的三轮车，从梦溪谷返程，黑牛子正在打瞌睡，三轮车遇到一个泥坑晃了一下，黑牛子一不小心就从三轮车上摔了下来。黑牛子一下子就不能走路了，脚肿了。春梅子没有回门市部，直接把三轮开到了市医院门诊部，一检查，好在没有骨折。等医生给黑牛子扎好绷带，弄了药，春梅子又骑着三轮车带着我们，回到周叔叔的农家乐。

"你这几天就在这里好好养伤，我和土狗子去山里。"春梅子对黑牛子说。

随后，黑牛子就待在周叔叔的农家乐里，到了晚上，我们一起吃饭聊天。

我们都焦急地等着黑牛子的高考成绩，黑牛子对他的成绩仍不关心，整天抱着一本小说在屋里看，打发时间，说等取了绷带还要和我们去山里收山货，春梅子坚决不同意，要他好好休息。

一天晚上，顾悦欣坐着车来到周叔叔的农家乐，说专门来找我们，我们才终于知道了黑牛子的高考分数。

"你们真潇洒哟，特别是你罗栋梁，一点都不关心你的考试成绩。"顾悦欣虽然责备黑牛子，但很是兴奋，"你晓不晓得你考了好多分？"

"不晓得。能上个重本吧。"

"好多分嘛，你就直说嘛。急死人了，你们城里人就是爱卖关子。"春梅子对着顾悦欣焦急地大声吼道。

"状元，状元哟！"顾悦欣没有生气，对着黑牛子伸出大拇指，眼里满是赞许的目光。

"啥子状元？人家黑牛子从来都是状元。"春梅子不屑地说，又开始翻白眼，"有啥子大惊小怪的。"

"这次，这个状元不一样，哈哈，真的太了不起了！"

"啥子了不起哟。"黑牛子面无表情。

"市状元？"我问。

"不是，你们猜。"

"猜个铲铲。"春梅子忍不住吼了一句粗话。

顾悦欣的脸一下子红了："是省状元！"接着又说，"这是我们市里有史以来的第一个省状元！"

"是吗？"我和春梅子异口同声地问，我的血压好像一下子升高了很多，血似乎要从脸上冒出来，兴奋极了。

春梅子一下子拉着黑牛子的手说："真想亲你个死牛子一口，赏你一下，真的太长脸了，哈哈！"

"是不是哟，你莫是来寻我开心的吧。"黑牛子面无表情，对顾悦欣说。

"我还敢寻状元开心吗？你不知道教育局和学校的领导这几天到处找你。爸爸还派人到镇上打听你的消息，最后还是我打听到你在周春梅爸爸的农家乐里。"顾悦欣看到春梅子和黑牛子那个亲热劲，有点酸酸的，"想不到，你还躲在这里两耳不闻窗外事。"

"我早就叫黑牛子去问下成绩，可是他又摔伤了，好在马上可以取绷带了。想不到，这个死牛子这次这么厉害！"春梅子满脸幸福，好像这个状元是给她考的。

"运气，运气啊。"黑牛子心如止水，很是平静。

春梅子一下子冲出门去，大喊："黑牛子考了状元了！"

"疯女子，疯女子！"王婶婶看着春梅子笑着说，"啥子状元呢，啥子状元嘛？"

"黑牛子高考，考了全省理科状元，全省第一名，全省第一哟！"春梅子对妈妈大声说。

"不简单，牛牛真出息了。"王婶婶笑着说。

春梅子又回来，对黑牛子说："赶快给你爸爸妈妈打个电话。"

"就是嘛,这个喜讯要跟你父母分享一下。"顾悦欣递过手机。

罗叔叔知道这个情况后很激动,悄悄给黑牛子说:"你还是报一个交钱少的学校。"

春梅子看到黑牛子的脸色有点沉,就问:"你爸爸说啥来的?"

"他担心学费的事。"

"唉,罗叔叔也是,就是砸锅卖铁也要上最好的大学嘛,还担心那些。"

"就是,我爸爸说只要你上大学,学费差好多他就补好多。"顾悦欣说。

"光说了我的成绩,你呢?"黑牛子问顾悦欣。

"我也上了重本,爸爸说还得感谢你!"顾悦欣的脸红了起来,也一脸兴奋。

"祝贺你们双双上大学!"春梅子的话竟然有点酸,马上换了一种口气,"黑牛子的学费我们早为他准备好了,不需要其他人帮助。"

听到春梅子这些刺耳的话,顾悦欣慢慢往门外退去,对着黑牛子说:"我走了,你好好考虑填志愿的事吧。"

春梅子显然把顾悦欣当成"其他人"了。

这段日子我们三个继续留在周叔叔的农家乐里,黑牛子的腿还没有好利索,我和春梅子要他在这里安静地养伤。

黑牛子没有填志愿,志愿是老师征求他意见后帮他报的,北京几个大学的招生办的老师亲自来到光雾山镇,到周叔叔的农家乐和他面谈,说只要报了他们学校,学费全免,还有奖学金。于是,在老师的建议下,黑牛子选择了北京的一所知名大学。

黑牛子的伤终于好了,春梅子给黑牛子买了一件新衣服。

学校老师坐车来农家乐接走了黑牛子，黑牛子成了燕子岩最耀眼的明星，不，是全市和全省最耀眼的明星。

"这下黑牛子爷爷真的可以说他们家出了一个文曲星了。"春梅子从心底里服气了。

黑牛子和我又回了一趟燕子岩。我们先去看了苟老师，从不喝酒的苟老师把珍藏在家里二十多年的蜂蜜酒抱出来，给我们各倒了一盅，还亲自下厨做了几个菜，边吃边说："黑牛子争光了，争光了！"说着说着老师就醉了。我们把老师扶上床，收拾完了碗筷才离开。

回到胡家大院，我把这个消息告诉了婆婆，婆婆很高兴，说要给黑牛子两百块钱，当路上的茶水钱。

黑牛子爷爷反而很平静，这一次没有到处吹他孙子怎样怎样厉害。其实罗爷爷这一次真的可以吹上一辈子的，毕竟这个省状元在我们市里前所未有。黑牛子真的很棒，就连胡家大院、燕子岩村和光雾山镇，还有县里和市里，都会因为黑牛子而声名远播了，我想。

十

后来我们才知道，高考成绩出来以后，顾悦欣约黑牛子在花间酒坊吃饭，感谢他的帮助。

黑牛子这时才搞清楚这个花间酒坊是个什么地方，是市里的一家私人会所，建在这个最高档的小区里面，一年前，吃一顿饭没有几千元是下不来的。而今生意不好做，已大不如从前了，花间酒坊主动把所有的菜品都大大地降了价，说是要办成大众餐馆，让普通老百姓也能吃得起。

"喝点酒吧，我们喝点红酒。"顾悦欣提议。

"好吧，可我还没有喝过红酒。"黑牛子看着顾悦欣。

"你从来都是实话实说，莫得一点浪漫的细胞。"顾悦欣娇羞地看着那串好看的灯。

"今天你自己点几样你喜欢吃的菜吧。"

"你点吧，我喜欢春梅子爸爸的农家乐里面的家常菜。"黑牛子依旧实话实说。

"土老坎。好吧，随便点几样。"顾悦欣听不得春梅子这个名字，不高兴地在菜单上画着，心想哪壶不开提哪壶。

这顿晚饭他们两人坐在一起，相距去年的那顿竟又过了一年多时间了，黑牛子想起之前顾悦欣妈妈找他单独谈了一次话，情绪很是低落。

"你在想啥？"顾悦欣端起酒杯，"我们难道不该庆祝一下？"

"没啥，想着一年前我在这里吃饭，你知不知道，那次我没有吃饱。"黑牛子似乎撒了一个谎，似乎又说的是真话。

"是吗？我只觉得当时你很拘束。"

"我出了门就给土狗子打电话，又去春梅子爸爸的农家乐大吃了一顿。"黑牛子又提起春梅子。

"唉，惭愧，请你吃饭竟然没有让你吃饱。"顾悦欣一脸不高兴，"我们不谈别人好不好？这次，一定让你吃好。"

"你爸爸妈妈对你真好。"黑牛子想，说她爸爸妈妈该没有问题吧。

"是吗？我还有点讨厌他们，他们太强势了，什么都是他们说了算，这次填志愿，硬要我报南方的大学。"

"南方的大学也很好啊。"

"我想和你一起去北京上学，那样我们就能经常见面了。"

"经常见面又有什么？你不是要出国留学？"

"你咋知道？我好像没有给你说过。"

"哦，我猜的，像你们这样的家庭的孩子，一般大学毕业都要出国读书的。"黑牛子的脸红了，好像被女孩看穿了心事。

喝了几杯红酒，顾悦欣说有礼物送给他。

"我喜欢你。"随后从包里取出一个东西。

"算了吧，你还是留着。"黑牛子推让着，声音低低的。

"你不喜欢我？我们都上大学了，可以谈朋友了啊。"

顾悦欣似乎不高兴，嘟着嘴巴说："难道我配不上你这个省状元？"

"不是的，你回去问一下你妈妈就知道了。"黑牛子想起阿姨说的话，低声地说道。

"你又不是和我妈谈朋友，我干吗要问她？"

"反正你要先问一下你妈妈。"

"偏不问她。"顾悦欣把东西塞到黑牛子手上。

"我家是背二哥家庭，和你们家门不当户不对，差距太大了。"

"我们家这么高贵，咋没有考一个省状元？我妈也真是的，这些话是她说的？她也说得出口？"

"悦欣，我们真的不适合。"

"我们马上就是大学生了，不用管啥子爸爸妈妈的，我们有我们的生活，他们有他们的生活，他们管不了我们一辈子。这一年多时间，我真的感觉到你是一个非常负责任的男生，我喜欢上你，因为看到你对事情的责任心和执着劲，你还，对我那么好。"

"我，喜欢春梅子——"黑牛子顺口说道，心里泛起一阵暖意，从小到大，还是春梅子对他好，只是这种好，有时像是妹妹，有时像笼罩在胡家大院相互之间的关怀。

"你喜欢春梅子就喜欢吧，我不管，反正我喜欢你。"顾悦欣不喜欢听这话，知道黑牛子的喜欢根本不是爱。

"好吧，我收下你的礼物。"黑牛子拗不过。

黑牛子拆开包包，是一款崭新的手机，里面还放了一张移动卡，写着："想我就打电话，卡里的钱足够你想我。"

黑牛子一抬头才发现顾悦欣的脸上化着淡妆，真的变成了一个成熟的女子了，越发漂亮了。唉，想不到还是姑娘先开口对自己示好，反而不好意思起来。

黑牛子正被感动的时候，心里却又冒出一股自卑的苦水，因为自己是背二哥的后代，像小时候孙萌萌和王大山说的胡家大院的几个孩子都是小背老二，或者因为在山里长大。很多时候，即使考试得了第一名，还是在同学面前抬不起头来。更因为阿姨一年前和他的单独谈话，使他感到即使今后读了博士，依旧会一无是处，依旧会低人一等，自觉前途很是渺茫，看不到希望。

于是，他把一切精力都投入学习中，今年的高考才有了巨大的爆发。

很多时候，黑牛子依然迷惘，无法自已。想等上了大学，到了北京去找个心理医生咨询一下，或者，自己心理真有毛病？那个背二哥后代和那次阿姨的谈话，使他眼前起了一层迷雾，看不到自己的优点，看不到未来。

"想啥子呢？我喜欢你就是喜欢你，不会把你吃了。"

"我想到将来，感到没有希望。"黑牛子小声道。

"你就是缺乏信心，做事太胆小了。"

"好吧，我们处处，不要太刻意了，对将来我真的没有信心。"

"想啥子将来？车到山前必有路，还是多想想现在吧。"顾悦欣举起酒杯，"为我们的今天干杯。"

"干杯。"

从花间酒坊出来，黑牛子揣上那部手机，也揣上了顾悦欣的爱情，迷茫地行走在灯红酒绿的街头，那些嘈杂的夜语使他感觉像回到了梦溪谷,听到了梦溪谷轻轻的水声;又像回到了一场梦里面,似听到顾悦欣杂乱无章又很温柔的梦话。

## 十一

黑牛子不能帮春梅子去山里收山货了,在学校的安排下,整天除了给一些学校的学弟学妹谈学习心得,还要接受一些媒体采访,参加一些企业举办的活动,很是忙碌。

上大学的日子说来就来,春梅子给他准备了一些日用品,还悄悄给他准备了一千元现金——是春梅子做生意赚的钱。罗叔叔和李婶婶寄了一些钱回来,给黑牛子打了好几个电话,主要叮嘱他好好读书,将来做个大官。

黑牛子想笑,爸爸妈妈真的太幼稚,读了书就可以做大官?电视剧看多了吧。

黑牛子出发的那一天,他的所有课任老师和一些要好的同学,都到长途汽车客运站送行,学校花钱请了老年腰鼓队,在车站外面打起锣鼓扭起秧歌,非常热闹。

我和春梅子远远地看着,向黑牛子挥手致意。顾悦欣也在同一天南下,我看到顾悦欣和黑牛子很是亲热,在心里为他们祝福。顾悦欣的爸爸妈妈也来了,后面跟着一大群人,跑前跑后,仿佛像他们亲自考了全省第一名一样。

汽车终于启动了。老年腰鼓队的锣鼓声久久萦绕在车站的上空,像掉进水里的号子声,充满迷惘,慢慢远去。

热闹散去,一切又恢复了平静,我和春梅子才骑着三轮车回到光雾山镇。

依旧在暑假中,离学校开学还有几天,我仍然和春梅子进山里收山货。

"黑牛子真有出息。"春梅子说。

"这下从心底里服气了吧。"

"当然了,黑牛子给我们燕子岩争了光。"

"我发现顾悦欣喜欢黑牛子。"

"你现在才知道?我早就看出来了。但愿他们能成吧。"

"我觉得我们这样的家庭和顾悦欣那样的家庭还是有太大的差距,不知道将来咋样。"

"黑牛子这么优秀,家庭距离算什么?那些所谓高贵的家庭能培养出来这么一个省状元吗?"

"也是,或许我想多了。"我若有所思。

"希望黑牛子不要忘乎所以,要脚踏实地,该干吗就干吗。"

"好在黑牛子长大了,不像小时候那样显摆了,真的变了一人似的。"

"就是,现在黑牛子反而是做什么都小心翼翼,好像谁给他造成了创伤,心灵遭受了打击样,对什么都没有信心;不像一个年轻人有向上的朝气。"

"我发现黑牛子最近很低落,尤其是考了省状元,不但没有激动,反而消沉了。"

"我们都发现了这一点,好久我问问他,这个黑牛子不能上了大学,反而对自己没有信心了,他应该对大学生活充满激情才对。"

我们这样议论完黑牛子,收住话题,在路上走着。

看着眼前的春梅子,想起她的生意,今后依旧这样悄悄做下去,还是明目张胆地正儿八经地做?

"你这生意要一直瞒着你爸爸?"我忍不住问她。

"对呀,我想等毕业了才给爸爸摊牌。"

"我们这么大了,应该有自己的选择了,不论对事业还是对生活。我们总是很累地活在父辈们的希望中,不能做自己喜欢的事,我们为什么不按照自己的想法生活？"

"就是，从现在开始，我要专心做自己的生意了。"

"好久我真得和你爸爸谈谈了，至少说出我们的想法吧。"

# 十二

又是周末，我去周叔叔的农家乐吃饭。王婶婶说："春梅子这段时间没有回家，不知道疯到哪里去了。"

"莫管她，我看她能上天不？"周叔叔一肚子气。

我问了周叔叔，春梅子为啥最近没有回来，周叔叔没有理我。王婶婶说："这父女俩真得坐下来好好谈谈了，总是闹矛盾，这一次谁都不服，春梅子已经有半个月没有回来了，唉。"

我突然觉得，这是和周叔叔长谈一次的绝佳机会，我想把春梅子的真实想法给周叔叔好好说说，希望他们能够理解春梅子，支持春梅子，特别是要尊重我们年轻人对事业的选择。

"我们一天起早贪黑地拼命挣钱为啥，还不是希望你们好好读书有出息，将来有个好工作，体体面面地活着？你们看黑牛子多争气？"周叔叔终于说话了，很委屈地抱怨着。

我一下子不知道怎样回答，感觉到很无奈，我分明看到了一种父辈们诚实的爱，他们为我们倾注了所有，我们却喜欢折腾，折腾得让他们担心，让他们总是小心地活着，生怕我们这些做儿女的有点风吹草动。这样想着，竟把自己很久前想好的潜台词搞忘了。

"我们这些背二哥出身的农民，没有读过书，没有文化，总是感到低人一等，所以想你们能够好好读书，将来能够出人头地。今年这个黑牛子啊，给我们争了一口气，终于可以让我们这些背二哥挺起一次胸膛。我们不是智力低下的人，背二哥的后代照样可以争第一，当状元。可春梅子从小就不想读书。你想想，我们背二哥家的孩子不读书将来凭啥出人头地？我们什么都不是，没有关系，没有钱，哪有好日子过？你们越来越大了，想你们今后有一份稳定的工作，能体体面面地上班挣钱。当年我们走南闯北只能糊口，还落下一身病，现在政策好了，我们开了农家乐，能够有口饭吃，能供你们读书。当年我们想读书却读不成，没有钱，吃饭都成问题，还读什么书？我们没有文化，没有知识，只能挣点苦力钱。现在开了这个农家乐，还不是因为家乡有了这一座光雾山，有了旅游，否则，我们可能还在外面继续漂泊，不知道现在做啥子呢。"

"春梅子喜欢做生意。"我终于找到插话的机会。

"生意有那么好做的吗？你也看到了，我们哪一天不是凌晨四五点钟就起床，去菜市场买东西，接着就是整天地忙碌。人家看到我们生意好，客人多，在别人眼里看起来很风光，可谁知道我们晚上一闲下来浑身不舒服，不是这里疼就是那里疼。你王婶婶腰椎间盘突出很多年了，因为这生意一直停不下来，没有好好休息，没有时间去医院看看，一直拖着。我这腿啊，每天晚上肿得又粗又大，知道这是站久了，也疼啊。我们总是想等春梅子成家了，就能好好歇一下了，可是，我们哪敢歇一下哟。只有硬挺着，我们知道这都是累出来的病，可有啥办法？这中间的苦我们从来没有给春梅子和你们这些娃儿说过，不知道哪一天就会倒下……我不想你们像我们一样挣了钱，又要把身体搞垮，挣了钱又要吃药养病，我希望你们都好，都能用学到的知识去挣点钱，挣点轻松些的钱。"

"周叔叔，我们已经长大了，希望你们能够了解我们的心愿，我们有我们自己的理想，我们也想越来越好。你知道春梅子和我一直没有黑牛子那么用功读书，成绩没有黑牛子好。可是，现在这个时代供我们年轻人选择的机会和道路很多，比起你们那个时代，我们有更多的机会了。春梅子一心想做生意，周叔叔你为啥不让她试一试？我们这么年轻，即使生意失败了，还有机会从头再来，我们有时间改正我们的错误或者缺点。我觉得你们作为父辈,该放手的时候一定要放手。再说黑牛子的父母管了他什么?除了每个月的生活费,其实很多时候都是你们在供着我们读书,我有时候也在想,如果黑牛子的爸爸妈妈像你们管春梅子那样……说不一定他还没有今天的成绩,相反,正因为黑牛子没有人管着,反而成全了自己。很久前,我就想给你和婶婶说说,春梅子不读书也不会没有前途的,我们从小一起长大,比亲兄妹还亲,相互很了解。我读书成绩一般,我想着走另外的路,想当一名教师,当然我的选择或许更适合你们的想法。但是我觉得春梅子的选择是正确的,随着时间的推移,你们慢慢会看到春梅子肯定会有出息,我希望你能支持春梅子的选择,给她机会,让她做自己喜欢的事。否则,你们和春梅子老是闹矛盾,大家都不会开心。整天都会处在一种别扭的氛围中,这样对你、婶婶和春梅子,都没有什么好处哦。"

我突然说出了这么多话,害怕伤了周叔叔的心,尽量把声音放得很低很低。

"唉,我们现在真搞不懂,你们这些孩子们整天在想啥子,想想你说的也有道理,我们真的老了,思想跟不上时代。但是我们真的很想让你们比我们有出息,能够体面地生活。很多人都瞧不起我们背二哥,我们贫穷,我们的居住地很偏远。人家都坐火车坐飞机了,我们还在盼望着高速公路,人家出门开汽车,我们还在开三轮和拖拉机。我们想你们好,比我们好。你罗爷爷常说前人强不如后人强,真有道理。唉,我多想春梅子能够和你一起好好读书,大专毕业找个好工作,现在读护士专业,将来能够进医院工作也很好啊。"

"可是,周叔叔,你要做好思想准备,将来春梅子很可能不去医院工作了,她说等大专毕业了要开公司做生意。她的想法不是仅仅办个像你们经营的这种农家乐,她的想法目前我也不是全都了解,但是从小到大,春梅子都是一个很有主见的人,我想她心里一定有一个很宏伟的计划和目标。我希望你们能够理解她支持她,让

117

她没有一点思想负担,大胆地去做她的事业,实现她的梦想。当然,没有你们的支持,她的理想会大打折扣。你们是她最坚强的后盾啊。"

我不想说周叔叔会拖春梅子的后腿,我不知道周叔叔听懂没有,反正想劝劝周叔叔支持春梅子做生意。

"唉,你就是个铁脑壳,和春梅子闹一阵就算了嘛,还要和娃儿分个高下?"王婶婶不知道什么时候又回到屋里,数落了几句。

"我是为她好嘛。"

"我晓得你为她好,可是狗子说了这么多,你也该听听孩子们的意见,我觉得狗子说得很有道理,我们就是管多了,女子大了有她自己的想法,看看她能做什么,不行就回头来经营我们的农家乐,只要这个农家乐开起的,就饿不死我们一家人。有了我们支持,春梅子说不一定发展得比我们更好呢。"王婶婶似乎更心疼女儿。

"我希望狗子能够帮助我们的女儿。"王婶婶看着我说。

"这个不说我也会和春梅子一起努力奋斗的,我希望你们能够让我们做我们喜欢的事情就好了。"

"孩子们大了,我们少管吧。"王婶婶若有所思。

周叔叔不再吭声,进了厨房,忙着准备明天的酒席了。

## 十三

从周叔叔的农家乐出来,我往城里走去。

又是秋天了,路边树上的叶子有的由绿变黄,有的还变红了,我知道燕子岩很快又会人流如织,周叔叔的农家乐的生意又会火爆起来。却又隐隐地担心他们的身体。是啊,周叔叔说,他们不知道哪一天就会倒下。唉,拼命挣钱就是他们那一辈人的写照,可是不拼命挣钱,哪能轻易改变自己的命运,哪能过上好日子?在农村,谁会可怜那些好逸恶劳的穷人呢?所以我们的父辈总是想方设法,为自己为家庭努力拼搏,让我们能过上好日子。

等找着春梅子,也该给爸爸打个电话问问了,我想。爸爸一个人在外面不知道咋样了。还是初三那年去了趟西安,也没有看出爸爸的生意有多好,不知道他整天忙些什么。从初三到大专三年级,一直没有去看爸爸,每次爸爸回来也是行色匆匆,陪着婆婆住几个晚上,又急急忙忙地离开。我自己一天也不知道忙些什么,很多时间都是帮春梅子收山货,读一些莫名其妙的书,写一些文章和诗歌,还有和王大山打打篮球。

时间真快,快得我来不及想妈妈,自己就长大了。唉,或许我永远不会再见到我的妈妈,虽然现在我有点恨妈妈了,但我还是渴望见到妈妈,哪怕一次也行。

春梅子和黑牛子多幸福?至少还有妈妈在,想她的时候可以见着,可以和妈妈生气,可以和妈妈撒娇。

想着想着就到了春梅子的光雾山野味门市部,春梅子正和她的几个合伙人在门市里算账。

"你从哪里来?"春梅子闷闷不乐。

"我从你爸爸那里来的,我以为你在家呢。"

"爸爸他们说了我很多不是吧。"

"你怎么能几周时间不回家去?他们以为你搬出来一个人过了呢,你妈妈伤心极了。"

"我就是要给他们一点颜色看看,我离开他们一样生活,我不依赖他们,照样能把日子过好。"

"你咋能这么想哟?我都把你爸爸妈妈的工作做通了。"

"是吗?我还以为他们让你来劝我回家呢。"

"我不劝你都该回去住,毕竟你还没有嫁人,周叔叔那里才是你的家嘛。"我笑了。

春梅子还在气头上:"哪儿都可以成为我的家,我要自己奋斗一个家出来。"

"你不要太犟了,你爸爸妈妈都是为了你好,想你将来能够有出息有前途。而他们心中的前途就是当干部,有份稳定的工作,坐在那里领工资,能够体面地生活。与我们心中的前途不一样,与我们心中的体面也不一样。昨天,我把我们的想法给他们说了,他们总算想通了。"

"唉,我也不想和爸爸妈妈闹僵……"说着,春梅子的眼泪竟然莫名其妙地流了出来。

"你知道父母都是为了子女好就行了,不要伤心了。周叔叔和王婶婶是通情达理的,主要怕你一个人在外吃苦受罪,我们也要理解大人的心思。"我突然发现春梅子这段时间多愁善感了很多。

"等会儿,我忙完了我们就回家。"

"把你电话借一下,我给爸爸打个电话。"

春梅子递过她的手机:"好久给你买一个。"

"现在用不着,我只是偶尔给爸爸打个电话,平常就在学校里待着,除了学校就是你家,或者回胡家大院看看婆婆。"

"真啰唆,我还没有挣到给你买手机的钱呢,哈哈。"春梅子由阴到晴了。

我给爸爸打了一个电话。爸爸叫我好好学习,叫我有时间多锻炼身体,还问我需不需要钱,等等。

我没有说太多的话,感觉到和爸爸竟然有了隔阂,只问了他今年春节回不回家过年,他说到时候看。

我挂了电话,听过爸爸的声音,放下心来。

和春梅子回到周叔叔的农家乐已经是夜里8点过了。周叔叔和王婶婶看到我们回来,又端上一桌好吃的菜。周叔叔说今天的客人少,走得快,收拾了碗筷,等着我们回来吃饭。

我看到王婶婶眼睛红红的,分明刚哭过。

周叔叔一言不发,默默地看着我们。我悄悄地扯了一下春梅子的袖子,春梅子一下子扑进妈妈的怀里。我迅速地退出那个餐厅,来到院子外面,远处已经灯火阑珊了,灯光透过树叶,像星星一样闪烁,像无数只萤火虫在眼前飞舞,也像我美妙起舞的心绪。我望着眼前光雾山镇的夜晚,其实和城里相比更有味道。

我在心里为春梅子一家的幸福而幸福。这个时候,竟然想起妈妈,如果妈妈还在,我也可以扑进她的怀里流一次眼泪吗?妈妈还像小时候那样爱我吗?我不知道,只是,妈妈在我心里已经很模糊了,我都快记不起她的样子了,只觉得妈妈回来肯定还那么年轻和漂亮,还会在我的屁股上扇上几巴掌。哦,不会扇我的屁股了,我很久都没有尿过床了,婆婆的棉絮也很久都没有被打湿过。妈妈如果知道我不尿床或许会很高兴吧,唉。

什么时候,我才能见一次我的妈妈?

我的妈妈到什么时候,才能来看我一次?

抬起头,一轮月亮悄悄儿挂在远处的山巅上,我猛然想起今天该是七月十四了,是我的生日。光雾山镇从开始打造旅游景区就不允许在七月半节燃放烟花爆竹了,所以这个七月半节冷冷清清的。往年的生日因为鞭炮声,还因为妈妈的提醒让我记住;今年的生日我恍然记起,冷清的今夜,没有人知道我的生日,我在不知不觉中又长大了一岁。

这样想着,远处竟然零星地传来一点点鞭炮声,像野猪放的屁,像我孤独的心跳。春梅子高兴地跑出来喊我:"快点回屋去,爸爸给你煮了一碗长寿面!"

我的眼泪唰地流了出来,流在光雾山镇的灯火里,流在沉闷的鞭炮声中,无声无息。

多好的春梅子!多善良的周家人!

## 十四

大一暑假，顾悦欣硬是要和黑牛子去胡家大院看看。这一次，黑牛子没有告诉春梅子和我，后来是罗爷爷和婆婆跟我说的。

黑牛子用手推门，门的合页生锈了，发出吱吱的声音，黑牛子用了劲，试着推了几次才推开那扇门。里面的光线像昏黄的水，冰冷地泼在地上，泡着躺在堂屋椅子上的罗爷爷。那条即将死去的老黑狗趴在罗爷爷的身边，也泡在昏黄的灯光里，睁着昏黄的双眼，好像得了白内障，无精打采地望着进来的人，连尾巴都懒得摇一下。电视机正在播川剧，罗爷爷似乎没有睁开眼睛的意思，任凭那些脸谱变化，在热闹中被一张一张地撕扯，想把弥漫在屋子里的寂寞和孤独撕烂。那些热闹，好像与老人没有关系，那些唱腔像催眠曲，变成一只只瞌睡虫围绕着罗爷爷，在冷风中疯狂地跳舞。

"爷爷，爷爷醒醒，你看哪个回来了？"顾悦欣先开口。

"哦，春梅子哟，啥时候回来的？"罗爷爷在半梦半醒里，嘴角淌着涎水。

顾悦欣脸一红，退到黑牛子身后，让黑牛子靠近爷爷。

"你好好看看，哪是春梅子哟。"

"牛子回来了，好久回来的？"罗爷爷看到孙子，似乎来了一点精神。

"刚到，刚到。"

"这不是春梅子，是——"

"我同学，说要来看看你。"

"爷爷一个人身体还好吗？"顾悦欣大声问道，怕罗爷爷听不清。

"好，好着呢。你们吃饭没？我给你们弄。"

"不用弄了，等会儿我们自己弄，你休息吧。"黑牛子说。

一阵风从门外挤进来，让顾悦欣感觉到冷冷的，心里不禁冒出一阵阵寒意，不知道究竟是什么让她有这样的寒意，刹那间，觉得这个院子太安静了，安静得连院子里弯柏树枝丫沙沙的晃动声都能清晰地听见，似乎那声音都超过了罗爷爷眼前的电视机里面的热闹，那些摇曳的树叶的响动成了这座院子里最热闹的声音。罗爷爷一天天过着日子，从春天到冬天，从夏天到秋天，从青丝到白发。

"你想什么？"

"这个院子只有爷爷一个人住？"

"不是的，还有土狗子的婆婆。哦，就是和我们一起长大的吴月，那个打篮球打得很好的小伙子。"

"哦，我知道，那次在我们学校比赛出尽了风头。"

"对，就是他，他婆婆在另外一头住着。"

"哦，这还好，有两个老人就不寂寞。"

"你想多了，这两个老人一般不串门哟，我爷爷在土狗子婆婆面前从来都小心翼翼，好像上辈子欠了他婆婆的债没有还清一样，不像我们三个小孩子那么随随便便。"

"是吗？这就不好玩了。"顾悦欣像想起某个小说情节，想笑又没笑出来。

"可这两个老人对我们，倒是像亲生的孙子一样爱护，往年穷的时候，吃啥子都想着我们。"

"肯定有啥子原因吧。唉，老一辈的事我们还是不要过问了。"

"除了那次爷爷住院，土狗子婆婆来看过爷爷，就没有再看到他们在一起说过话了，唉。"黑牛子悄悄给悦欣说。

罗爷爷烧了开水，泡了两杯茶，颤颤巍巍地端到堂屋来。

"晚上回不回去？"罗爷爷问。

"我要送同学回去，过两天再回来。"黑牛子说。

顾悦欣从口袋里拿出五百元现金，交到罗爷爷手上，说："爷爷，我这次来没有给你买什么东西，拿点钱，你自己去买吧，想买啥就买啥。"

"不要钱，不要钱。你来看看我就感谢你了，哪儿能要你的钱！"罗爷爷用颤抖的手客气地推着。

"拿着吧，罗栋梁，你叫爷爷拿着吧。"

"爷爷，你拿着嘛，顾悦欣来一趟不容易，算是她的心意，你要领情呢。"

罗爷爷才小心地拿着。

不久，他们出了门，到对面土狗子家看婆婆。

婆婆一个人在屋里弄她那些花花绿绿的碎布，在灯下不厌其烦地用手比画着。顾悦欣在窗外看了一会儿才推门进去。

"谁呀？"婆婆的耳朵很灵，很警觉。

"我，黑牛子。"

"牛牛回来了？"婆婆很亲热。

"回来了，来看看你，婆婆最近还好吗？"

"好个屁哟，你看这个布的颜色咋和前一块不同呢？"

黑牛子走近一看，婆婆手上果然拿着两块不同颜色的布，面前摆着几双不同样式的鞋垫。

"婆婆，你做这些还要拿去卖吗？"

"不卖，不卖，等将来，唉，等将来——"

"将来干什么？将来没有人喜欢垫鞋垫了，婆婆。"

"将来就是艺术品了。"顾悦欣说。

"这个女娃子是春梅子吗，咋不喊婆婆？"婆婆怪怪地看着顾悦欣，觉得眼前这个人不像春梅子。

"她不是春梅子哟，她是我的同学。"黑牛子说。

"我是说嘛，春梅子见着我，早就喊婆婆了。"

顾悦欣从包里掏出三百元钱，黑牛子看到后，又从自己裤包里拿出两百元钱，一并交到顾悦欣手里。顾悦欣不解，眼睛似乎在说，为啥？黑牛子不说话，让顾悦欣交到婆婆手上。

"这是顾悦欣给你取的钱，她说没有买啥子东西来看你老人家，说等你有空了自己去幺店子买。"

"不要钱，不要钱。土狗子爸爸经常寄钱回来，我够用了，给你爷爷拿去嘛。"婆婆推着。

"我们给爷爷拿了。"

"哦，这多不好意思哟，还要你们的钱。你们工作了？"

"我们能挣钱了。"黑牛子撒了一个谎。

随后，他们就出了门。

"为啥给婆婆五百元？"

"你不知道，这是我们从小的规矩，春梅子说要一视同仁。婆婆和爷爷从小对我们都一样的，从没有对谁好对谁差，我、春梅子和土狗子，大家的待遇都一样。"

"想不到，我以为给爷爷应该比婆婆多点，想不到你们这个院子，有这样的传统。这次来，又长见识了。"

"我们这个院子值得品味，我们三家人住着，虽然从小很贫穷，可是我们三个小娃儿一起长大，还是很快乐，小时候吃不饱穿不暖的，可是大人们很团结，三家人相互帮扶，相互接济，谁家有了好吃的都首先考虑我们三个小孩子，有了穿的首先考虑我们三个孩子，我们从不攀比，因为我们的东西都一样。"

"所以，今后给爷爷婆婆的礼物也要一样？"

"对，婆婆爷爷给我们做出了榜样，我们也要学他们，把公平的做法一直传下去。"

黑牛子和顾悦欣又在罗爷爷家煮了晚饭，硬是把婆婆叫了过来吃饭，等一切收拾好后，黑牛子和顾悦欣又要回城了。

一轮明月早早地挂在弯柏树的树枝上,月光静静地铺在胡家大院里,弯柏树的树影笼住院子的一角,唯一的老黑狗勉强撑着虚弱的身子,一拐一拐拖着步子,无精打采地喘着粗气,缓缓地爬过树影,无力地送黑牛子和顾悦欣出门。

梦溪谷又有了萤火虫四处飞舞,顾悦欣看见那些明亮得似星星的萤火虫,很是兴奋:"这个梦溪谷好漂亮啊。你们当地政府应该好好打造,萤火虫这个东西现在很难看到了,这儿竟然还飞着这些很难见到的萤火虫,这个活态的生物,为啥不可以成为梦溪谷旅游的一个文化载体?现在的旅游如果有自己独特的文化符号,就能更加吸引游客了。我看这个萤火虫,就是很好的一个文化符号,尤其是小孩子特别喜欢,我们可以把这个梦溪谷,建成梦溪谷萤火虫童话世界。有了这个响亮名字,就一定能吸引更多人关注,让他们来梦溪谷,白天看风景,晚上看萤火虫,让游客们住下来,留住他们,留住他们的记忆,留住他们关于萤火虫的记忆,这样,这个梦溪谷的旅游就会一天一天火起来。"

"你这想法真好,可以代替你爸爸做市长了。"黑牛子笑道。

"我还真想回来当市长,我们这里有这么丰富的旅游资源。"

萤火虫还在漫天飞舞,梦溪谷的水还在汩汩地流淌,发出哗哗的声响,缠绕着顾悦欣和黑牛子轻柔的脚步,把月光一寸一寸地,轻轻地从云层里带了出来,一寸一寸地罩在他们的头上,走上燕子岩,那月光连成一片,明亮起来了。

## 十五

这一年暑假我和春梅子都没有见着黑牛子,黑牛子给春梅子电话说,他暑假去了青岛他爸爸那里,并在那里打工,说要减轻一下家里的负担。

我知道，黑牛子会离我们越来越远，毕竟他所学的专业将来会有大用处，而他本人，像他的名字一样，是国家的栋梁。我们在心里为他祝福，希望他越飞越高。

终于要毕业了，春梅子的生意光明正大地做起来，几个和她同班的同学成了她的合伙人，她们的生意越来越好。

"毕业了，你不找工作？"我明知故问。

"对呀，我还是自己做生意，不想到医院去穿上那身白大褂，虽然爸爸认为，当护士是一个体面的工作。"

"周叔叔已经想通了吧。"

"他说不管我了。我需要他们一个这样的态度，不要给我施加什么压力，让我安心做生意就好了。"

"对，这样你就可以放开手脚，做自己喜欢的事情。"

"你有什么打算？"

"我要当老师。"

"不想和我一起干？"

"我想当老师，给孩子们上语文课，业余时间写点文章，那是我从小的梦想。"

"好吧，我们就该有梦想，面对未来有规划。我从小不想读书，就想做生意挣钱。"

"这是你的梦想。其实，我们读书的目的，就是为了更好地生活，为了有尊严地生活。"

"黑牛子对未来没有规划，做什么都没有信心。"春梅子想到黑牛子，很担忧。

"也许他的规划更宏伟，不愿给我们讲吧。只要他一直把书读下去，自然有人帮着他规划了，与我们不一样，毕竟他的起点要高很多。"

"我们踏踏实实过好每一天吧。"

"就是，我们不要好高骛远，脚踏实地，努力过好每一天就行。"我很赞同。

毕业的脚步越来越近，春梅子忙忙碌碌地做着自己的事情，我也忙忙碌碌地准备毕业论文。

## 十六

我和孙萌萌都考到了光雾山镇中学，做了教师，我教语文，她教音乐。

王大山先一年毕业，考上了公务员，在光雾山镇当干部。

那一年，黑牛子上大二了，依然是学霸，即使在那所很多人都羡慕的学校里面，和其他同学相比，黑牛子仍然出类拔萃。

大二的时候，政府实行精准扶贫，黑牛子家评上了贫困户，是我们胡家大院唯一被评上贫困户的人家。

春梅子离开她爸爸妈妈的农家乐，另外开了好几家农家乐，那一年她买了车，在市里买了房子。

有一天春梅子把我约出来。

"你看黑牛子家当上了贫困户，这是对成绩好的回报？"春梅子心里不痛快。

"他们家应该评。王大山有天从胡家大院回来找到我，专门给我讲了一些政策，说家里有正式工作的，在城里买了房的买了车的，都不能评贫困户，还要我给家里的老人们解释一下。"

"王大山现在做什么？"

"在镇上当干部，是燕子岩村和明月村片区的驻村干部。"

"哦，这个人还行，今后有事还可以找他帮忙，毕竟我们同了那么多年的学，他爸爸当年还救过你。"

看来春梅子成熟多了，学会了包容别人，虽然她从来都不喜欢王大山。

随后，春梅子从她背的包里取出一款崭新的手机："给，以后联系就方便了。"

"我都有工作了，还要你破费？"

"你才出来工作，能挣几个钱？"

"这个太贵重了嘛，你总是整这么贵重的东西。"

"啥子贵重哟，我们三个人从穿叉叉裤就在一起，这才是最贵重的。况且，你还这么帮我。"说着，她的脸竟然红了。

"你现在风生水起的，好好干，希望你成为一个女企业家，实现你的梦想。"

"还早着呢，虽然整天都很忙，但是我觉得，现在才是做我最喜欢的事，很充实。感谢你说服爸爸妈妈。"

春梅子聊到了黑牛子，她说："上次在北京参加一个培训，晚上把黑牛子约出来了，这个黑牛子竟然缩手缩脚的，在我面前还莫得啥子共同的话题。一晚上吃着饭，就晓得说他的环境工程，我听不懂也不想理他。他还说可能毕业后，学校要派他去美国留学。这个黑牛子倒是把书越读越厚了，哈哈。"

"那多好，黑牛子又要给我们这个村争光了。"想到黑牛子前途光明，我很羡慕他。

"争个屁的光，那个木瓜脑袋。他爷爷最近又开始炫耀他孙子了，或许因为来燕子岩的人多了。"

我知道春梅子不太喜欢罗爷爷。

"我给他买了和你同样的手机，他却说自己有手机，我说你的手机是你的，这部手机是我送给你的，各是各的，我还说给你也买了同样一款手机，他推了很久才收下。这个死牛子一根筋，脑瓜子不会转弯，总有一天被书读死。"

我笑："人家现在和我们已经不是一个档次的人了，人家现在学的是高科技，今后他那些东西会有大用场。或许，将来我们身边会多一个科学家和教授也说不一定。"

"有啥子了不起？就是一个迂夫子，当代孔乙己。"春梅子突然想起鲁迅的文章，淡淡地说。

春梅子请我吃完饭，接了一个电话，风风火火开着她的车离开了，说要回城去谈生意。

## 十七

我就这样地把自己放在光雾山镇中学，放在我的母校里，感觉到有一种荣归故里的自豪，实现了我想成为一名教师的理想。我努力地表现自己，想把自己所有的才华施展出来。每天除了给学生上课，还在课余时间写文章，常常有文章发表，我成了学生心目中的作家。

有天，孙萌萌来找我。

"能不能写首歌词？"

"我没有写过。"

"试一试嘛。学校要找人写一首校歌，你为啥不写一下？"

这么多年来，孙萌萌第一次和我说了这么多的话，我感觉有点受宠若惊，毕竟她看得起我才叫我写。

于是，我挖空心思找素材。可是几个星期过去还是没有一点头绪。

回到燕子岩，我来到苟老师的家。苟老师泡了一壶老鹰茶，我和苟老师坐在一片夕阳里，边喝茶边聊天。

我说我和孙萌萌在镇上当老师了，孙萌萌最近让我写一首歌，我总下不了笔，从来没有写过歌词。

"写歌词好啊,每个人都是从没有干过的事情开始,你都会了还学什么?年轻人就是要挑战自己。"苟老师说。

"我写不出来。"我很沮丧地说。

"写不出来就多走走,多看看,多想想,打开自己的心结,把事情想明白。"苟老师指着壶里的茶说,"就像它,刚开始被沸水弄得很不安静,水想把茶冲淡,可是茶不愿意,使出浑身解数,才让这水有了茶的味道。水变成茶,人们才喜欢品。"

我不明白。

苟老师接着说:"文章也一样,得变成有思想有内涵和有艺术的东西,人们才会去品。就像水变成茶,需要开水冲泡,字变成文章,需要大脑思考。好好想吧。"

我似懂非懂,没吃晚饭就离开了苟老师家。

又去了一趟燕子岩小学,那里已经没有学生和老师了,打从苟老师带完我们这一届学生后,这个学校就没有再招过学生,因为梦溪谷通了公路,到光雾山镇十多分钟的车程,燕子岩村的学生都安排到光雾山镇小学读书了。

走进学校的操场,仿佛看到了驼着背一跛一跛的张老师,面带微笑地向我走来,看到春梅子、黑牛子扬起污污的脸在我面前争吵着,看到孙萌萌冷峻不屑的表情,看到王大山在他爸爸的身边凄惨地哭着。

那根旗杆孤零零的,还是那样挺拔和威武,毕竟曾挂在它上面的是一面鲜艳的五星红旗,毕竟我们都曾对它庄重地举过右手,行过庄严的注目礼。

我仿佛看见王大山,一次次在这个场地欺负我,和孙萌萌一起吼:"背老二,挑老三,抬脚就是大佬官……你们三个小背老二!"看到春梅子扬着她小小的脸蛋,红着脖子掀起红红的嘴唇和王大山、孙萌萌吵架……我想起我把王大山的蒸肉偷出来让黑牛子吃了,还给他的饭盒装了一盒泥巴。

我想起王大山爸爸把我抱回家，想起王大山给我洗脸，洗去他对我的欺负，也洗去我对他的仇恨。

我似乎真的想明白了，突然有了灵感，脑子里冒出那样的歌词："校园的红旗在记忆中飞舞，像春天的杜鹃那么鲜艳；老师的脚步在耳边从没消散，敲打我们的童年。红叶写满了长长的故事，讲述着你和我，烦恼又快乐的光雾山……"

我很快把歌词交给孙萌萌。

孙萌萌带着她的学生唱着这首歌，在县城获奖了。

"谢谢你，吴月。"她给我带来了一条红围巾。

"不用谢，我觉得写得并不好。"

"以后，我们好好合作一把，你写歌词我谱曲。"孙萌萌得意地笑着。

孙萌萌笑起来，比对我冷漠时好看多了，很漂亮。

"你真帅。以后就叫你月帅，哈哈。"孙萌萌不经意的一句话让我想了很久。

"是吗？"我很吃惊。

春梅子都没有发现我帅，我想。

随后，我们真的写了很多首歌曲。

歌曲写多了，学校的领导似乎不大高兴。我想等我有了一定成绩，有了点影响，你们才会高兴呢。于是，在空余时间我努力提高自己，给自己充电，阅读大量的经典名著，做些学习笔记，规划着自己的奋斗目标，把自己的时间安排得井井有条，随时准备写出更好的文章。

## 十八

春梅子打电话,要我下午回城一趟,说要请我吃饭。我又给黑牛子打了电话。

傍晚,我们在春梅子开的那家喜相逢饭店要了几个家常菜,边吃边聊。

"最近上班还好吗?"

"还好吧,最近准备写一些东西了。"

"人只要充实就好,你遇事很平静,这个性格我喜欢。我遇到啥子事情都很着急,而黑牛子遇到事情又太慢,没有激动的时候。你这个性格在我和黑牛子之间,从小到大都这样,我们三个可以互补。"春梅子边喝水边说。

"是吗?我咋没有发现?"我哪儿遇事平静啊,都是苟老师的点拨让我多了些思考呢。

"黑牛子做事情没有目标,我做事目标太明显,你做事不显山露水,还一如既往地坚持,其实你这种性格,才最适合做生意。"

"可我不喜欢做生意,像你不想当护士样。"

"所以很多时候,我想你来给我参谋参谋。"

"这倒是我很乐意的事情。"

"你才工作,就是怕影响你。"

"我们之间还说这些干吗?我们就是三个小背老二嘛,情同手足。"我笑着。

"其实,做生意真的很难,现在才理解爸爸曾经说的那些话。做了这么几年真切地感受到做生意的难处,感觉不顺的时候到处都是陷阱。可是,既然选择了走这条路,就不能知难而退,只能勇往直前。"

"我太佩服你这种女强人的性格了,你没有这样的个性,我还不会帮你说服你爸爸哟。"

"我也想像一个乖乖女坐在办公室里领着一个月千把块钱的工资,可是我们背二哥的后代真的是穷怕了,虽然现在政策很好,很多人都可以靠政府吃一点政策饭,可我想要奋斗一下,我们得借这样的好政策,踏踏实实努力一把,靠自己的双手改变我们的命运。虽然爸爸说知识可以改变命运,但对于我还得加上一条,靠双手奋斗才可以改变命运。"

"就是,我们都该有一个前进的目标,我们的选择不同,但是我们的目标一样,要凭自己的双手和智慧,奋斗出自己想要的生活。"

"今后,等我有了钱,我不会只顾自己生活得很好,我要让更多的人过上好日子。"

"你真有想法,但愿你能早日实现你的理想。"

吃完三菜一汤,天黑下来。

听完店长的汇报,春梅子又带我去了她的野味门市部,看到柜台上琳琅满目的天麻、木耳、核桃、山药和蜂蜜,还有各种各样山里的野生菌。她深有感触地说,等自己的销路打开了,还要回燕子岩村发展这些山货种植,搞出产业加农户的一条龙的经营模式,带动本地农民一起致富,把山里的好东西卖出去,还要发展电商,让世界各地的人都可以买到燕子岩村的绿色食品。

# 十九

我和春梅子又一次进山收山货,回梦溪谷经过小兰沟,一只野鹿把春梅子撞了一下,我还没有反应过来,春梅子就掉到沟里去了，崴了脚。

春梅子没有哭，也没有大叫，安静地在沟里面待着。我说，等我拉你上来，可是根本够不到她的手。

我用树枝绑成绳子，试着把春梅子往上拉，几次都没有成功。我叫春梅子给她爸爸打电话，这里竟然没有信号！我想去找人，又怕春梅子一个人待在那沟里担惊受怕。天渐渐地黑了，我和春梅子着急了。我又弄了几根树枝编成更长的绳子，用那绳子拉她，因为土太湿滑，还是没有成功，我累得满头大汗，心里更急，一急又想出一个办法。

"我没带手机，你把手机扔上来，我爬到树上打一下电话，试一试。"

接到春梅子的手机，我开始往树上爬，到了树上，依旧打不通电话，还是没有一点信号。

我下了地，看着春梅子，很无奈。

天黑了下来，在最无助的时候，我听到了脚步声。春梅子在沟里说好像有人在哪儿说话。我眼前一亮，看到几个人打着电筒，朝我们这个方向走来。

是王大山和两个工作组的人，他们给贫困户送粮食种子返回经过这儿。王大山看到我很惊讶，我指着沟里的春梅子，王大山一下子就跳到沟里，把春梅子推了上来，随后我们又把他用绳子拉上来。

春梅子已经精疲力竭了，不想说话。我给他们讲了发生的事情。

"你们独自进山收货好危险哟，幸好遇到的是野鹿，如果是野猪，或者黑熊，那后果不堪设想啊。"王大山说。

"可是老百姓的东西很受人喜欢，我们不去收上来，他们也难卖出去。"我说，"这生意不好做。"

"你们这样在山里走来走去真的很危险，听老辈人讲，这沟里的野兽很多，说不定……"王大山很关心我们的安全。

"刚才就遇到了。"我说，"好在平安无事。"

"那是你们运气好。我们想想办法，今后我们叫老百姓把山货交上来，不用你们这样到山里漫无目的地收。哦，我们每个村都有个微信群，你们可以加进来，哪家有什么山货可以在群里问，这样可以精准地收购了。"王大山想出了这样一个主意。

"谢谢你，我们真是因祸得福了，这一下还真解决了我的大问题。今后得和你们工作组好好合作了。"春梅子终于说话了，很是感激。

我和王大山轮流把春梅子背到梦溪谷，我又骑三轮送春梅子回到了城里，王大山他们回到了光雾山镇。

王大山又一次在我心里变得亲近起来。


孙萌萌遇到难题了，说班上有个女孩子吃了好几包头痛粉，下午被送到镇医院了，正在抢救。

那个夜里，我陪着孙萌萌在医院守着，等着小女孩醒来。

孙萌萌说，小女孩姓张，叫张小雨，是明月村的，离镇上不远，步行上学就二十多分钟的路程。她爸爸几年前就去世了，去年母亲去外面打工，与一个男人私奔，家里就剩她和弟弟两个人。这个孩子在班上一直沉默寡言，不爱和人交流，成绩还不错，处于班上的中上水平。却不知道为啥要轻生，还弄了那么多头痛粉。

孙萌萌很是着急："我们最好先去她家里看看。"

我说："等她醒来再说吧，得问问这个孩子。"

医生说："幸好发现及时，否则真没救了。现在情况很稳定，孩子很快就会醒来。"

到了凌晨1点，我和孙萌萌坐在病房里，都快睡着了，张小雨竟然翻身要水喝。孙萌萌迅速给她倒了一杯水。那孩子咕噜咕噜地喝了几大口，随后悄悄地哭起来："不想活了，不想活了……"

"你这么小,有啥想不通?好好休息吧,有什么事情,明天再说,有我们老师在这里陪着你,你不要怕。"孙萌萌柔情地说。

"我真的不想活了。"孩子喃喃地说,像在做梦。不久又睡去,病房里安静下来。

我睡不着了。这个孩子的妈妈和人私奔,我妈妈是不是也和人私奔?当年村子里那些人说妈妈的话比私奔更难听,只是我坚信妈妈是个好人,坚信妈妈不会和人私奔。

这个女孩子,会不会还有其他原因?不会因为妈妈的离开就要轻生吧。得等孩子自己说出真实情况,否则根本不可能解决孩子的问题。

过了一天,孩子要出院了,我和孙萌萌商量如何让孩子渡过难关。

"这个孩子暂时不能回到班上了。"孙萌萌说,"孩子出了院能送到哪里去?"

"反正不能回家,这样,这个孩子现在的状态很危险,没有人看护,说不一定又要弄出啥事情来。"我说。

"送到哪里去呢?学校是不能去的,我怕孩子们之间会传闲话。吴月,你能不能找一个地方,把孩子先安顿下来,等孩子的情绪稳定了,再回学校?"

"可不可以送到周叔叔的农家乐?让周叔叔和王婶婶照看一下,顺便帮他们干点杂活?"我想起周叔叔的农家乐。

"这倒是个好办法,但要给周叔叔和王婶婶说清楚这个孩子的情况,还要费他们的神,随时关注她的行动。"

"这点应该没有问题,我给周叔叔和王婶婶说,或者叫周爷爷和孩子做伴,让周爷爷随时关照这个孩子。"

"那就这样定了,我去医院接孩子,你去周叔叔的农家乐。"孙萌萌说着就离开了。

我很快到了周叔叔的农家乐,把情况给周叔叔和王婶婶说明。

他们满口答应:"莫问题,晚上我叫你婶婶和她睡。就不叫爷爷管她了,爷爷年龄大了。"

"那就谢谢婶婶和叔叔了。"

不久孩子和孙萌萌来到了周叔叔农家乐的院子里。孩子一脸沉静,似乎还没有从伤心中回过神来,依旧神情恍惚的样子,让人看了很不放心。

"张小雨同学,这几天就在这里养一下身体吧,老师随时都可以来看你。这是周爷爷和王婆婆的农家乐,里面有很多好吃的,你在这里随便一点,就像在家里一样。"

"好嘛——只是——"孩子欲言又止。

"有什么事情?"孙萌萌问。

"我弟弟一个人在家。"张小雨说。

我想她能关心弟弟,暂时不会有轻生的念头了。

"那就把弟弟也接来?"我征询孩子的意见,看着周叔叔,更是征询周叔叔的意见。

"好的,再来几个孩子,我们家都能住下。"王婶婶抢过话头。

"我和吴老师去接,你安心在这里住下嘛。"孙萌萌说。

张小雨轻轻地点了一下头。

安顿好张小雨,孙萌萌给在镇上工作的王大山打了电话。他说在明月村等我们,给我们带路。我们从周叔叔的农家乐出来,向明月村走去。

远远地看见王大山站在明月村口,在公路的转弯处等着我们。我们一起走上另外一条小路,是一条泥巴路,好在没有落雨,走在上面软软的,很舒服。

王大山给我们介绍了张小雨家的情况,说张小雨的爸爸一直在外打工,几年前,他在工地上出了事,在脚手架上摔下来摔死了。他老婆本来在家带着两个孩子,丈夫去世后收入减少了很多,去年也出去打工，可是打工后再也没有回来过，工作组给她打电话，她说再也不会回这个穷窝窝了……工作组说你的两个孩子也不要了？她说哪是她的两个孩子，是张家屋里的孩子，与她无关！那一次电话打过后就再也没有打通过她的电话，连号码都换了，这个女人真的不要这两个孩子和这个家了。于是，家里就只有两个孩子，张小雨刚十岁，弟弟五岁还没有上学。张小雨每天都要做好三顿饭，弟弟一般都是一个人在家玩耍，好在隔壁邻居还有一个老人在家，这个孩子一般都和这个老人待在一起。

"那不是一个留守老人，照顾一个留守儿童？"孙萌萌问。

"是这样，现在农村这种情况很普遍，但像张小雨这样，家里一个大人都没有的情况还是很少。"

"这应该算是一桩遗弃罪，为什么你们不追究孩子母亲的法律责任？政府对这两个孩子有没有什么安排？"我问。

王大山说："我们也在想办法，现在追究法律责任还有很多具体问题，而且一直联系不上她母亲，我们咨询了市里的儿童福利院，他们答复说，小雨家的户口上有她妈妈的名字，是不能算孤儿的。"

"这种母亲太不负责任了。"孙萌萌说。

"你们不知道现在很多年轻的父母都不负责任，有的妈妈跑了，有的爸爸在外面和别人乱搞，又组合一个新家，对自己的家庭和孩子哪有什么责任？"

"这种现象值得你们镇上的'父母官'好好思考，要对老百姓加强教育。"孙萌萌说。

"好在我们最近已经开始搞精准扶贫了，对每个家庭的情况进行精准识别，评上贫困户后，在帮扶的基础上加大教育力度，对所有老百姓进行乡风文明教育，我们正在燕子岩和明月村试点，推行乡村道德银行建设，加大改进农村精神文明面貌的力度。"王大山对自己的工作津津乐道。

"你们政府的工作千头万绪，对老百姓想得挺周到嘛。你现在在政府做啥工作？"孙萌萌问道。

"我是这个片区的第一书记啊。"

难怪王大山对这家人这么了解，想必这个孩子出事之前，王大山就已经来过这里了。当听到他说那个不负责任的妈妈时，我心里很不是滋味，我妈妈也是那样的妈妈吗？

张小雨家的院子已经很破旧了，比我们胡家大院还要破败。我们走到了院子中间，王大山推开一户人家的门，只见一个小男孩倒在地上睡着了，脸上糊满了鼻涕，穿着一件脏脏的衣服，两只大脚趾都从鞋子前面冒出来了。孩子闭着眼睛睡得很香，嘴巴不时地蠕动着，仿佛正梦见在吃什么好吃的东西。

我鼻子一酸，仿佛看见自己小时候，常常躺在门槛下面，玩着玩着，就无聊地睡着了，而那时还有一条大黄狗也和我一起躺着。可这个孩子只一个人，孤零零地睡在地板上，睡在他天真的寂寞里，做着他孤独的童年梦。

"可怜的孩子。"孙萌萌说着，一把把孩子抱上她家的木床。孩子仍沉沉地睡着，并没有要醒来的迹象。

我和王大山去另外一户人家，那个爷爷也像黑牛子爷爷一样，在堂屋的沙发上眯着眼睛，电视机还热闹地播着武打片，热闹地驱赶身边的那些寂寞。

孙萌萌一直待在孩子家。

我和王大山看了看那老爷爷，又悄悄地退出来，怕惊醒了他的美梦。

"得把爷爷叫醒，我们要把孩子带走，得让他知道孩子去哪里了。"我提醒王大山。

"朱伯伯，我是王大山，你醒醒。"王大山进屋去摇着朱爷爷的肩膀。

"王大山？我醒着呢。你有啥事？"朱爷爷一下子睁开眼。

"学校来了两位老师，准备把张小雨的弟弟接到镇上住几天，他姐姐病了。"

"小雨病了？啥子病哟？"老人很着急，"难怪哟，这两天咋不见了小雨？原来是病了。"

"就是普通的感冒，现在已经基本好了。"我急忙掩饰着，"小雨想见一下弟弟，我们过几天送他们回来。"

"好，好。你们老师想得真周到，这两个孩子命好苦哟。他们的爸爸几年前死了，今年妈妈又跑了，小雨一个人带着弟弟，还要上学。弟弟平常在院子里玩耍，好在不乱跑，否则我也经管不住（照看不好）。不晓得有莫得好心人，今后能帮忙照看一下这两个孩子，他们太可怜了。"朱爷爷似乎很伤心。

"我们先把两个孩子带一段时间吧。"我心里很苦涩也很无奈，他的妈妈就这么狠心吗？

小男孩终于醒了，孙萌萌拉着他的手走向我们，孩子的脸显然已经让孙萌萌洗干净了。

"你要听叔叔们的话。"朱爷爷对着孩子说。

孩子看看我们，又看着朱爷爷，一下子挣脱了孙萌萌的手，跑到朱爷爷身边。

"草草不怕啊，他们是来接你去和姐姐一起住的，他们是你姐姐的老师，你和他们去吧。"朱爷爷微笑着说。

这时，孙萌萌又去拉过孩子的手，问："你叫什么？"

"我叫张小草。"孩子终于说话了。

"我们去找姐姐好不好？"

"好，爷爷说好就好。"

我看到朱爷爷背过身去，悄悄地抹泪。

"听叔叔和老师的话啊，过几天我就去街上看你和姐姐。"朱爷爷说。

孩子不舍地点点头。

我们带着孩子很快到了周叔叔的农家乐。姐弟见面很是高兴，说着他们的悄悄话。

我给春梅子打了电话说了这两个孩子的情况，她说空了回来看看。

安顿好这两个孩子，我和孙萌萌回学校，王大山回镇政府。

## 二十

我在学校里忙碌地上班下班，空闲时间，依旧看书写作和打篮球。孙萌萌更多时间去周叔叔的农家乐看望两个孩子。她给我说，要给张小雨疏导一下心理，这个孩子依旧整日沉默寡言，对生活没有信心。她说想进入孩子的内心世界很难，小雨除了在弟弟面前有点笑容，其余的时间都黑着一张脸，很是阴郁，让人很不放心。虽然周爷爷经常看着这两个孩子，可是孙萌萌还是担心会有什么意外，她想尽快让小雨回到学校去。可是这个孩子似乎并不想回去上学，问原因又支支吾吾的。

我给孙萌萌说，哪一天我去找张小雨谈谈，或许这个孩子真的受到了什么刺激，我好好开导她。

周五的下午，我去了周叔叔的农家乐，小草像一阵风飞到我面前，牵着我的手，很是亲热。我问他这里好，还是他家好？小草说这里好，好吃的多，啥子都好吃。我就笑，王婶婶也笑，说这两个孩子很懂事，小雨做事有头绪，小草会疼人，总是在姐姐身边黏着，陪着姐姐做事，帮着姐姐跑腿。还说，我要有这么两个孙子就好了。

我给王婶婶说我要带张小雨出去走走，要她把小草看着。周叔叔说我一会儿带小草出去玩，你们去就是了。我说怕小草撵路，叔叔笑着说不会，他现在和我是好朋友了，一般只撵我的路。

我和小雨出了门，我们一路走着，小雨依旧不说话。小雨跟着我朝胡家大院的方向行走，一路走着，小雨脸上逐渐发红，身上开始流汗了。我在路边找了一块石头坐下歇气。

"我准备带你到我家里去看看。"

"远吗？"

"有点远，我们慢慢走，不会太累，我小时候才几岁，都走过这么远，你肯定比我小时候能走。"我鼓励她。

按照现在我的步伐，最多一个小时我就能到胡家大院了，因为小雨，我把脚步放慢了很多，我想最多两个小时吧，趁着这段时间，我可以和孩子交流交流，或许孩子也会和我说一些心里话。

"小雨，原先在学校挺好吧。"

"嗯。"

"有啥子你要多给老师说，现在你爸爸没了，妈妈又联系不上，只有老师才是你最亲近的人，你看孙老师对你就像妈妈一样，你病了还在你床边守着，等你出院了，还把弟弟接到你身边。"

"我知道。"

"为啥那么不开心？你这么小，应该是一个阳光女孩，为什么总是忧心忡忡的？"

"我将来能见到妈妈吗？"

"你自己强大了，妈妈就会主动来找你。"说这话我心里一紧，感觉到不是滋味，因为她妈妈嫌家里穷。

小雨似懂非懂地看着我，好像根本不理解我说的话。

"我没有希望了，我成绩也一般，同学们还——"

"同学们还什么？"我觉得这个孩子，开始信任我了。

"同学们——欺……负我。"孩子很犹豫地说了出来。

"咋欺负你的？你早该给老师说嘛。"

"她们说我妈妈是个卖货（妓女），还说要孤立我，不和我耍，要我永远成为孤儿。"孩子说得很无奈。

"这个情况我会给孙老师讲，她一定会让那些同学给你赔礼道歉。你以后不会没有朋友的，你要自己树立信心，和同学们搞好关系。"

"我妈妈真是卖货吗？卖货是啥子？"孩子一脸稚气。

"我相信你妈妈肯定遇到什么困难了，或者——"说到妈妈的事我也说不清了，"可能，以后你大了会知道原因。"我越来越觉得这话，是学爸爸的口气在和这个孩子谈。我真蠢，我不能正面回答她。

"唉，但愿妈妈还爱着我们吧，这样的日子，好久才能结束啊？我不想这样过一天，老想着妈妈回来的日子。"

"那就暂时不要想妈妈吧。"

"他们还说我妈妈死了，去了阴间。所以我想死，死了就可以去阴间，可以见到妈妈了。"

"你太天真了，即使你死了，也见不到你的妈妈。"

"哦。为什么见不着妈妈？"

"小雨，那是迷信。唉，这就是你吃药的原因？"

"对呀，我觉得在学校同学们不待见我，在家里又老是想妈妈，觉得活着没意思，就想死了去见妈妈。"

"你想没有，你死了弟弟咋办？"

"没想弟弟的事，反正有院子里的朱爷爷，我死了，朱爷爷会把弟弟管着吧。"

"你看弟弟多可爱，你就那么狠心不要弟弟了？你比我幸福，我没有姐姐和弟弟，我妈妈也是跑了的，我比你大一点的时候也没有妈妈了。"我突然伤心起来。

"是吗？老师的妈妈也跑了？老师，你也没有妈妈？"孩子睁着天真的眼睛，满是疑惑。

"是啊，我妈妈是在我读五年级那个春节前离开家的，到现在都不见她的踪影。"我又给孩子讲起那些年我是怎样过来的，虽然在对妈妈的思念里度日如年，可是从没有想过要轻生。

我突然想问那些头痛粉是咋来的，又怕伤着孩子，就没有问。毕竟事情都过去了，问了又怎样？

聊着聊着就到了燕子岩，我要不要告诉孩子，我和这个燕子岩的秘密？还是不要说吧，或许说了，今后这只燕子就不会显灵了，再也不会和我说心里话了。

我们走到梦溪谷，站在溪流旁，我问小雨："你想不想哭，小雨？"

"想哭。"

"你转过身去，对着那燕子岩大声吼几句，比哭管用。不信就试一试。"我说。

"妈妈——妈妈——"小雨大声对着燕子岩喊起来。

"妈妈——妈妈——"回声从燕子岩的石壁上，一阵阵传回来，又从梦溪谷掠过，回到孩子的身旁。小女孩露出惊奇的神情，怔怔地看着我。

"妈妈，快回来——"孩子用两只手做成喇叭状放在嘴边，大声地喊着。

"妈妈，快回来——快回来——"燕子附和着孩子稚嫩的声音，在梦溪谷慢慢流淌。

"妈妈，我想你——想你——"

"妈妈，我想你——想你——想你——"燕子传递着那声音，一波一波地由强到弱，轻轻地拍打着梦溪谷。

"真好玩，真好玩。"孩子终于露出了天真的笑颜。

我长舒一口气，感觉到这一次，我让这孩子成了我的知心朋友。唉，其实人啊，只要打开心结，有什么坎过不了？

穿过梦溪谷，我们来到胡家大院，我带小雨看了婆婆，又去黑牛子家看罗爷爷，给小雨讲黑牛子的故事，说罗栋梁在这个院子里长大，从小学到中学都是班上第一名，后来考大学，又考了全省第一名。"

孩子睁着大大的眼睛："我今后能考上大学吗？"

"当然能考上啊，只要好好学习。"

我们出了门，小雨一阵小跑，欢快得像一只燕子，在我身边飞着，歇着，跳着，闹着。我仿佛看到春梅子小时候，也是那样在梦溪谷疯跑，还有黑牛子和我。

我们很快回到周叔叔的农家乐，小雨说想明天回学校上学，要像罗叔叔那样考上大学。

这个晚上，春梅子带着几个员工回到周叔叔家的农家乐，看到眼前的情况，给我说想收养这两个孩子。

我说："现在还不能收养，因为他们的母亲名义上还存在。"

"那我可以一直资助他们，直到他们参加工作。"

"把他们放在你爸爸的农家乐，也是你们一家在资助他们呢。"

"那不一样，我得立即让小雨的弟弟上幼儿园，这个孩子有点像黑牛子小时候，是块读书的料。"春梅子笑。

"你有什么具体打算，对这两个孩子？"

"我想把他们接到城里的学校上学，换一个环境可能更有利于他们的成长。"

"这一点我也想到了，如果小雨不经常回到他们农村的老家，就不会常想起她的妈妈，而周围的人也不知道她家的情况，小雨听不到闲言碎语，就可以安心读书了。"

"我怕我爸爸妈妈和爷爷舍不得这两个孩子了，这一段时间，我看出来他们处得很有感情了。"

"你爸爸妈妈是通情达理的人，只是做爷爷的工作还要耐心点，毕竟老人家现在有了两个孩子的陪伴，多了份天伦之乐了，真怕他舍不得。"

"爷爷应该向着我，我把这两个孩子接走，他应该同意，不会阻拦。"

　　"唉，现在的老人还是很孤独。"我突然想起婆婆在见到小雨时的那份兴奋劲儿。

　　"你不接你婆婆到镇上来住？"春梅子似乎看出了我的心事。

　　"婆婆很固执，我说过几次，坚决不答应。"

　　"唉，或许她就习惯在山里待着吧。不知道山里现在变成啥子样了，好久都没有回胡家大院了，我想抽时间回去看看你婆婆和黑牛子爷爷。"

　　小雨很快和春梅子熟悉起来，春梅子带着两个孩子吃了东西，和他们说着话。屋里不时传出来小雨和小草，还有春梅子咯咯咯的笑声。

## 二十一

　　孙萌萌给我说，今天把小雨带到班上，在第一节课之前抽了半个小时，开了一个短班会，专门讨论同学之间的友谊问题，从小雨妈妈的离开说起。

　　"有什么效果？"

　　"那些说小雨闲话的同学主动承认错误了。"她说，"现在绝大部分孩子都是留守儿童，今后还真说不清楚哪个孩子的家庭有什么变故，这个班会给孩子们上了一堂树立远大理想的政治课。我给他们讲，爸爸妈妈都有各自的生活，他们做什么我们不能阻止，也阻止不了。我们要自立自强，得有远大理想，对生活要充满信心，不论将来发生什么事情，自己都要坚强面对，不能弱不禁风，要成长就要经历苦难，没有一帆风顺的航船，只有经历磨难，才会驶到幸福的彼岸。"

"不错,不错。"

"还是你有办法,小雨经过你的疏导真的改变了,一个小精灵又回到现实生活中。"

"孩子本来处在天真的年纪,不能总让他们生活在阴影下,我们得帮助他们找到生活的美好和光明,不能让那些消极的东西影响了他们,我们当老师的,更应该引导他们积极向上,健康成长。"

"当老师真好,和孩子们相处,我们每天都很年轻,不会衰老。"孙萌萌说。

"其实我很小的时候,就崇拜我们的老师,在燕子岩村读书时,张老师和苟老师都是我心中的偶像,所以我想当一名老师。"

"唉,那个时候虽然很苦,却过得很充实。"

"现在不是一样很充实嘛,现在生活越来越好了,而孩子们的世界,比我们那个时候更复杂和多元化了一些。"

"我们要让这些孩子们,在复杂的世界里辨别是非和真善美,让他们过上幸福的好日子。"

"你真是一个好老师。"

"你也是。"

"春梅子想把小雨和小草接到城里读书。"

"是吗?为什么?现在小雨的情况很好呀,留在我们班上有什么问题?"

"春梅子想把两个孩子都接过去,这样好照顾他们。春梅子说,她要一直资助他们上完学,直到参加工作。"

孙萌萌想了一会儿,说:"这样或许更好吧,毕竟这两个孩子没有了爸爸妈妈,有春梅子的照顾。或许能填补他们空缺的母爱吧。"

"虽然周叔叔的农家乐可以照顾两个孩子,但是从教育的角度,周叔叔除了能给两个孩子好吃好住,其余的就管不了,这是周叔叔的短板。春梅子的合伙人和员工，几乎都是我们的同学，接受过高等教育，可以很好地培养这两个孩子，对他们的未来会更有帮助。"

"想不到春梅子这个做生意的人，心地这样善良，对社会有这样的责任心。"孙萌萌第一次说了春梅子的好话。

我觉得有点好笑，或许她太不了解春梅子了吧，但也不想给她解释，只说："春梅子的理想很远大，比我的理想远大，她的理想甚至会超过黑牛子，超过很多人。"

孙萌萌若有所思："你是不是真的喜欢春梅子？"

"当然，我们是兄弟姊妹，从小一起长大的发小。"我淡淡地说。

"春梅子也喜欢你？"孙萌萌醋味很大。

"春梅子喜欢我，和黑牛子一样多。"我想说这种感情你不懂，但是剩下半截话到了嘴边又被我压了回去，没有说出来。

"搞不懂你们，你们这三个胡家大院的人。"孙萌萌一脸疑惑，想说什么，但没说出口。

## 二十二

"发工资了，我们去庆祝一下？"孙萌萌拿到上班后第一个月的工资，跑到寝室来找我。

"好嘛，去哪里？"我问，"去春梅子的喜相逢？"

孙萌萌看来很不高兴，阴沉着一张美丽的脸。

我不知趣地又问了一句："叫不叫上王大山，听说他也回来了。"

"不叫，不叫！又不是他发了工资。"孙萌萌似乎很生气，大声吼道。

我不说话,仍然没有明白孙萌萌的意图,她不是从小就站在王大山一边吗?

我准备给春梅子打电话,孙萌萌抢过我的电话:"蠢狗子,蠢狗子,打啥子电话?"

"我联系一下,叫她订个雅间。"

"你真可爱啊,月帅哥哥。"

我不明所以。

"我们今天不能两个人吃一顿饭吗?你把我这么好的心情都要搅黄了!"

我不敢作声,在孙萌萌面前,我总觉得比在春梅子面前小心多了。

我们去了喜相逢,那里有很多客人。我们随便找了一个靠窗的桌子坐下,刚刚坐下,我的电话响了。

"这几天在干啥子?"是春梅子打来的。

"在学校呢,反正就是那些事。"看着孙萌萌我不敢说实话。

"我准备在城里再开个公司,最近不能回来,有空你还是去看一下我爸爸妈妈哟。"

"好的,空了就去。"我想说现在就在你店里,看到孙萌萌的脸黑着,没有说出来。

"喝点酒?"孙萌萌黑着的脸色变淡了一点。

"没喝过,真的。"

"酒都没有喝过,算不算男人?"孙萌萌的脸由阴转晴。

"喝嘛,试一下。"我仍小心翼翼。

孙萌萌要了四瓶啤酒,我们一人两瓶。

第一口就感觉到,像那次我和黑牛子还有春梅子喝可乐,难受死了。第二口依旧没有喝出好喝的感觉,只觉得那啤酒的味道说不清道不明,怪怪的。到了第三口,才感觉好一点。

我们边吃边聊，孙萌萌说了很多话。

"读小学的时候，你脸都没洗干净。"孙萌萌笑。

"我以为只是黑牛子和春梅子没洗干净呢。"我也笑，心想，你的脸也没有洗干净。

"你们那院子几个娃儿，我就不想说了，那个春梅子野得啊，我都不敢惹她。"

"我觉得春梅子很好啊。"

"那是，经常帮你打抱不平，还一坨石头把王大山的额头打一个大青包，流了一地血，当然好了哦。"

"春梅子仗义，有大侠风度。"

"评价蛮高嘛。就是成绩差。"

"但是，现在不一样有自己的事业？"我想，成绩差不代表所有都差。

"不说他们了，我们喝酒。"孙萌萌有点醉了，没有我的酒量大，虽然我第一次喝酒，却没有什么醉酒的感觉。

"我们好吧。"孙萌萌昏昏欲睡，我感觉她在说梦话。

我没有接话，怕惊醒她的梦。

"你不喜欢我？你喜欢春梅子？"

我还是没有说话，感觉她不是说梦话。

"你看不起我？我比春梅子漂亮。"

"你喝醉了。"我不想走进她的梦里。

回到学校天已经黑了，我把孙萌萌送到宿舍，安顿好她，准备回寝室，这时电话又响起来。

"把你的照片寄几张过来，我想看看。"是爸爸打的电话。

我觉得奇怪，这段时间爸爸老是要我的照片，我哪有那些闲心去照相，冷冷地说："没有了。"

"我想看一下你们学校，你空了找人照一张吧。"爸爸小心地说着。

"好嘛。"

我挂了电话,感觉到和爸爸的话越来越少了。

## 二十三

春梅子的燕子岩色彩投资有限责任公司正式挂牌成立了,请来了市里的一些领导,我应邀参加剪彩仪式。

这个公司的名字是我起的,春梅子很满意。

等一切结束,又是晚上了,春梅子让我留下来,说晚上去个地方。

坐着春梅子的车,我们来到了梦溪谷。

春梅子说:"我想回去看看。"

"有什么好看的?这儿早不是你家了。"

"我心里的家一直都在这里。"

"可是,这里已经不是你的家了。"

"我想去看看你婆婆和黑牛子爷爷,我想他们了。"

我们一路走着,一路聊着小时候的事情。

"等哪天空了,我想专门上趟燕子岩,看看那块我们画过线比过高矮的石头,还想看看苟老师。"

"你最近遇到啥子事了,我感觉到你不开心。"

"这人忙起来把小时候都忘记了,最近很想我们小时候的那些事。"春梅子答非所问。

"你最近好吗?"

"好着呢。"我不敢告诉她孙萌萌和我喝酒的事。

"唉,我总是忙啊忙,都忘了该去看看老家的院子,这么多年我非常怀念那个我们长大的地方,心里一直走不出我们的胡家大院。"

"我没有什么感觉。"

"你当然没有啥子感觉啦,你婆婆还在那里住着,你时不时要回去看看,我离开后虽然常和你们待在一起,可是回到这里还是第一次。"

"你们是哪一年搬的家?"

"我初一结束的时候,现在都过了八年了,时间真快。"

停了车,我们边走边聊,很快,到了院子里。我们先去了罗爷爷家。罗爷爷一个人躺在他的竹椅上已经睡着了,面前的电视机还热闹着,一些人还在画面里兴高采烈地唱着歌曲跳着劲舞,桌子上的碗筷没有收,一盘咸菜都有点馊了,起了白霉,昏黄的灯无精打采地发出幽暗的光,照在罗爷爷的脸上,像支黄色的笔把它画得蜡黄蜡黄的。周围的墙壁在这沉默暗淡的灯光冲洗下,苍白萧瑟,冒出一缕缕凄凉的寒意,让我不禁发颤。

那条老得不能动弹的大黑狗不见了。

春梅子鼻子一酸:"罗爷爷真造孽啊,家里儿子孙子齐全,还过着这样孤单的生活。"

"我婆婆也是这样啊,或许他们习惯了。"我陪着春梅子伤感叹着气。

"你可以常常回来陪一下婆婆,可是罗爷爷一年到头,就连春节也不一定能见着他的儿孙。"

"就是,人老了需要陪伴。"

"黑牛子即使光宗耀祖了,罗爷爷还是没有人照顾。"

"现在我们农村这样的老人太多了,儿子媳妇在外面打工,孙子在外面读书,家里只有一个老人守着。"

"就是啊,没有办法,年轻人不出去挣钱,谁供养一家人?小孩子不读书又有啥前途哟。"

"还是你们一家人幸福。早早地团聚在一起了。你爷爷身体看起来很好哟,这和你们的陪伴分不开。"

"所以,有时候我在想啊,家里的老人身边经常围着几个很平庸的子孙幸福呢,还是拥有很出息的子孙,却没有一个子孙在身边幸福呢?"

"我不知道。平庸的子孙可以常常照顾老人,而那些有出息的不在身边的子孙只能在精神上抚慰老人。究竟谁更幸福,只有老人们自己知道。"

春梅子看了一眼罗爷爷,说:"比起罗爷爷,我爷爷至少要年轻十岁,其实我爷爷比罗爷爷还大两岁呢。"

"现在农村留守老人的问题需要解决。"

"那是王大山他们政府工作人员应该考虑的事。"春梅子若有所思,又说,"当然,我们做企业的也应该有所作为。"

春梅子放下一大堆吃的东西,趁着罗爷爷还没有醒来,我们悄悄地掩上门,从罗爷爷家退了出来。

到了我家,婆婆还没有睡觉,依旧坐在屋里灯光下纳鞋底。我说:"婆婆,现在还有哪个用这个东西嘛?"

"婆婆扎的真好看。"春梅子说。

婆婆望着春梅子竟然半天认不出来,以为是我女朋友。

"狗儿,把干妹儿带回来了?婆婆莫啥子礼物哟。"

春梅子脸一下子羞得通红。

我忙说:"你老昏了哟,你好好看看嘛,她是哪个?"

"我也不知道是哪家的大姑娘。"婆婆仔细地打量着春梅子。

"我是春梅子啊,婆婆。"

"哦,春梅子?哪个春梅子?"

我说了半天,婆婆才恍然大悟:"是周家屋里的大姑娘,长这么大了!"

"你看看,我再不回来看婆婆,婆婆都认不出我了。"春梅子笑着说,"婆婆,明年你孙子就给你带个孙媳妇回来。"

"好，好，我就想你们成一对。"

春梅子不语。

我阻止着婆婆："春梅子现在是女强人，不得找婆家，等她企业做大了才会找婆家，你莫想癞蛤蟆吃天鹅肉，你孙子我，也没有想吃天鹅肉，哈哈哈。"

婆婆不语，继续盯着她的鞋垫。

春梅子一拳打到我肩上："土狗子你乱说啥子！乱说啥子嘛！"

晚上春梅子说不回城了，她要和婆婆睡，要和婆婆说说悄悄话。我回到我的房间，心情很复杂，不知道因为婆婆，还是因为春梅子，反正过了很久都睡不着。

院子里静静的，那棵弯柏树的树枝不时发出沙沙的声音。我想起晚饭时婆婆说黑牛子家的那条大黑狗死了，还说那条黑狗命长，都和我们差不多大小。我突然觉得很是悲伤，不知道为那大黑狗还是为这个即将破败的院子。从此这个院子更清静了，除了他们两个老人，只有院坝前的那一棵树，也许，这树说不一定哪一天也会死去。唉，如果这树没了，院子里就只有空空的院坝，只有两位孤独的老人，只有四处寂寞的山影，还有逐渐到来的消亡，连长在地上的花草也会消亡，人非物也非。抬头望去，好像胡家大院上空的月光也变得忧伤，像今夜我无眠的惆怅。

远处似乎有了背二哥的号子从燕子岩飞出，穿过梦溪谷隐隐传到我的耳膜，让我久久不能平静，想着很远很远的心事，想着在外面的爸爸和不知踪影的妈妈。

想着妈妈的时候，心里竟然有了比从前更多的愤恨情绪。唉，这个狠心的妈妈，如果还在院子里该多好？婆婆就不会那样孤独了，这个院子就会有生机，至少院子里不会灰尘满地，妈妈是一个勤快的人嘛。可是妈妈还是狠心地一去不复还了，狠心地抛下我和婆婆，还有爸爸，还有这个叫胡家大院的地方，抛弃了燕子岩和梦溪谷，抛弃了这里的山山水水，是啊，这个好狠心的妈妈！

我想起黑牛子小时候在日记里写他爷爷和妈妈是法西斯，那我的妈妈又是什么？

到了凌晨我才迷迷糊糊睡去，这个夜里，总是被一种悲伤和思念笼罩着，时而还有愤恨。

第二天早上，我坐上春梅子的车，她送我回学校。春梅子边开车边对我说，婆婆可能有老年痴呆了，你要注意一下，有空的时候，得多回去陪陪她。

晚上，孙萌萌跑来找到我："昨晚上你没在学校？"

"对呀，我回家去了。"

"会老情人了吧。"

"不要乱说。"我的脸一下子红了。

"你们好吧，我才不稀罕！"孙萌萌很生气。

"没有，不是你想的那样。"我有些着急。

"不管你和春梅子咋样，你都要和我好！"孙萌萌命令道。

这个疯女人，我想。

到了夜深人静的时候，孙萌萌还是吻了我，我的初恋开始了，开始得有些猝不及防。

# 二十四

黑牛子上大学的最后一个暑假，他带着顾悦欣来到周叔叔的农家乐。因为马上就要去美国读研了，这次回来后可能要等有工作后才能回国了，回来就是想看看我和春梅子还有他爷爷，出国之前再去青岛看他爸爸妈妈。

顾悦欣正式成了他女朋友，顾悦欣说服了她妈妈。

周叔叔很高兴，在家里弄了一大桌好吃的。

吃过晚饭，春梅子开上车，我们一行四人很快到了梦溪谷，在那里下车步行到燕子岩，黑牛子提议我们先去看看那个燕子岩村小学。

我们一路走一路聊着，顾悦欣似乎很有兴致。

"上次我们来过这里没有？"顾悦欣问。

"没有。"黑牛子说。

"黑牛子，你娃儿还带悦欣来过？保密工作做得好嘛。"春梅子还像小时候，口无遮拦，说着小时候的山话。

"对，有一年暑假我和罗栋梁去过你们小时候住的院子，看了吴月的婆婆和栋梁的爷爷。"

"从小时候起，他爷爷和他就把保密工作做得很好。"我突然想起黑牛子一个人在家背唐诗和数数的事。

"就是嘛，大事小事都藏着捂着的。"春梅子可能也想到了那些事情，我们会心地笑起来。

我们爬上了燕子岩，很快看到燕子岩小学。路边已经长满了很深的草，掩住了路，头顶上一轮月亮很美，操场上的旗杆在对着月亮的地方发出闪闪的光芒，在这样的夜色下格外耀眼夺目。我想起黑牛子在那旗杆下唱着国歌，用左手给国旗敬礼，忍不住说道："黑牛子你记不记得，你在这里用左手敬礼？"

"还有显摆，上一年级前就悄悄学会了唱国歌。"春梅子可能还在想着黑牛子悄悄带着顾悦欣来胡家大院的事，"你该给悦欣主动交代你自己的那些丑事。"

顾悦欣更有了兴趣："你们说说小时候的故事，好有趣。"

春梅子开始聊我们小时候，说王大山如何欺负我们，看不起我们背二哥的爸爸，老是把我们三个叫作小背老二。那一天她看到土狗子被欺负，把鼻血都撞出来了，就鼓足勇气，捡了一块石头把王大山的额头打了一个大青包，流了一地血，让王大山从此不敢再欺负我们胡家大院的孩子。后来，因为王大山爸爸救了土狗子，王大

157

山又逐渐变成我们的好朋友。又说黑牛子爷爷总是让黑牛子在家里背着我们悄悄读书,黑牛子有今天的成绩首先要感谢他爷爷。说到张老师为救王大山被泥石流掩埋了,春梅子又哭了。

听着听着,顾悦欣禁不住也哭了。我和黑牛子没有哭,想着这么多年来我们都没有忘记那些事,大家心里一直装着我们的老师。

学校已经很破败了,除了几间教室在风中摇摇欲坠,就剩一个旗杆孤独地站在杂草丛生的操场上,在月亮的映射下发着寂寞的亮光。一阵凉风吹来,我看到春梅子和顾悦欣的头发竖得很高很高,像婆婆的包帕在头上散开,像一朵朵黑玫瑰在月色下摇摆。

夜色越来越浓了,站在山上,沐浴着山风,有点冷。

"我们回去吧,还是回城里去?"顾悦欣说。

"我们回周叔叔的农家乐吧。"黑牛子说。

"不回去看一下胡家大院?"我说。

"走,去看看罗爷爷和婆婆。"春梅子说。

于是,我们决定回胡家大院。

回到了梦溪谷,一路萤火虫和一夜月色交相辉映着,我们走在这样的路上,依旧想起很多小时候的故事。

"黑牛子,你那丑事我给悦欣说不说?"春梅子问。

"想说就说吧,都是小时候的事情,无所谓。"

"什么丑事?"顾悦欣问。

于是春梅子给她讲当年老师教育我们要学会安全过马路,看到汽车要停下来敬队礼,这样汽车司机就会等我们过了马路才继续行驶。而这个传统一直延续到现在这里农村的学校。

"你们老师真是脑洞大开,这个办法真好。"顾悦欣听了这个故事,笑得弯了腰,过了很久才收住笑容。

黑牛子又讲我和春梅子的故事,说我小时候尿床的事,说春梅子给我们偷鸡蛋挨打,说我的妈妈离开胡家大院至今都杳无音信,还说我去找妈妈,不是那条大黄狗,就差一点被野猪叼走……

春梅子怕我伤心,岔开话题,我心静如水,毕竟那些故事是真实的,那些故事组成了我们的童年,我们谁都绕不开那些往事。谁都不会忘记,那些值得一辈子回味的小时候。

我们边走边聊,说着说着就到了胡家大院。弯柏树老早映入我们的眼帘,虽然在月光的照射下显得黑魆魆的。我感觉得到这棵柏树真的老了,老得连风都吹不动它的枝丫和树叶了,直挺挺地立在院子边上,立在婆婆和罗爷爷孤独的眼神里。

黑牛子轻轻推开了他爷爷家的门,电视机还在播放着电视剧,爷爷依旧躺在睡椅上,还像那日我和春梅子回来看他的姿势,似乎从早上躺到晚上,从春天躺到秋天,白眉毛掩盖下的眼睛依旧眯着,没有要醒来的意思。

"你们回来了?"罗爷爷神奇地开口说话了。

"罗爷爷没有睡着呀。"春梅子说。

"我好久睡着了?"罗爷爷不服气。

"我们以为你在睡觉呢。"黑牛子说。

"我晓得你回来了,你回来的气气都不同。"

"啥子气气?"春梅子就笑。

"那天你和土狗子也回来了,我晓得。"罗爷爷对着春梅子睁了一下眼。

我很奇怪,我们从头至尾都没有惊醒过罗爷爷,他咋知道我们回来过?

"你和春梅子还买了东西放在我的桌子上。"罗爷爷对着我说,似乎记得很清楚。

"我和顾悦欣回来看看,暑假结束我就要出国了,这一次出去,要几年后才能回来看你老人家了。"黑牛子说。

"你们能干了,出息了,唉,都走,都走。这是我们罗家光宗耀祖的事情,我脸上有光哟。"罗爷爷有气无力地说,像弯柏树枝丫断裂的声音。

我心里突然难受起来,唉,这是光宗耀祖的事情?可是罗爷爷今后看不着孙子才是实实在在的事情,而自己的儿子儿媳也不在身边,家里没有什么收入,靠着儿子媳妇在外面打工的收入供一家人生活,虽然黑牛子现在读书不要他们的钱,可是这个家的日子还是过得紧巴巴的。好在他们家评上了贫困户,还能享受国家的一些补助。但愿日子会越来越好吧。

我们从黑牛子家里出来又去看我婆婆。婆婆还在灯下忙碌着,裁剪着那些花花绿绿的碎布,没完没了的。我们推开门,婆婆也不和我们招呼,头都不抬,依旧做着自己的事情。

"婆婆,我们又回来看你了。"春梅子说。

"好啊。"婆婆漫不经心,还是低着头。

"你看看,你又多了一个孙子了。"春梅子指着顾悦欣。

"我孙子再多也没用,我这些活路你们也帮不上忙。"婆婆的手不停地比画着,眼睛对着针眼穿线,一次次老是穿不进去,我想帮她,她不要。

"婆婆,你去镇上和土狗子一起住嘛。"春梅子说。

"不去。我哪里都不去,就在这里,这里好哟。"

我们都不说话。

"春梅子有天给我取了钱,我得给你说一下。"婆婆看了我一眼,认得我是她孙子。

"我没有给你取钱哟。"春梅子说,"我只是给你买了一些吃的东西。"

"婆婆,是悦欣给你的钱。"黑牛子纠正道。

"我还以为是春梅子呢,哪个是悦欣?"

"是她。"黑牛子把顾悦欣推到婆婆面前来。

"哦,狗子还她。"说着婆婆把五百块钱从桌子下的抽屉里扔了出来。

"婆婆,不要啊,顾悦欣是黑牛子的女朋友,人家专门来看你的。"春梅子急忙把钱放到婆婆的桌上。

"黑牛子结婚了？"

"没有呢，人家还在读书。"我阻止着婆婆。

"就是，我还要出国，等读书毕业回来才能结婚啊。"黑牛子解释道。顾悦欣脸红了。

我给黑牛子递了一个眼神，黑牛子不再说话。我想婆婆的记忆肯定又出什么问题了。

我们和婆婆告辞，因为这么多人住不下，还是决定回周叔叔的农家乐住。

路过燕子岩，我们又去看了苟老师。苟老师说，再过几日，就要搬到女儿工作的城市生活了，真舍不得这里。他老了，不能安排自己今后的时间，得听女儿的话哟。看到大家都这么有出息，他这个老师脸上有光心里自豪。但愿我们越来越好，不要忘记老师和我们一起的日子。

我们是老师永远的学生，我们为老师祝福。

告别苟老师，来到梦溪谷，坐上春梅子的车，回到周叔叔的农家乐。我和黑牛子住一间标间，春梅子和顾悦欣住一间标间，聊着各自的天，直到把天聊亮。随后，我们沉沉地睡去，直到第二天中午，王婶婶才叫醒我们起来吃饭。

春梅子吃过午饭又开车回城了。我陪着黑牛子和顾悦欣在光雾山镇又玩了几天，等他们回到城里，我又回去看了一次婆婆，陪着她住了几天，婆婆的神志似乎越来越不清楚，我给爸爸打电话，爸爸说等过一段时间他回来陪婆婆。

不久，黑牛子去了青岛他爸爸妈妈那里，顾悦欣待在城里自己的家。在顾悦欣和她妈妈一番长谈后，又很快到了上学的时间。顾悦欣飞往英国。黑牛子从青岛到上海坐上飞机，第一次踏上了美国的土地。

## 二十五

　　暑假结束，黑牛子家搬到巴山新居聚居点去了，其实黑牛子家就他爷爷一个人，黑牛子和他爸爸妈妈都没有回来。这个巴山新居聚居点是专门为贫困户统一修建的，罗爷爷搬走了，胡家大院里只剩下婆婆一个人居住。那时候爸爸和我商量，准备给我首付十万元钱在镇上买一套商品房，爸爸要我继续说服婆婆，给她做工作，一定要把婆婆接到镇上和我一起住。

　　我不止一次地给婆婆说，要接她去镇上住。婆婆坚决不答应，说在这个院子住习惯了，去别的地方不习惯。我就想，或许老人有她自己的生活习惯，一时半会儿也难以改变。等房子买了再给她做工作吧，或许，到时候就想通了呢。

　　我和孙萌萌创作的歌曲受到越来越多的人关注，那一年我们的《春天杜鹃红》获得省上的最高奖，我们得了一万元奖金，孙萌萌说这次一定得去城里庆祝庆祝，喝点好酒。

　　周末的晚上，我们到了梦幻酒吧，孙萌萌约了几个同学来助阵，都是原来师范校音乐班的美女和帅哥，有七八个人。

　　开始唱歌，氛围很好。一杯一杯地喝酒，不知过了多久，有人提议唱一下我们的原创歌曲，几个音乐班的同学在酒吧借了一把吉他，开始演唱。

　　　　看到山里红，思念故乡浓。长长相思中，何处才相逢？
　　　　远眺云中花，还是杜鹃红。你从画里来，爱在心头涌。

　　唱着这歌曲，我突然想起了燕子岩上那个叫雅妮的姑娘，那个说着普通话，扎着小辫子的西安小姑娘。

这个夜里，我们没有回学校，在城里的宾馆住了一夜。

"你不喜欢我。"孙萌萌说。

"不是……"我对孙萌萌说不清楚喜不喜欢。

"你还是放不下你的春梅子。"

"我和春梅子没有关系，我们像亲兄妹。"我辩解道。

"那你心中一定还有其他人。"

"没有。"可是我的脑子里，刹那间又出现了那个叫雅妮的小姑娘，我很奇怪，听到孙萌萌一说，这个姑娘在自己脑子里竟愈来愈清晰了。

"我的直觉，这是女人的直觉。"孙萌萌有点伤感。

不知是何原因，对孙萌萌我总是不温不火，没有太多激情，也没有太多不愿意，只觉得人家姑娘主动，自己不能伤了别人的心，况且孙萌萌那么漂亮，又是从小一起长大的同学，相互很了解。

我们继续交往着，像情侣一样行走在光雾山镇的大街小巷，偶尔还去城里逛逛。可很多时候我还是渴望再次见到那个叫雅妮的姑娘，那个长着一对甜甜的酒窝，绑着两根黑黑的辫子，说着标准的普通话的西安小女孩。

我不知道她在哪儿，我到燕子岩找过，连那只神通广大的燕子也不知道她究竟在哪儿。虽然我常常和孙萌萌在一起，可是那个雅妮的形象在我的脑海里一天一天地明亮起来，像燕子岩上的那根红线深深地刻在我的心上。我害怕有一天孙萌萌知道这个秘密，知道我心里还藏着雅妮这样一个小女孩，藏着那根红线。她会怎样怼我？

反正，和孙萌萌相处中，我总是没有激情。

或许，自己在她眼中依旧是一个小背老二？

## 二十六

歌曲《秋叶红》获得了国家级大奖，全省只有我们唯一一个作品获得这个奖项，这次获奖，惊动了市委宣传部的领导，还惊动了市委主要领导。

有一天，校长把我和孙萌萌叫到会议室，里面坐了好几个人。校长笑眯眯给我们介绍那些领导，有市教育局的，有市文化局的，还有市委宣传部的，他们对我们的作品给予了很高的评价。最后宣传部的领导说，小吴小孙深入生活，扎根人民，写出了有温度、有深度、有真情实感的作品，这次获得这么高的荣誉，是我市建地设市以来的首例，我们表示祝贺的同时，希望两位老师百尺竿头更进一步，创作出更多更好的文艺精品，希望学校给予两位老师更加宽松的环境，激发他们的创作灵感，为他们安心创作创造更好的条件。学校领导当场表态，让孙萌萌和我搬到新修的教师宿舍，首先解决好住宿问题。

那一年暑假，我调到了市文化局文艺科，当上了专职创作员，孙萌萌调到了市文化馆做专职音乐辅导员，我们经常在一起创作作品。

其实，我不想离开光雾山镇小学，领导说这是组织安排，要让我们发挥更大作用，我无法拒绝。

去文化局报到的前一天下午，我又回到胡家大院。我看到婆婆一个人在家里纳鞋底，翻来覆去地看着针线和那些花花绿绿的碎布，心里涌出一阵又一阵莫名的酸涩。

"你回来了？"婆婆还能清楚地辨别我的到来。

"是啊，最近还好吗？婆婆。"

"好，好，好得很哟。"

"我调到文化局上班了。"

"哪里？"

我知道就是解释得再仔细，婆婆也不会明白。我尽量说得简单一点。

"我到城里工作了。"

"哪里？"

婆婆耳朵也背了，听不清我说的话。

"城里。"我大声说。

"好啊，到城里了。"

"你和我去城里享福嘛，去不去？"

"不去，不去。"这次婆婆听清楚了，"我还是在这里守着，这个院子莫人住就会垮哟。"

我有点伤心，不知道是因为自己苍白的劝导，还是因为婆婆的执着。

我给婆婆做了晚饭，等收拾好一切，我又一个人走过梦溪谷来到燕子岩。感觉很久都没有到过这里了，燕子岩空地上的草长得更高也更茂密了，山上的风景还是那样旖旎，少了黑牛子和春梅子童年的笑声，我感到有些落寞。

我对着燕子岩吼了一声："哟呵——"

"哟呵——哟呵——"燕子回应着我的吼叫。

我的耳畔响起了一段爸爸的背二歌：

  一把芝麻撒上天
  我的山歌万万千
  湖广走到四川来
  只靠山歌做盘缠

爸爸说我们家祖上是湖广填四川才到的胡家大院，当年我不相信，现在在网上查了资料才相信了。我们都是从湖北来四川的，我们的祖先是麻城人。

风依旧吹得山上的杜鹃树晃晃荡荡，树下的小草也在飘摇，黑夜里又有了一群群的萤火虫打着它们的手电开始四处飞行，为山里的生物指明方向，为我照亮前行的路。

想起那年春节前，我和春梅子、黑牛子在这里迎接爸爸妈妈们回家过年，想起自己在爸爸脖子上的亲热，而现在竟然和爸爸那么疏远，有时通电话不会超过一分钟。唉，似乎我长大了，不再需要和爸爸那样亲热吧。

爸爸还好吗？我该给爸爸打个电话，告诉我去市文化局上班的消息了。

"我调工作了，到市文化局。"我拨通了爸爸的手机。

"好啊，好啊，我儿子有大出息了。"爸爸很兴奋。

"你还好吧，今天我回来看婆婆了。"

"婆婆好吗？"

"其他方面都可以，就是脑子有点不好使了，记不清很多事情。"

"唉，我就是一天空忙，也没时间回去陪她老人家，生意的事——不说了。"爸爸的声音有点阴郁。

"好了，挂了。"

"等空了我就回来看看你婆婆。"爸爸多说了一句才挂。

回到院子里，门前的那棵弯柏树似乎奄奄一息，几根树枝上的柏丫都开始泛黄了，似乎就要倒下。旁边的几间房子的柱子都弯了，那些房子看似真的要垮了。我不禁再一次伤感起来，时过境迁，物也随人变了。这么一个大院子只有婆婆一个人住着，婆婆整天除了煮两顿饭就是纳鞋底，也不知道她把这些鞋底弄好又拆，拆了又弄好，不分昼夜地忙碌为的啥。

想起春梅子还有周叔叔和王婶婶都对我说过：现在你都工作

了，应该劝你爸爸找一个老伴。人老了需要身边有一个人照顾，周叔叔说俗话说得好"再孝顺的儿孙还是不如忤逆的夫妻"，想来还真有道理，毕竟俗话说"久病床前无孝子"，可能就是这个道理。妈妈已经离开十多年了，我长大了，爸爸是应该考虑找一个老伴，将来老了不能再像爷爷婆婆那一辈总是一个人生活，我看着他们那样的生活都感到寂寞，为何他们还那么习惯一个人在院子里看电视、纳鞋底，陪着摇摇欲坠的房子和快要死去的弯柏树，渐渐老去。而今院子只有婆婆一个人了，婆婆还是不答应和我一起住，唉，这个老顽固，这个最心疼我的老顽固，怎样才能说服她搬家？

我又一次住进我在胡家大院的卧室里，住进我的寂寞里，住进婆婆的孤独里。在这院子里陪着婆婆，陪着满院子的寂静和萧瑟，让我一夜莫名地惆怅和无奈。

## 二十七

梦溪谷旅游公司成立的时候，梦溪谷连接光雾山镇的高速公路通了，梦溪谷外面修了一个很大的游客中心，游客中心外面是一个非常大的广场。这个公司是春梅子开的，她说要让梦溪谷和燕子岩的旅游火起来，让这里的老百姓享受到我们开发全域旅游带来的最大福利。

燕子岩的老百姓生活真的红火起来了。春天有人来看杜鹃，夏天更有人来长住，说是避暑。秋天不用说了，红叶红的时候，路上的小汽车排着几十公里的长龙，人流如织，把整座山都挤得水泄不通，民俗农家乐里更是一床难求。冬天来山上滑雪赏雪的人也很多，南来北往的游客操着各种方言在这里交流，燕子岩成了一个"小联合国"，变得越来越热闹了。

婆婆还是一个人住着，还是在院子里，没完没了地纳着她的鞋底，只是神志很不清楚了，很多熟人她都认不出来。

我为婆婆担心，也为婆婆祝福。

一天，我接到王大山的电话，他说："快回来一趟，胡家大院起火了！"

"春梅子，在哪里？"我又给春梅子打电话。

"在城里，有啥子事？"

"快送我回去一下，胡家大院失火了啊，婆婆可能出事了。"我的声音带着哭腔。

"好，你等我，十分钟见。"

车停进梦溪谷的游客中心，我们飞跑着到了胡家大院，王大山带着一大群人收拾着救火的水桶和脸盆。

胡家大院一片狼藉。

弯柏树下围满了人，像弯柏树长出的根。

王大山说，胡家大院因为电线短路起了火。婆婆想把纳的鞋底鞋垫都抢出来，离开房屋时火把她的衣服点着了，也把她手上的鞋垫点着了。婆婆跑出门去，大火就上了房顶。

胡家大院的火从夜里一直烧到第二天。

王大山带着几十个村上的干部群众来救火。到下午火才扑灭。婆婆已经倒在弯柏树下，一头白发和一张脸被火烧去大半边，手臂和手指烧弯曲了，像弯柏树的树干和枝丫，弯向天空。

奄奄一息的弯柏树下，一扇抢下来的门板上，躺着奄奄一息的婆婆。王大山陪着我和春梅子挤进围着的人群。婆婆流着口水，村医正在给她检查。我看到婆婆嘴巴在喃喃地说着话，却听不清楚。我的眼泪止不住地流下脸颊，春梅子早已哭出了声。

婆婆伸着弯曲的手指，指着燕子岩，指着远处的天空。

胡家大院只剩黑牛子家的西边耳房，被那些救火的水淋得摇摇欲坠，光秃秃的院坝变成了一个装满水的大水田。风一吹，把没有散去的烟吹得像一缕缕乌云，飘得很远很远。

忙了一阵子，医生摇摇头："不用送医院了。"

"求求你，救救我婆婆啊。"我撕心裂肺。

"婆婆的肺被烟子熏出问题了，不能抢救了……"

"不会啊，不会啊，不会，不会。"我已经泣不成声。

"我等……等……等……"婆婆竟然张口说话了。

这句话没有说完，婆婆又昏过去了。医生伸手摸了摸婆婆脉搏说："去了。准备后事吧。"

我脑袋"嗡"的一声，人一下子倒了过去，王大山紧紧抱着我。

等我醒来已经是第二天中午，爸爸回来了，孙萌萌也第一次到我家里来了。

我感觉像得了一场大病，但还是强撑着起来招呼着客人，春梅子更像婆婆的孙女，忙上忙下地在院子里转着，她还把她们公司的员工叫了几个来帮忙。

爸爸好像六神无主，沉默着一言不发。有人提议把婆婆葬到公墓去，爸爸坚决不同意，问王大山："这院子后面的荒地是我们家的祖坟，可不可以安葬我娘？"

王大山说："现在的政策可以。"

"我们不立碑，不会影响大家的。"爸爸说。

婆婆安静地埋在胡家大院背后的荒山上，紧挨着爷爷的坟冢，坟头朝着胡家大院。我跪在婆婆的坟前不止一次地流着泪，想着婆婆给我烤尿裤烤棉絮，给我剥核桃，给我炖天麻鸡，等我放学回家吃饭，带着我在燕子岩卖山货，相依为命。我的眼泪忍不住一直流淌。

那个晚上，我一个人又去了燕子岩，凄厉的山风吹得我的眼泪扑簌簌地落。

169

燕子学着婆婆的声音：老背时的，你只是保佑我和秀英身体好就行了……

燕子还说：你要保佑狗子成绩好，健健康康，将来有出息，保佑儿子在外平平安安，能挣钱……

我一言不发，静静地听着燕子的呢喃，耳畔又响起了苍劲的背二歌，好像是婆婆在唱：

> 四山金鸡雀叫早
> 龙要归海凤归林
> 一心要待姐儿走
> 姐儿要待郎先行
> 流泪眼对流泪眼
> 断肠人送断肠人

燕子把回声送回来就变成了一个男人的声音：

> 生不离来死不离
> 生死不离花并蒂
> 在生我俩同凳坐
> 死了我俩共堆泥

是爷爷在唱吗？我不知道。我只是默默地听着，听着听着，爸爸和孙萌萌来到燕子岩了，站在那块空地上，爸爸掀开衣服，露出胸膛，对着燕子岩，凄厉地大声唱：

> 茅草籽儿满天飞
> 好久没和娘打堆
> 说不完的心里话

涨不完的眼泪水

　　燕子岩把那山歌变成铿锵的回声,一阵阵从梦溪谷飞过。
　　孙萌萌哭出声来,梦溪谷也哭出声来,哗啦啦地不停地流泪,为婆婆,也为我们。
　　我苦命的婆婆,孤独的婆婆,寂寞的婆婆,坚贞的婆婆,执着的婆婆,热血的婆婆啊!

# 下部

> 我的身世比电影更戏剧，结局让自己都没想到。我在悲伤里迎接明天。时过境迁，未来总是让人向往。

一

我收起我所有的悲伤,忘情地投入工作中,想用忘情的工作挤走所有的悲伤。

到文化局后,我花了大半年时间,在这片属于故乡的土地上行走。看了摩崖造像,到望王山想着章怀太子的故事,到王坪参观全国最大的红军烈士陵园,遥想当年巴山红军在这片土地上浴血奋战。又到空山,到犁辕坝,到得汉城,到巴灵台,到诺水河,到阴灵山,走遍了家乡所有的名胜古迹,深深地为这片土地折服。

我从市地方志上看到,巴国、巴人、巴风从此发轫策源,红四方面军在此架起了"扬子江南北两岸和中国南北两部间苏维埃革命发展的桥梁",产生的巴山背二歌、翻山饺子、巴山皮影、薅秧歌、巴渝舞、板楯蛮这些人文遗产,成了这里的名片。

我看到这里拥有丰富的旅游资源。茫茫林海意趣盎然,民俗风情原汁原味,巴山新村多姿多彩,绿色的屏障、红色的传奇、特色的自然资源是这里旅游的一大亮点。

我了解到,巴人文化是这里的基因文化,是与楚文化、秦文化、蜀文化并列的远古文化。这里处于巴文化中心区域,是远古中华文明的发祥地之一,古巴人在此繁衍生息,古老的巴子国散发出神秘色彩,孕育着巴人"忠勇节义、豪放包容"的精神。远古人类的足迹可以追溯到新石器时代,擂鼓寨新石器时代遗址,距今有五千多年的历史。此外,月亮岩、南龛石窟、断渠、阳八台等处均遗留着巴人灿烂文化的遗迹。

我在这样的土地上行走着,时刻感受着浓郁深沉的文化氛围,在前人留下的厚重的财富面前顶礼膜拜。走出光雾山镇那一片小小的土地，又看到了那么一片宏大而深邃的天空，我的内心每天充盈着激情和希望，我为自己的工作感到幸福和光荣。我张开双臂，想要拥抱这片我深爱的土地，想把我的深情埋进这片土地，变成土地上最美的文字，讲述这里的故事。

不久，我接到了到文化局派给我的第一个任务，将巴山背二歌申报成国家级非物质文化遗产。想到爸爸他们，我心里既沉重又高兴。是呀，父辈们的脚步没有被人们遗忘，我终于可以给背二哥说说话了，我终于可以挺起胸膛说自己是背二哥的后代了。

我整天忙碌着。下农村，采访一个一个当年的背二哥，和他们面对面交谈，听他们讲那些背二哥的故事，听他们唱背二歌，晚上回到单位，又开始查阅资料，整理采访记录。

爸爸他们虽然是背二哥，可他们常年在外奔波，他们的故事我并不了解，我忽然觉得那些背二哥很陌生，和我有很长的距离，我得去亲自听听爸爸他们的故事。

我决定由远及近，先找罗叔叔，然后去找爸爸，再去找周叔叔，听听他们的故事，收集他们提供的素材。

去青岛，我生平第一次坐上了飞机。飞在高高的蓝天上，我仿佛在飞越燕子岩，我终于可以看到燕子的嘴巴，那燕子似乎在传唱着爸爸们的背二歌：

　　你唱高来我接高
　　半天乌云接乌梢
　　你接头来我接尾
　　你唱歌来我接嘴

燕子自己也在唱：

　　你看天上那朵云

又像下雨又像晴

你看路边那个人

又想唱歌又怕人

我想笑,这只燕子还会挖苦人啊。便闭了眼睛,坐在座位上想着那些背二歌。

采访完罗叔叔,又马不停蹄飞到西安。我看到爸爸的头发已经白了很多,身子更加瘦弱了。我问爸爸:"你为什么不回去做生意,现在老家发展得也很好啊。"

"再等一段时间我就可以回去了。"

"等啥子嘛,现在哪里都可以挣到钱。"

"这边的生意正好,我想等几年,你结婚时我再回去。"

"我看你也可以找一个老伴了。"

"不,我一个人已经习惯了。"爸爸有点急,眼里分明有了泪水,又像撒谎。

"周叔叔他们说给你介绍了好几个阿姨,你都不同意,不知你咋想的,你老了,身边得有一个伴呀。"

"我——还是想一个人过,还是——一个人过习惯了。"收回游移的目光,爸爸坚决地说。

我不再劝他,知道他和婆婆一样顽固,劝也没用。

"好好照顾自己的身体,现在我工作了,能够养得起自己,你不要再操心我的事。"

"对你,我还是很放心的。"爸爸欲言又止,"只是你得考虑找个女朋友了,把家兴起来。"

我没有告诉爸爸我正在和孙萌萌谈恋爱,我对自己的爱情没有把握。

我和爸爸在大雁塔留了影。在西安的时间,爸爸又给我照了很多照片,不像往年全部都洗出来,这次照的相片几乎都存在手机里。

  这一次，我不再想妈妈，没有找妈妈了。我也没时间打听雅妮的消息。

  我回到光雾山镇，住进周叔叔的农家乐。周叔叔已经是当下很出名的"网红"了，他的农家乐除了菜品味道好，大家还冲着他的背二歌唱得地道来的，说是原生态的。客人来了除了吃饭住宿，还要请周叔叔吼上两嗓"巴山背二歌"。

  我先将周叔叔的背二歌做了记录，又听他讲了一些故事。

  第二天，周爷爷听到我要收集背二哥的故事，主动加入我的采访中，他说要给我讲一个真实的背二哥故事，还要求我要永远记住这个故事。

  我期待着周爷爷的故事。

## 二

  晚饭后，周叔叔和我围着周爷爷，听他讲故事。

  听着周爷爷一字一句的讲述，我欲哭无泪。我再一次跌入悲伤的河流中，挣扎着爬不上岸，那些悲伤把我的血管灌满，让那些血结成冰，把我的心冻硬。

  "可以给你们讲了，再不讲我就要把这个秘密带进坟墓了，孩子，我们得感恩，得记住一些过去的事情。"周爷爷的开场白很沧桑，好像自言自语，又像在叮嘱我和周叔叔。

  老人像一个有学问的大儒，让我们浸泡在他的诉说里：

  那年秋上，生产队组织了二十个背二哥去汉中，我和老罗、老吴一起出门。我们顺便背着队里的天麻、核桃和一些山货去汉中，主要目的是把汉中的盐背回来，队上的农民很久都买不到盐巴了。我们三人走在队伍的最后面，老吴又走在我们的后面，老罗倒数第二。

你罗爷爷是这二十个背二哥的头儿。

在那样的羊肠小道上走着，现在被人们称为米仓古道。我们边走边歇，过了猴子山，又过野猪堡，过了摩天岭，又到了黑熊沟，我们在那里长歇，大家点上叶子烟，惬意地聊着天，知道夜里有顿好吃的等着我们，都很开心。

夜里蓝姑要和你爷爷老吴成亲，蓝姑就是吴月你的婆婆。蓝姑家在汉中城下开了一家幺店子，那年她的爸爸妈妈遇到土匪被掳去，只剩下蓝姑和哥哥两人相依为命，哥哥后来参加了红军，再也没有回来，蓝姑在那家幺店子住着。好心的管家带着蓝姑，把幺店子经营得风生水起，渐渐地，蓝姑长大成人，变成一个漂亮能干的大姑娘。解放了，管家死了，蓝姑一个人经营这家小店，南来北往的背二哥依然在这里歇脚。蓝姑因为漂亮和能干，成了每一个背二哥的梦中情人，可是蓝姑一个都没有看上眼，想不到后来，你爷爷成了蓝姑心里的目标。

你爷爷勤快诚实，每次到小店都帮着蓝姑做事，蓝姑和你爷爷好上了。过了几年，蓝姑和你爷爷商量成亲，你爷爷同意入赘。你爷爷打算入赘后在蓝姑的店里帮着做生意，不回胡家大院了。

你爷爷和蓝姑商量，这一次背了山货到了汉中城就正式成亲，还叫你罗爷爷请了所有同行的背二哥，要在晚上吃一顿大餐，喝他们的喜酒。

听到这个消息，不说你爷爷有多高兴，我们这一路人每个人都高兴哟。

其实这一路背二哥哪个不是苦命人？能讨上老婆的又有几个？老罗是个跑山河的，八岁时父亲就被棒老二杀了，从此东躲西藏的，后来跟着背二哥的队伍打杂，混口饭吃，还给地主家带小娃儿，跟着读私塾的娃儿认识了一些字，背了几首唐诗，他对外却说自己读过私塾，我和你婆婆都不想戳穿他。他确实很聪明，看啥会啥，渐渐地成了我们背二哥的头，很多活儿都是他找的。你罗爷爷想和蓝姑好，可是蓝姑看不上他，最终看上了你的爷爷。当你爷爷说要和蓝姑成亲，大家都很羡慕，为他高兴。

跑山河是啥子意思，现在的年轻人不懂了。跑山河就是我们背老二遇到棒老二，把背的东西抢了，或者遇到小偷东西被盗，又赔不起，就从一个地方跑到另一个地方躲起，或者改名换姓，或者当抱儿子（上门女婿），人们叫这些背老二是跑山河的。唉，我们背老二那样的苦和心里承受的压力，哪是一般人担当得起啊。

罗爷爷的爸爸本来是苍地的背二哥，后来到汉地当背二哥，再后来到胡家大院，说明他家不止出过一次事故，至少遇到两次大的灾难，否则罗爷爷不会来到胡家大院当背二哥。啥子叫苍地和汉地？苍地就是苍溪的背二哥，汉地就是汉中的背二哥，当然胡家大院的背二哥就是巴地巴中的了。

我们一行人盼着早点到汉中城，一路上很多人都开心地唱山歌，每个人似乎有使不完的劲，背着背架子在山路上飞跑。

我们歇气的时候，你爷爷一锅烟还没咂上两口，突然脚底下冒出一只额头长了白斑的黑熊，老吴惊慌失措地大喝一声："兄弟们，快跑啊！"

听到老吴的喊叫，以为棒老二来了，大家不顾背上的东西，放下背架子，撒开脚丫子四处逃命。

你爷爷没有动一下，我们看到他坐在原地一动不动。

我们遇到了黑熊，你爷爷为了救大家，把自己留给了黑熊……

过了一个多时辰，我们原路返回，看到你爷爷的肠肝肚腑流了一地，满地鲜血，只有头还在……大家用麻袋装上你爷爷残缺的尸体，背到汉中城，找了一处破庙放着，罗爷爷在那里守着，其余的人去城里交货。

那天晚上，我们没有告诉蓝姑。我在店里，看到四处张灯结彩，喜气洋洋，蓝姑打扮得漂亮极了。心里很是沉重。

蓝姑没有等来新郎，有人撒谎说你爷爷到另外的地方背盐去了，今晚上不会来了。蓝姑好像预感到什么，心情很不好，等了一段时间，还是叫店小二开席。这个晚上大家没有人喝酒，气氛极其沉闷。

席散了，蓝姑把我拉到一边，硬要我说说你爷爷的情况，我实在忍不住，没有说一句话，直接带着蓝姑到了那个破庙。

"我咋这么命苦呢。老吴啊，你知不知道我已经怀了你的孩子了，你这样走了，我今后咋活呀。"蓝姑抱着老吴残缺的尸身痛哭流涕，伤心欲绝。

"你得给我一个交代，我咋活，我咋活嘛？"蓝姑好像在撒娇，好像又在抱怨。

"对不起啊，蓝姑。他为救大家死的，黑熊咋不把我吃了？咋不吃我呢？"罗爷爷自责起来，因为他是这一路的带头人。

"不怪你们，只怪我命苦。"蓝姑抹干眼泪，很快平静了下来。

"你们去找些柴来。"蓝姑对我们说。

我们不知所以，迟疑片刻，很快行动起来，在附近的山上找了一些干草和树枝。蓝姑把你爷爷的尸首放在一块空地上，把我们抱回来的树枝放在你爷爷周围，随后把干草点起来。她又叫我回店里拿了一个空瓦缸。

树枝燃尽，你爷爷的尸首变成了一堆白灰，蓝姑用手一把一把地抓起那些骨灰，边流眼泪边小心翼翼地放进缸里。

"你们等我几天，我要带我男人回你们那里去，我要嫁给他，我要把老吴的娃儿生下来，我要把老吴留下的血脉养大成人。"你婆婆说得平静而坚决。

蓝姑把店子盘出去后，带着你爷爷的骨灰随我们一起回到胡家大院，一待就是一辈子，把你爸爸养大，给你爸爸娶妻生子，兴起一家子人，又把你带大。

到胡家大院的那一年，蓝姑刚刚二十岁。

后来的日子我们都把蓝姑当姐姐一样对待，虽然她比我们都小很多，我们共同帮助蓝姑一家人，所以，我们这个院子总是这么团结和谐。老罗和我还学会了打猎，有一年，我们又去了黑熊沟，老罗亲手捕杀了那只害你爷爷的黑熊，他说他闭着眼睛都能认出那只额头有白斑的黑熊。最终害你爷爷的黑熊落在了我们手里，算是给你爷爷和蓝姑一个交代，挽回一点我们留下的遗憾吧。

今天，我终于把我们这一辈人的故事告诉你们，让你们记住有这样一位亲人在危难之时的勇敢和奉献，让我们记住，永远地记住他，希望你们好好生活，努力奋斗。

我心里打翻了五味瓶。我住进周叔叔农家乐的客房，外面已经在下雨了，风凄惨地敲打着窗户，像那只额上长着白斑的黑熊的尾巴，残忍地抽打我的灵魂，把我的伤痛一鞭一鞭抽出来。想着婆婆的前前后后，从那个新婚夜里开始的灾难，二十岁守寡，一个人含辛茹苦地带着我们一家人在这深山里过着艰辛的日子，在胡家大院里默默奉献了一生光阴，完成了一个传统的农村妇女伟大且执着的坚守。唉，我苦命的婆婆，孤独的婆婆，为了这爱的坚守耗尽自己一生的时光，把自己囚禁在胡家大院，安放在燕子岩，几十年在大山里默默地飘零，直到油尽灯枯。

窗外的雨越下越大，雨滴打在门前的院子里，打在我长长的悲痛中。

## 三

　　我刚回到自己的悲伤里,新的悲伤又来了。
　　"你在哪儿?"春梅子打电话语速很快,看来有急事。
　　"在单位。"
　　"你等着,我开车来接你。"
　　"有啥子事?"
　　"车上说。"
　　不久,春梅子又打电话:"快下楼,我在文化局门口。"
　　我上了车。
　　"黑牛子爷爷死了。"
　　"好久的事?"
　　"死了至少有一个星期才被发现。"
　　"你听哪个说的?"
　　"王大山他们去入户调查时发现的,说尸体都发臭了!"接着又说,"是王大山给我打的电话。"
　　"通知罗叔叔他们没有?"
　　"王大山说,罗叔叔夫妇已经在回来的路上了。"
　　"那黑牛子回来不?"
　　"咋回来?一张机票好几万,他们哪有钱?"
　　"也只有这样了,我们去好好安慰一下罗叔叔他们。"
　　"死牛子,唉!"
　　赶到燕子岩的巴山新居聚居点,已经下午4点钟了,罗叔叔夫妇还没到家,老人的灵堂已经在村上的人帮忙下搭建好了,孤零零地傍在门前,除了几个亲戚守着,显得空荡荡的,在那声声哀乐里格外凄凉。我不禁眼里一热，心情一下子沉重起来，心尖上似拴着一块巨石。

身边的春梅子边走边泣不成声。

"喂，喂——"春梅子掏出手机大声叫着。

我知道她在给黑牛子打电话，我说："现在是啥时候？人家正是大半夜，还在睡觉。"

"管他个死牛子睡不睡觉，我要他看看他爷爷。"

黑牛子终于接电话了，春梅子命令道："把微信点开。"

我从春梅子的手机屏幕上，看到黑牛子一张疲惫的脸，听到这个消息，黑牛子一下子哭了，眼角挂着一滴滴泪珠，要从春梅子的手机屏幕掉出来，掉到罗爷爷的灵堂前。

春梅子用手机拍罗爷爷的灵堂，拍巴山新居的四周，拍四周的凄凉和悲伤给黑牛子看。

"对不起，我不能回来送爷爷了，谢谢你们，让你们费心了。"黑牛子呜呜地哭着，把悲伤通过手机从美国送到爷爷的面前，想让爷爷听听孙子那久违又熟悉的哭声。

"你好好读书，这才对得起你爷爷。他最希望你光宗耀祖！"春梅子把悲伤变成挖苦。

"我也不想读了，唉。读到这份上也没办法。"黑牛子眼角挂着泪滴和疲惫，欲言又止。

"好，不说了，你睡觉吧。等有机会回来看看。"春梅子关了微信。

罗叔叔夫妇回来已经下午6点过了。李婶婶一下子跪下去参灵，接着罗叔叔也跪了下去。

"我们对不起你老人家啊，本来可以和我们一起住，你又不同意。我们要供牛儿读书，要挣钱养家，没有回来陪你，难以尽孝啊。"罗叔叔声泪俱下，像在责备老人，又像在检讨自己。

王大山赶来了，告诉大家罗爷爷是脑出血去世的。他忧心忡忡地说:"这样的老人我们村里很多,今后不知轮到谁家的老人。"随后又自言自语地说,"我们以后得加派人手,经常性地到每家每户走访,防止这样的事情发生,一个老人在家死去世了这么久,竟然没人知道,这是我们的失职!"

"哪能怪你们?怪我们自己没有照顾好老人家。"罗叔叔很是遗憾和伤心,搓着双手,盯着远处的燕子岩。

参加完罗爷爷的葬礼,我远远地看到胡家大院的那棵弯柏树还在那里艰难地站着,想起罗爷爷曾经在树下给我们三个小孩子讲三国、讲水浒、讲西游记、讲熊外婆。记起那晚上讲罗刹的故事,从故事开始,春梅子一直抓着罗爷爷的手不放,我在听到罗刹吃人的时候一下子蒙住耳朵,迅速地往婆婆的怀里钻,又清楚地听到罗爷爷和周爷爷大声争着,一个说罗刹的舌头有一丈二,一个说有一丈五,听到他们争得面红耳赤,我更害怕。而今,空荡荡的弯柏树下只剩一缕一缕枯黄的杂草和瑟瑟秋风,想把罗爷爷和他的那些故事埋进草丛,可转眼,却又被风刮得很远很远了,像一下子飞到美国的黑牛子。睹物思人,我深深地心酸和伤感。

回去的路上,春梅子喃喃地说:"今后我要开个养老院,让村里所有的老人免费吃住,请人专门照顾这些老年人,让他们的儿子孙子在外面能够安心工作,安心读书。"

"唉,你真好,你真好。"我轻轻地拍着她的肩膀,拍着她的理想,拍着她的憧憬和美梦。

## 四

回到单位,我不能继续悲伤,不得不甩掉那些沉重,继续我那些没完没了的工作。

整理最近的采访和资料，我的思绪跟随着古老的蜀道包括米仓古道一步步行走，我的眼泪浸润着爸爸、爷爷、婆婆，不，还有更远的先人们的脚步，慢慢地在那苍凉又古老的记忆里爬行。我的眼前出现一幅幅图像，还有那些挥不去的背二歌，在脑子里愈来愈清晰了。

那是一群在米仓古道上行走的背二哥，从这里到汉中，再到西安，顶着秦时的明月，沐浴汉时的风，在崇山峻岭里背着二架子（背篼）拄着打杵子唱着山歌，一路踽踽前行。

那是一群穿行在褒斜道上的背二哥，从这里出发，走广元到陇南，出祁山，风餐露宿，面朝黄土背朝天，一步一枯荣，一步一光明。

那是一群在金牛道上弓腰爬行的背二哥，从这里出发，走剑门古道，到成都，沐浴蜀文化的风，把巴文化的阳光洒进那一片广袤的平原大地，汇聚成宏伟厚重的巴蜀文化。

他们用脚丈量生活的艰辛，用真情渴盼美好的明天，用生命走出一片新天地。

那些歌谣从燕子岩传来，从断渠经过，从阳八台，从擂鼓寨，从月亮岩，从巴灵台，从光雾山，从诺水河，一段一段地飞过，飞越千年，飞越千山，飞越万水，飞越古今！

我的脑子里总是萦绕着那些挥不去的背二歌号子：

　　不唱山歌冷秋秋
　　唱个山歌解忧愁
　　解得忧来解得愁
　　唱得巴河水倒流

我知道这是先人的壮歌，即使飞越千古都不能超越。这个时候我多想自己的眼泪能化成一颗颗星星，沿着古老的米仓道、褒斜道和金牛道，循着那些过往的先人和爸爸们的足迹重新走过，和那些苦难的灵魂对话，向他们诉说今天燕子岩和巴山大地的这些变化，诉说现在人们的美好生活，以告慰他们在那些旧时光里奋争的苦难和汗水。

我的眼泪已经润湿了那些资料，我伏案疾书，夜以继日地赶着我要上报的材料，我得为爷爷和爸爸们，还有那些遥远的背二哥做点安慰灵魂的事情。

从爷爷和婆婆故事里走出来我用了整整一个月，我不再哭泣，全身心投入工作。

孙萌萌创作的四川扬琴《红军魂》获得大奖了，她打电话约我晚上庆祝一下。

我忽然想起这次出差回来，还没向她报到："我正想找你。"

"好，我们晚上见。"

这一次直接到了春梅子的枣林鱼庄。春梅子已经知道我们的关系了。

我们要了一瓶红酒。

"你帮我写一些曲艺作品吧。"

"哪方面的？"

"你熟悉的题材都可以写。"

"我试一试看看。"我脑子里有一个很好的题材。

"现在只有走小众的路子才有可能成功，我们要凸显自己的特色，尤其是我们本地的地方特色，这样才能打动观众。"

看来孙萌萌到文化馆没有屈才。

"我也是这样想的，最近我在搜集背二哥的故事，要把巴山背二歌申报成为国家级非物质文化遗产。"

"这个点子真好，文化局的领导真在动脑筋、想问题。"

"那是，今年我接到的第一个任务就是这个，前不久我出了一趟差，专门为这件事做准备。"我说得很严肃很认真。

"那你写写背二哥,试一下。"

我想,即使孙萌萌不说,我也要写背二哥。我得为那些行走在我生活中和记忆里苦难而伟大的背二哥,写下我最虔诚最动情的文字。

## 五

正月里,我又去春梅子爸爸的农家乐。

刚到门口,就听到春梅子比平常要大的声音:"你是啥子学历?"

"大专。"一个很小心沉闷的男声,说得没有自信。

"我也是大专。"春梅子笑着,"但是——我想找一个比我学历高的,至少得本科。"

"人家吃技术饭的,在外面打工挣得多哟。"一个苍老的女声回道。

"挣好多嘛,家里在城里有几套房?车子是啥子牌子的?反正我有辆大奔,才一百多万。"春梅子的话像机关枪,一句一句在屋内扫射,"你平常有啥爱好?"

"我——每年都可以存几万块。平常打游戏,还能挣点小钱。"男声刚小声地吐出几个字,瞬间被大妈的声音淹没了,"这个小伙子我看着长大的,人老实,又孝顺,还体贴人,不信,你们处处嘛。"

"算了哟,贺婶婶啊,我们不合适,你带他走嘛,何况我都有男朋友了。"春梅子的口气冷冷的,下了逐客令,"小伙子,你带上那些礼物。"

"唉,你爸爸也是,有了男朋友还要找我介绍,哼。"那个女人抱怨着。

门开了，春梅子差点和我撞上，看见我立即给站在身后的一男一女介绍："说曹操曹操到，你们看这就是我男朋友。"

接着，小伙子手上提着东西和那个女人向外面走去。望着他们的背影我想笑："给你介绍个男朋友咋不要？"

"我这老汉儿啊，就是怕我嫁不出去，现在我哪有时间耍朋友？何况给我介绍的都是一些啥子人哟，不是打工的就是没有读过几本书的，要么就是一些混混，我这么不值钱啰。"春梅子自己也忍不住笑，"好歹我还是一个企业家嘛，我老汉儿真怕我找不着男人。"

"不要看不起打工的嘛，现在谁不是打工的？"我说。

"哪里哪里，我嫌给我介绍的都没读几天书。"春梅子情绪很不好，"还打游戏！赌博！"

我们刚说完话，王婶婶就进来了："人呢？"

"走了。"春梅子淡淡地说。

"你爸爸还在厨房里忙呢，准备了一大桌菜请他们吃饭，咋走了？"王婶婶说，"他们那么客气，不吃饭就走了？"

"我叫他们走的。"春梅子冷冷地说，"你要叫他们吃饭就去追，我和土狗子有事情先走了。"说着就拉起我准备离开。

"不忙走嘛，马上要吃饭了。"王婶婶说，"他们不吃我们吃，我去叫你爸爸少弄几个菜。"

王婶婶到外面的厨房去了。春梅子悄悄对我说："等会儿要挺我，我爸爸可能要骂我了！"

王婶婶离开不到十分钟，周叔叔穿着围裙就来了："你看你看，给你介绍男朋友你就这个态度，我都把镇上的媒人找完了，来一个被你骂走一个。贺婶婶又被你骂跑了？"

"我没骂人，不信你问土狗子。"春梅子目光投向我。

"周叔叔，春梅子真没有骂人。"

"唉，你们这些娃儿不晓得咋办哟，都二十好几的人了，就是不谈朋友,我们像你们这样大的年纪你们都上学了。"周叔叔连我也不放过,"春梅子,你不是不晓得外面咋说我们这一家的?说我屋的女子都养老了还不找人嫁出去,今后——"

"今后就和妈老汉过!就不嫁人!"春梅子大声道,"今后你再找人给我介绍男朋友,我坚决不见,要么见一次骂一次,我就是不嫁人!"

听到客厅春梅子和周叔叔在吵闹,周爷爷提着茶杯进来了。王婶婶急忙让周爷爷坐下,把事情的经过给周爷爷讲了。周爷爷笑着说:"你们啊,操那么多闲心干啥?我孙女儿要嫁人时就会嫁人,不嫁人时就不嫁人,大家都顺其自然嘛。"周爷爷笑眯眯盯着我看,我感觉很不自在,"你们看土狗子,说不一定哪一天就带一个女子回来向我要红包呢,哈哈。你们有那些闲心,还不如听会儿川剧。"

"就是嘛,还是爷爷晓得我。"春梅子抱着爷爷的肩膀,撒着娇,"你喊你儿子儿媳不要操心,到时候就给他们带一个干儿子回来。我才不信我没有男娃儿喜欢,嘻嘻。"

因为周爷爷在,周叔叔终于忍住了,不再说话。

王婶婶似乎被春梅子逗笑了,又似乎要化解两爷子的尴尬:"吃饭吃饭,我去端菜,土狗子和我一起去。"王婶婶拉起我的手,我们出了门。

随后,周叔叔和春梅子也跟了出来。我知道,一场相亲风波暂时告一段落。春梅子真该有个男朋友了。

## 六

一个人的时候,我又回到爷爷婆婆的故事里,想着婆婆一生的苦难,总是赶不走婆婆那些寂寞的影子。

那天夜里，也是美国的上午，黑牛子给我打电话。随后我们在微信上聊天，他心情似乎很是糟糕，说话的语气很低沉。

"顾悦欣在英国准备嫁人了，我……"

"她不是那么爱你吗？"

"你相信爱情？"

"相信。"

"我也相信，可是爱情不相信我。"

黑牛子说起了玄语，我似懂非懂。

"还是有什么其他原因吧。"

"我问她，她说她已经怀孕了，马上就要出嫁，而且不回中国了，在英国定居，一切手续都已经办好。"

"顾悦欣在英国嫁给谁？"

"她的导师。"

"哦，或许你们相隔太远了吧。"

"我们本来约好研究生毕业就回国结婚，可是现在我只有继续在这里读博士了。反正回来很难找到理想的工作，只有继续读书了。"

"你对自己的未来还是没有计划？"

"有什么计划呢？读书吧，读到底，走一步看一步，博士毕业后再说啰。"

"你给春梅子说没有？"

"我不给她说，她听了又要幸灾乐祸几个月，说不一定还要数落我好久。"

"春梅子现在哪有时间幸灾乐祸你几个月哟，人家生意上的事情都忙不过来，数落你几句倒有可能。"

"有这样的结果也好，我还可以节约很多电话费，我能够更加安心读书了。"

"你这个人，总是对自己没有信心，你条件这么好，将来一定会有一个好家庭和好事业的。"我安慰着。

"我啥子条件好哟，当年读高中，我被顾悦欣妈妈叫去给她补课，她妈妈在补课前专门找我谈了一次话，我都没有给你们讲过。"

"啥子话？"

"本来我一个人承受就行了，我怕你们听了受到更大的打击。"

"我们害怕啥子打击嘛？"

"她说我是一个背二哥的儿子，我家和她家有门户之分，要我不能有什么非分之想。其实，那个时候我哪有心思谈恋爱？"

"后来为啥和她谈？"

"是顾悦欣在高考结束后主动示好，我开始是拒绝的，顾悦欣说她会说服她妈妈的，我后来才逐渐接受了她。当然，我知道自己的分量。或许开始就是一个错误吧，毕竟人家爸爸现在是副市长，妈妈又是局长。"

"你也这样觉得我们配不上人家？我现在已经不觉得我们背二哥的孩子低人一等了。小时候王大山孙萌萌他们看不起我们，后来我看到你能考出一个省状元，我觉得你让我们背二哥的孩子能挺起胸膛做人了。唉，当时春梅子如果听到这样的话，肯定要找那个阿姨理论，说不一定还要骂人呢。"

"所以，我不敢给你们说。"

"春梅子的性格我们太了解了。"

"顾悦欣当时倒是真心实意地要和我处下去。"

"那些在光雾山的日子，我看你们都那么要好呢，我和春梅子还在为你们祝福。"

"唉，有人说女人的心像秋天的云，还真说不准。"

"或许，顾悦欣有她的原因吧，你可以问问。"

"过都过去了，有啥好问的？我没有想到和她有什么将来，和她谈朋友也是走一步看一步。我倒是想问问你，你和孙萌萌咋样？"

"不温不火，今后咋说得清楚？"

"从爷爷去世后我想了很多，我觉得这书读得一点意思都没有，还不如春梅子风风火火地做生意，做自己想做的事情，每天都那么充实。"

"你这心态有点像你爷爷，读书多总比读书少好嘛，为什么那么多人都想找机会读书？可能你没有从顾悦欣妈妈的谈话中走出来，我们背二哥的孩子也要挺起胸膛做人，也能够挺起胸膛做好人，我们要有自信。"

"你以为在这里就可以好好读书？尖端的技术学不到，学校和导师都提防着我们，好像我们这些留学生都是中国派来的间谍。教给我们的都是一些普通的知识。毕业后想进入高层也不可能，人家歧视我们。我们这些留学生没有什么存在感，总觉得在别人的地盘上不是主人翁，没有归属感。"

"今后有啥子打算？还是回国？"

"唉，还没有想好。不说了，等会儿就要进实验室了，空了聊。"

我关了微信，想着黑牛子说的话。我们相信爱情吗？我也不知道，突然想起燕子岩上的那个小姑娘了，那个叫雅妮的小女孩，去哪里了呢？

我发现自己和孙萌萌可能也要像顾悦欣和黑牛子一样，不会有什么结果的，或许——心里总是装着那个和我用树枝在地上聊天的小女孩呢。

想着想着，我倒在床上睡着了，夜里又梦见那个只有几岁、还很天真的小女孩，我们在燕子岩比着高矮，我用一口流利的普通话和她交谈。

## 七

"你在哪儿?王大山出事了,你快出来一趟。"春梅子在电话里很急。

"不可能哟,昨天他还约我去学校打了一会儿篮球呢。"我不相信春梅子的话。

"你到医院再说。"

"哪个医院?我马上过来。"

"市中心医院。"

我到了中心医院脑内科,春梅子说王大山正在里面做手术。王大山的同事,还有他的父亲焦急地在走道上等着。

春梅子问那个年轻人:"好久出的事?"

"早上我们从万字格村送肥料回来,路过罐子沟,车掉下河去了……"年轻人哭了,"呜,呜。"

我看到这人身上还有血,一半边脸摔得乌黑乌黑的。春梅子问:"谁开的车?"

"我,呜……呜……"

"你看你满身都是血,检查没有?"春梅子问。

"没有,我才把大山书记送过来。"

万字格到医院的距离很远。

"你赶快去检查一下,这里交给我们。"春梅子看看年轻人乌黑的半边脸。

年轻人才慢慢离开。

时间一分钟一分钟过去。过了两个多小时,医生终于开了门,问:"谁是家属?"

"我，我是。"王叔叔说。

"你们可以进去了。"医生摇摇头。

"我们已经尽力了。"从里面出来的护士说。

王叔叔站在王大山的床前，哽咽着看着王大山，眼泪在他眼里团团转。

我看到王大山伸出了手，我走上前去握住他的手。

"帮我照顾村上的那些孩子，他们想学篮球……帮我照顾我爸爸，他只有一个人了……"

"你放心吧，我会的。"我一时语塞。

"你没事的，肯定没事。"春梅子似要哭出声来，安慰着。

"我闷，真想睡……"王大山喃喃地说，眼睛盯着春梅子，伸出另一只手，"我……我——可以说吗？"

"说嘛，说嘛。"春梅子拉住王大山的一只手，俯下身去。耳朵对着王大山的嘴巴。

"我喜欢——"王大山似在梦吟。

"喜欢谁呀？"春梅子似乎没有听清。

王大山把手从春梅子的手中抽出来，指了指她，又放进她的手中："我，喜欢你，从小就喜欢你……"

春梅子眼泪一下子流了出来："嗯，我知道了，好好养病吧。我……"

王大山突然"哇"地吐出一口鲜血，随后手从春梅子手中滑落，头也软绵绵地偏在一边，再没有说话。

"医生，医生——"春梅子急得大喊。

医生回来，又检查了一遍王大山，掰开王大山的眼皮，用听诊器听了听心脏说："眼睛没有反射了，心跳没有了，准备后事吧。"

王叔叔双腿一软，瘫坐到地上，全身颤抖着。我想把王叔叔抱起来，力气用尽也没用，像那次我想把那条救我的大黄狗抱起来那样,用尽力气也不能。

我歇了又抱,试了几次才把王叔叔拖到凳子上。

护士拿着一张纸叫王叔叔签字,王叔叔的手不停地颤抖着,拿不稳笔,闭着眼睛,在上面胡乱地画了几笔。

年轻人回来了,站在走廊和春梅子一起哭着。

"都怪我,都怪我啊。咋不是我摔死呢,咋不是我呢?"年轻人顿足捶胸地扯着他自己的衣领,想扯出那些愧疚和自责。

第二天在殡仪馆里王大山的追悼会上,县委书记和副市长代表县委县政府和市委市政府来看望了王叔叔,镇党委书记致悼词:

> 王大山同志是一名优秀的共产党员,是我们镇最优秀的驻村干部,为了党的事业献出了年轻而宝贵的生命,他的光荣牺牲,对我们光雾山镇乃至全市的扶贫工作都是一大损失。大山同志在燕子岩村创造了"道德银行"先进经验,开创了扶贫工作的新风尚,得到了新华社的报道,经验在全国推广。他为燕子岩村的扶贫工作呕心沥血,夜以继日。几年来,燕子岩村发生了翻天覆地的变化,村道路通到每户村民家门口,自来水接到每家每户的厨房里。新村建设如火如荼,一栋栋巴山新居像小别墅一样矗立在巴山深处,实现了楼上楼下、车到院坝的美好梦想。在大山同志的带领下,村里兴起了各种产业,尤其是发展了乡村旅游,使燕子岩这个名字被越来越多的人记住。燕子岩村乡风文明,民风淳朴,这儿的山更绿了,水更美了,人民的生活越来越富裕了。我们要化悲痛为力量,沿着大山同志的足迹,努力开创扶贫工作新局面,让燕子岩村的明天更美好。

春梅子一阵伤心地哭啼,揩了好几张纸巾。我的头脑昏昏的,总感觉到生命太脆弱了,昨天还和我一起在球场上生龙活虎地跳跃着的年轻生命，一瞬间竟然消失了，从我的世界，从他熟悉的人的世界消失得那么干净，不留一丝痕迹，就像我的婆婆。婆婆走完了她苦难的一生，而王大山这一生才刚刚开始。我的妈妈也消失了，没有人告诉我她的生命是不是没有了，我还有希望再见一次我的妈妈，不像王大山，我想再见一次的希望也从此破灭了。

参加完王大山的追悼会，孙萌萌回到文化馆。晚上，我坐着春梅子的车一起回了一趟燕子岩。

曾经杂草丛生的村小学，被王大山他们改造成了燕子岩村的文化活动中心，活动中心旁边修起了阅览室，操场铺上了塑胶，球场装上了灯。

一群孩子正在这个露天灯光球场上汗流浃背地奔跑着。我上前叫停了他们的活动："今后，我会在周末来这里教你们练习篮球。"

孩子们七嘴八舌地问："王书记不来了吗？"

"王书记派我来教你们。"我心里很闷。

"你？有没有王书记打得好哟？"有几个孩子瘪着嘴。

"我和他是帅兄弟。"

孩子们似懂非懂。

我拿起篮球几步冲到篮下完成一个双手劈扣，随后又捡起篮球表演了一个双手反扣，想把那些悲痛扣进篮筐，释放我积郁很久的沉重。

"哇！"

"太厉害了！"

孩子们纷纷给我鼓掌。

我没有心情听他们的掌声和尖叫。

我想起了和王大山在这个场子里的比拼，心里酸酸的，仿佛看到王大山任凭春梅子双脚乱踢他的肚子，用石头在他头上打了他一个大青包，血流满面，也一言不发，默默离开。我看到他还在伤心地哭着，因为张老师的死内疚，想起我躺在他家的床上，他用毛巾小心地擦着我的脸，和他爸爸露出善良的微笑，那些微笑像一根根针一次次扎疼我的神经，使我浑身发热，温暖着我的心。

我把孩子们分成两组，小一点教他们运球，大一点基础比较好的教他们练脚步、转身运球过人、投篮，等等。

每逢周末的夜晚，我一般都会回到燕子岩村的文化活动中心，教孩子们打篮球，我在这儿当着业余教练，为王大山，为燕子岩村的孩子们。

## 八

在光雾山镇街口遇到春梅子，我们同行了一段路。

"唉，真想不到，王大山暗恋了你这么久。"我对春梅子说。

"唉，这个从小爱欺负我们的人，对我还有这么多的情分，我竟然不知道。"

"好在，在他最后的时刻对你勇敢地表白了，否则，真的很遗憾。王大山算是一个真正的男人。"我说，"可能他从小就对你有好感，当年你的那块石头他才没有放在心上，因为他不想伤害你，不想伤害你那么维护的胡家大院的孩子们。"

"我真不知道，我以为他心里喜欢的是孙萌萌呢。"

我的脸一下子红了。

"孙萌萌从小就站在他一边。"春梅子又说。

"王大山很单纯，这么多年一直暗恋着你，你真幸福。"

"直到现在他才表白啊，我哪知道？难怪我给他说的事情他总是那么上心，真得感谢他。上次要不是他们经过小兰沟，把我拉上去，我们还真麻烦。"

那次我们在小兰沟,王大山刚听说春梅子在沟里,二话没说就一下子跳下去救她。王大山和他爸爸都是我们的救命恩人,我想。

"春梅子,你也该找一个男朋友了。"

"我哪有时间谈男朋友?生意铺开了,有时连吃饭的时间都没有。"

"生意要做,饭也要吃,身体重要哟,不能好了生意垮了身体,要劳逸结合嘛。不能像你爸爸妈妈那样一直吃着苦,一直撑着。"

"唉,爸爸妈妈为了我们这个家奋斗一辈子,我却不是只为了我自己才奋斗,今后你会知道我做生意的目的。我想改变我们背二哥后代的命运,为我们这个农村做点力所能及的事情,毕竟我才起步,很多想法现在都不成熟,我希望将来能一步一步实现。"

春梅子的心总是很大,我知道她的想法,却心疼这个姑娘太辛苦了。

"有时候感到力不从心了,我现在才觉得书读少了。"春梅子遗憾地说。

"想办法引进几个人才嘛,把他们用好就可以了。刘备看似平庸,因为用好了诸葛亮,有了关羽、张飞、赵子龙这些人才,成就了一番事业。"

"办法倒是好,但是我觉得有机会,自己要多读一点书。当年多幼稚,总说不想读书。"

"需要哪方面的书可以给我说,我在网上给你买。"

"现在真没时间,等将来有机会,我想回到学校去读书。唉,黑牛子多幸福啊。"

我想起黑牛子那天和我说的事情。

"你没有听说他的女朋友抛弃了他,另外嫁人了?"

"是吗,我不知道呢。哦,我就晓得他们成不了,哈哈。"

"咋晓得成不了?"

"他呀，和那个家庭有很大的距离嘛，现在的人很现实，不会对爱情一定执着一辈子了。唉，我也说不清楚我们这一代对爱情咋理解，反正我没有爱情。"

"你有呢，只是自己不知道，哈哈。"

"就是，早知道王大山喜欢我，我也该好好恋爱一场。"

"好好做生意吧，你的白马王子就要出现了。"

"还是你们幸福，有时间耍朋友。"

"你也有时间啊，只是没有哪个像王大山那样对你表白。"

"就是，虽然爸爸妈妈找人给我介绍了很多个男朋友，可是没有谁像王大山对我那样真情表白，否则我也会和他谈一次恋爱。只是，现在我真的很忙，真的需要专心地做自己的事情。"

"有什么需要我跑腿的事，就给我打电话。"

"我不会对你客气的，有事肯定要找你。"

我们说完话就分开了，我回到单位分给我的公租房，春梅子去了她的公司。

## 九

巴山背二歌申遗的工作压得我喘不过气来，我上报的材料一次次被打回来重新做，我都觉得没信心了。我加班加点地忙碌着，有一种信念支撑着我，或许因为自己是背二哥的儿子？我无法拒绝每个子夜伏案疾书。冥冥中好像有种使命感让我不能停下来，因为我的身体里流淌着背二哥的血液，我得为那些前辈做一点微薄且有意义的贡献吧。我祈求爷爷保佑，我也祈求婆婆保佑，是啊，这些背二哥和他的亲人，为了对美好生活的渴求那么努力地奋争，我有什么理由懈怠自己的工作？

199

有一天我正在忙碌的时候，接到孙萌萌的电话。

"下班出来一下，我有事和你说。"

"我正在加班呢。"我很忙，确实不想见她。

"加班也不行，我有重要的事说。"孙萌萌总是那样盛气凌人，没有商量的余地。

"好嘛，在哪里见面？"我虽不情愿，但只有妥协。

"我们去一趟燕子岩吧。"

"好，下班了我来找你。"

这个晚上我们坐车回到梦溪谷。我和孙萌萌从梦溪谷走到燕子岩。

许久都没有来这里了，风还是那样的迷人，吹得我心神摇荡。山上的树茂密葱郁，燕子的嘴高高地扬着，它总是偷听我的心事，偷听我们默默地行走。

"我想去省城发展，你和我一起去吧。"孙萌萌拢了拢头发。

"去干吗？"

"省文化馆说我如果有本科文凭，可以作为特殊人才留在省城工作，我想去。"

"这边咋办？"

"只有辞去工作，到省城读书，我可以专升本。"

"学什么？"

"编导。"

"读书吗？"

"就是，读书，要读三年。"

"好啊。还是要多读点书。"

"你和我一起去吧，以你的能力，在省城照样有一席之地。"

因为孙萌萌想去省城，我突然厌恶自己想走出大山的想法了，是呀，我为什么要和她一起去省城？

"我没有考虑去省城啊，目前我没有那样的打算。"

"只是，我的爸爸妈妈都支持我去省城发展呢。你不去……"孙萌萌看来决心已定。

我没有悲伤没有惊喜，知道和孙萌萌这样做也符合情理，人往高处走水往低处流嘛。我理解。

"我们分手吧。"

走了很久，孙萌萌才轻轻地说出这句话，像山崖上掉落的一粒很小的石子，我弯腰捡起来，默默地放进耳朵里。

我从她那一句去省城学习的话中，就知道她对我的爱情已经告一段落了。而在我心里，我们早已经分手了，我们的爱情从来就没有真正开始，也没有什么结果。

那只在山上的燕子好像又开始嘲笑我了。站在燕子岩的草地上，在黑夜里又似乎看到那块大石头上的红线，我想起了那个小姑娘，那个会说标准普通话的西安小姑娘。

"祝福你。"我说。

"今后，多给我写一点歌词吧。"

"当然，你是我最好的合作伙伴。"我长舒一口气。

孙萌萌再次吻了我，我默默地回应着，我感觉到孙萌萌的嘴唇冰凉冰凉的，像放了多年的腊肉，又涩又咸，脸上还淌着泪水，像腊肉上滴下的油。

"我知道你不喜欢我。"孙萌萌说这话的时候，我们已经回到梦溪谷了。

我知道今夜的燕子岩和梦溪谷把我们的爱情埋葬了，那些爱情像燕子岩上的一树树杜鹃，随着时间的流逝，慢慢凋零，变成山脚下的一把把泥土，从我记忆中滑落，又像背二哥的号子被风轻轻地吹散。

梦溪谷和燕子岩一样美，没有爱情也一样美。

9月孙萌萌出发的时候，我去车站送她。车站外面河岸两边的柳树茂密地垂下柳枝，我们走在长长的人行道上，柳叶偶尔扫着我们的脸，痒痒的。阳光透过树荫一点一点打在地上，像孙萌萌落下的亮闪闪的泪珠儿。

"先好好读书吧。"我想揉碎离别的氛围。

"我也这样想，毕竟当年读书，很多时候都是走过场。现在感觉不够用，很多东西都突破不了。"

"今后我们好好合作，说不一定还能得奖。"我尽量说一些美好的话，想把揉碎的惆怅捏成一团。

"我现在的作品很难有所突破了，你的词倒是越来越精妙了。"

"多看书吧，多学习别人的长处，自己才有所突破和创新。现在你可以安心读书，也是一件好事。好吧，有事多联系。"我把捏成一团的惆怅潇洒地丢在地上。

"多联系。"

送她进了候车室，我迅速转过身，不知为何，眼里竟然有了泪水，心里说不出的苦涩，或许，失去孙萌萌，就失去了大山赐予我的爱情，虽然我不想要那爱情。

送走孙萌萌，我回到燕子岩，在山脚下狂奔，像小时候和黑牛子春梅子一起，跑过梦溪谷，奔上燕子岩。

"我知道你会回来。"燕子说。

"你总是偷听我的心事。"

"你听我给你唱首山歌。"

燕子唱道：

  闷闷沉沉眼不睁
  相思病儿上了身
  灵丹妙药医不好
  看妹一眼好三分

"嘻嘻。"唱完，燕子还笑了一下。

"你就会取笑我。"我也想笑。

"你想的那个姑娘啊……"燕子欲言又止。

"怎样了？"

"你慢慢就会知道。"

"这一慢，要好久？"

"我也不知道。"

"你哄我。"

"水到渠成，水到渠成。"

我不再理燕子。又去燕子岩的活动中心，教孩子们打了一场篮球。

夜已经很深了，我回到胡家大院，四处残垣断壁，一片萧瑟。我远远地看到婆婆的坟茔，我和爸爸栽下的小柏树已经有一人多高了，枝叶繁茂。

我望着婆婆的坟，里面的婆婆也在望着我。我仿佛看到二十岁的婆婆顶着那鲜艳的红盖头，坐在汉中城下的幺店子里，不时倚窗远眺。想起爸爸他们从外面带回来的糖果和玩具，还有那些鞭炮。看到黑牛子悄悄躲在屋里背唐诗，数着那些1、2、3、4……想起我们在火盆里烧蛋，春梅子不惜自己挨打也要保护我们。想起自己尿床被妈妈打屁股，春梅子黑牛子吼着"土狗子昨晚上又画地图了"的声音，在耳畔久久萦绕。

我走到东边耳房的废墟上，望着那棵即将倒下的弯柏树，心潮澎湃。

好像那棵即将倒下的弯柏树下面，躺着奄奄一息的婆婆，藏着罗爷爷那么多有趣的故事。围住罗爷爷的孩子们，像弯柏树上发出的嫩芽。

一阵阵风催我离开，我还想多看几眼婆婆的坟。我想今年的房子交了，就住在城里，或许会越来越少回到这里了，不禁又很伤感,是呀,人总是朝前走,不能老是回望过去。

我步行回到周叔叔的农家乐,在那里住了一夜才回到城里,我没有叫春梅子来接我,因为太晚了。

## 十

"我想把我们胡家大院买下来。"春梅子兴奋地说。

"都残垣断壁了,买下来有啥用?况且那院子还有你们家的一份。"

"我要把院子改造成一个博物馆。"春梅子总是有自己的主张,总会突发奇想。

"啥子博物馆?"

"现在不能告诉你。"春梅子一下子又神神秘秘起来,"到时候你一定会感兴趣。"

"那院子现在都破得扶不起来了。"

"没事,我还可以节约一笔拆房屋的费用。只要地盘在就可以修建了。"

"那得花上很多钱呢。"

"花再多的钱都值!"春梅子若有所思,"好久我们回去看看。"说着,春梅子又伤感起来,"回去给婆婆烧点纸,我最近老梦见她老人家。"

"到时候约。"

日子忙碌地向前行走,我藏起自己的悲伤,整天加班加点地写材料,整理资料,陪着一些专家在市里的几个主要路线进行考察,终于迎来了北京的评审组。

评审组到了，还是考察，查阅资料，与一些在家的背二哥座谈，还到周叔叔的农家乐，听周叔叔现场演唱背二歌，录音录像。一切程序走完，才迎来了评审会。我的心情忐忑不已。

先看专题片，然后，每一个到会的评审组成员发言，作出评审结论。最后，由文化和旅游部的一个领导代表评审组一行作总结讲话。

他说："这几天，我们一行五人通过实地考察，走了一段背二哥曾经走过的路，看了一些背二哥的资料，与一些背二哥面对面座谈，听背二哥讲背二哥故事，听背二哥唱背二歌，每到一处，感动一处，感觉到这片土地上留下了这么珍贵的文化遗存，心总是处在一种亢奋的状态中，难以平静。从背二哥的身上，我们看到了几千年来大巴山人生生不息的奋斗，这些成群结队的背二哥，走千山、趟万河，用一个背架带上一根打杵，背着对美好生活的向往，背着对幸福生活的追求，把巴山人的精气神传递到四面八方，把巴山的特产推销到祖国各地，还把外面世界先进的文化以及所需的物品，背回到封闭的大巴山深处。他们的足迹遍布全国几十个省区市，最远到了云南、上海和北京，他们在艰苦卓绝的行走中，创造了大巴山独特的文化，那就是伟大的巴山背二歌。他们用那些歌谣在寂寞的行走中歌唱爱情、亲情、友情，那些歌唱又是背二哥对美好生活的呐喊和呼唤，那些背二歌唱出了一代代人的辛勤和对幸福生活孜孜不倦的求索。他们在群山峻岭中一步一步艰难跋涉，风餐露宿，以天为被，以地当席。他们的歌谣创造着一个个传奇和神话，他们在寂寞的旅途中用那些背二歌赶走寂寞和孤独，他们在寂寞的旅途中用背二歌给自己鼓劲加油，在寂寞的旅途中给自己的生活增添很多难以描述的内容，在贫瘠的土地上一步一个脚印引吭高歌，感动着自己，激励着后人。"

整个会场鸦雀无声。

"巴山背二歌，对于国家级非物质文化遗产这个称号，是当之无愧的。这是我们每个专家共同的意见,也是评审组最终的意见。我们回去后,将尽快如实地给非遗评审领导小组汇报。"组长最后说。

掌声四起,我的眼泪再次流下来,这是一次幸福的流泪。这些眼泪流出了自己的辛苦,更流出了巴山背二哥的伟大。

送走评审组一行,我第一时间给爸爸打了电话,告诉爸爸巴山背二歌申遗工作圆满结束,只等命名。爸爸很是高兴,说:"你要代表我,代表我们巴山背二哥,好好感谢文化局的领导,感谢北京的专家们。"

我心想,最要感谢的是你,以及像你一样的那些行走在山山岭岭的大巴山背二哥,是你们把这些东西传承下来,才有了今天我们的工作。

"好的,我会给他们说。"我沉浸在自己的幸福里。

这个晚上,我又开始构思关于写背二哥的文艺作品,那些文字一下子涌到我的笔尖,让我不能自已。

我在纸上写下了《幸福背二哥》这个题目,我把背二哥的拼搏写进去,我把背二哥的梦想写进去,我把婆婆爷爷的苦难、善良、勤劳和爱情写进去。

第二天一早,我用快递寄给了在省城读书的孙萌萌,我在电话上给她讲要好好把曲谱出来,这首词是我的心血之作。

孙萌萌说:"我准备写首四川扬琴,正愁歌词呢。"还说,"我一定好好写,好好编导。"

## 十一

又是一个周末,春梅子和我回到胡家大院。院子里的尘土很厚,黑牛子家的几扇残破的门被风吹得嘎吱嘎吱地响,院子前的弯柏树树干已经弯到地上了,曾经的挺拔不见了,四处一片狼藉。我看到破落的院子心里很是伤感,春梅子似乎很有兴致,很兴奋。她说:"我终于可以给爸爸们做一件好事了!"

"啥子好事哟?"

"修博物馆,我不是给你说过嘛。"

"啥子博物馆?这个地方建博物馆有点偏僻。"

"不偏啊,下面是我的游客中心,步行不到十分钟就可以上来参观,很方便。这个院子很多人都垂涎着,我还动用了关系才给我留着呢。"春梅子神秘地说。

"买这个院子还用动啥子关系哟?"

"感谢王大山,不是他,这个胡家大院就被另外一个公司拿去修建民宿了。"

"王大山?他不是已经去世了?"

"这是他出事之前帮我协调好了的,在他去世之前,我就和镇上签了合同。"

"你还没有给我说修啥子博物馆?"

春梅子就笑:"天机不可泄露,到时候我会给你一个惊喜。"

我远远地看到婆婆的坟墓,在后山上站着,就像婆婆站出的一生寂寞。春梅子似乎也看见了,说:"我们去给婆婆烧一点纸吧。"

"可是哪儿有纸?"

"我买了放在车子的后备厢里,你去把纸取出来,我在这里等你。"随后春梅子把车钥匙给了我。

我很快到了停车场,打开车子的后备厢,果然有几叠草纸,取出草纸,我很快回到胡家大院。

春梅子在院子里东瞧瞧西看看,看到我回来了,我们一起上了后山。

到了婆婆的坟前,我陪着春梅子先跪下作揖磕头。然后她拿着草纸，我用打火机点燃，春梅子放下燃烧的草纸，那些火由小到大，又由大到小，光线由红变暗，草纸慢慢地化为灰烬，升起一缕一缕的青烟，随风飘摇，一点一点的纸灰随着那风在我们的头顶飞旋，那些烧过的纸灰，像我们小时候玩过的纸飞机在天上飞啊飞，直到飞累了才慢慢落下，落到婆婆的坟前。春梅子的脸被火光映红，嘴巴里流出水一样的话，把我的眼睛打湿："婆婆，我和土狗子又来看你了，你还好吧，当年爸爸想你和爷爷在一起过日子，你不同意。你知不知道，我有多喜欢你？我在爸爸妈妈提议之前就把你当成我的亲婆婆了，你总是推脱，虽然我知道你没有把我当外人，其实我也看出来了，你把我们三个娃儿都没有当外人，黑牛子也是你的孙子。后来又过了一些年，爸爸妈妈还找人来撮合你和爷爷的事，你依旧没有点头，我们一家没有再提，或者你有你的想法吧。后来，爷爷讲了你们那一代人的故事，因为吴爷爷把我们的爷爷救下来，我们两家才有了今天。婆婆，我们永远会记住你在我们心中的形象。我看到你一个人在院子里生活就很是伤心，是呀，爷爷在我们的陪伴下多么健康啊，而你，总是一个人孤独地待着，让人心里空荡荡的。"

我知道春梅子为啥对我这样好了，或许，她是因为婆婆？可是她对黑牛子一样好，她给我们的礼物从来都是一样的，没有孰轻孰重。或许她受了婆婆的影响，我们都是她的孙子，我们就是三兄妹！

"走吧。"春梅子拉着我的手，眼里的泪还没有干，"婆婆不喜欢罗爷爷，不喜欢我爷爷，婆婆只喜欢你爷爷，当年爸爸妈妈真的想撮合这件事，或许爸爸妈妈不理解，婆婆要一心一意捍卫和你爷爷的爱情呢。"

"你爸爸妈妈应该理解婆婆吧。是啊，婆婆注定要为爷爷坚守一生，这是她的信念。"我说。

"每次看到婆婆一个人在院子里守着，心里就不是滋味，可惜她老人家这么早就离开了我们。我正在筹建我们村里的康养中心，除了让外面的老人来养老，还要让我们村里所有七十岁以上的老人免费来养老。"

这个春梅子真的让人刮目相看，心里总是装着那么多为别人着想的事情。

"谢谢你，你心地这么好。"我眼睛还是湿湿的。

"我们做生意为啥，最终要为老百姓谋幸福。这不是我伟大，所有有担当的企业家都会走这条路。很多著名企业家都说在有生之年会把绝大部分资产捐献给社会，回报人民。这些人才是真正意义上的企业家，他们是我学习的榜样。"

不久，胡家大院开始改造，梦溪谷通到胡家大院的路重新用木板铺成供游客步行的专用旅游通道，显得古朴大气，走在上面软软的，很是轻松，不觉得累了。

# 十二

孙萌萌在电话里喊："《幸福背二哥》获奖了！这个作品代表我们市曲艺保护中心，获得了国家级曲艺最高奖！"

孙萌萌无比兴奋，我似乎没有激动，心如止水，很是平静，得不得奖有什么关系？就像黑牛子当年考了省状元一样，无所谓有无。

"你知不知道，这个奖有多厉害？全国有几万个作品参赛，初评、复审，最终只有五个作品获奖啊，很多名家都被淘汰了，全省只有我们这个作品获奖，省上领导说要专门表彰我们呢。"孙萌萌滔滔不绝。

"领奖的时候我给你打电话，到时候我们一起去北京。"她还是兴奋不已。

我来不及回答，她就挂断了电话，我想说不去领奖。

局长看到报纸上正在公示我的作品入围那个曲艺奖，跑来兴奋地说："吴月，你的作品，你的作品。知道吗，开创了我市文艺创作的先河，我要给你请功，要让市里表彰你！"

过了半个月，我被孙萌萌邀请，说领导要去，难以拒绝，决定和他们一起去北京领奖。市里的领导代表参赛单位在获奖晚会上发了言，孙萌萌和市里的曲艺团队在北京表演了《幸福背二哥》。随着那悠扬的乐曲，我再次感受了背二哥从千山万水中一步一步走来，从秦时明月汉时风里走出来，他们用山一样的脊梁背着一代代人的梦想和希望，背出一代代人的对美好生活的向往……正是他们的艰苦奋斗的精神，使一代代巴山人努力拼搏，依靠现代科技把蜀道变成通途，从此背二哥不再靠肩挑背磨走南闯北，最终把那些赖以生存的背篼和打杵放下，过上了幸福生活。看到了今天逐渐消失的背二哥，他们从卖苦力中解放出来，有的当上了新型农民，有的做了企业家，有的考上了公务员。背二哥逐渐消失了，可是背二哥的精神永远不会消失，那些鼓舞人心的巴山背二歌还会一直传唱，变成大巴山人努力拼搏的号角，永远回荡在大巴山深处，激励着子孙后代努力前行。

演出再次获得成功，很多观众热泪盈眶。

回到局里，我被任命为文艺科科长。市政府还拨专款给我和孙萌萌的团队发奖表彰。

我当科长的时候，省厅派人来考察我，说要调我去省城。

那时，我的内心强烈地要求自己留下来。是啊，我们三个孩子曾经多么向往走出胡家大院，走出大山，像其他年轻人一样到城市里去落脚，过上体面的生活，做城市人。我们从小都梦想摆脱背二哥的影子，我们不想被人说我们是背老二的孩子，我们努力地拼搏、奋斗，想要出人头地，想要过上好日子，不想像爸爸他们那样艰苦地讨生计。可是，当我真的离开这块土地去了省城，我还能写出关于背二哥这样的作品吗？还能被这块土地一次次感动吗？还能在那些黑白轮回中听到背二哥的号子吗？还能和燕子说我们之间的悄悄话吗？我知道，我的骨子里流着大巴山人的血液，我行走在这片土地上，这片土地滋养出了自己的创作灵感，离开这片土地，我还有多大的创作激情？

我的内心，默默地感谢这块曾行走过背二哥土地的同时，我告诉自己，还是安心留在这片土地上努力地耕耘吧。

还有，去了省城还会遇见燕子岩上的那个小姑娘吗？是啊，我要在燕子岩上等她，等她来看这里的红叶，完成和她比一次高矮、画一次线的约定。

我把自己的想法告诉了考察组，却隐瞒了和那个小女孩的约定。

## 十三

春梅子赞助的大型实景剧《燕子岩色彩》紧锣密鼓地开始排练了，她从西安请来了导演，我作为编剧参加了开排仪式。

我看到一个非常漂亮的年轻姑娘，感觉似曾相识，可又想不起来什么时候见过。

在开机仪式上，姑娘也悄悄地看过我好几次。主持人介绍，她是导演苏雅妮，我蓦然惊觉，那不是我魂牵梦萦、无数次闯入我梦中的小姑娘？这个女孩长大了，长成了眼前这个亭亭玉立婀娜多姿的著名导演了！

时间给苏雅妮又化了十几年的妆，把她化得如此美丽。

这个世界真神奇，我不得不相信燕子的话：你们还会见面。现在真的见面了！

开机仪式结束后，春梅子把我隆重地介绍给苏雅妮，也把苏雅妮隆重地介绍给我。

"我认出他了。"

"我认出她了。"

我们几乎同时说出来，呼出同样的气流，把五个字扔给对方，也扔给春梅子。这一次我们都说着标准的普通话。

春梅子很惊讶："老实交代，你们咋认识的？"

"你问他。"

"你问她。"

我们还是异口同声。

春梅子就笑："很有默契嘛，看来这次我的实景剧又会火一把，编剧和导演这样和谐，哈哈。但是我确实搞不懂，这个世界咋这样富有戏剧性哟。"

"我们认识有十多年了。"

"我们认识有十多年了。"

我们一齐回答道。我忽然脸红了，雅妮脸也红了，像两盏红灯相互照射，我们不再说话。

春梅子奇怪地盯着我又盯着雅妮，眼神游走在我们之间，像一条游着的鱼，不知闯向哪盏红灯。

"好嘛，现在不空听你们的浪漫故事，等我把客人招呼完了，专门找个时间听你们异口同声地给我讲你们的故事，你们好好聊吧，我去忙了。"春梅子转身就走。

等春梅子一走，我们又同时说了一句："我们去燕子岩！"

我们就笑。

穿过梦溪谷，走上燕子岩。一夜月光，四处飞舞着的萤火虫，拉着雅妮惊奇的目光默默地行走。雅妮牵着我，我们很快站在燕子岩的空地上。萤火虫飞啊飞，飞回了那一年秋天，小姑娘把我和妈妈的照片从地上捡起来交给我，和我说着普通话，因为她听不懂四川话，我用树枝在地上把我要说的话一字一句地写出来。她的笑，她的小酒窝，她的落落大方，还有她标准的普通话，像影子一样印在我的脑海。我高兴地想，现在我终于见到真的了，真的人！

"给，我把你妈妈还给你！"雅妮从口袋里小心地取出一个泛黄的塑料小包，像掏出她记忆里的影子。

"什么？我没有妈妈，不会去想她了。从那天我的照片丢了就不再想她了，我的妈妈已经被我彻底地丢了。"我看着她递过的东西，递过那个我没找见的回忆，没有伸手。我表情冷淡、绝望，要拒绝雅妮送来的甜蜜，话语里充满淡淡的恨意和伤心。我不相信雅妮会把我的妈妈还给我。

"你看看，我手里是什么？"她抽出了里面的照片。

竟然还是那个用塑料小口袋包着的那张小小的照片，我很是疑惑和惊讶，看着她手上的照片摇摇头："不可能，不可能。这照片我都记不清楚什么时候在哪儿丢了。"

"可是，被我捡起来了，一直保存到现在。"

我的心里突然涌出一股暖流，眼睛发热，我怕抑制不住自己的情绪，转过身去。

"给，这下相信我把妈妈还给你了吧。"雅妮看着照片上我和妈妈泛黄的影子，又望着我脸上的一片茫然。

"我不需要妈妈了。"我喃喃地说，忍不住地伸出手来，又强迫自己把手缩回去，我的心像启动的发动机，颤抖不已。

很多年前我就不想妈妈了，是啊，倘若妈妈还在世上，她为什么不来看看我，为什么不给我只言片语？妈妈即使又嫁人了，也可以来看看我啊。

"好吧，我给你讲讲这张相片是怎样到我手上的。"雅妮捏着小口袋，生怕照片再一次丢了，"我其实从来没有忘记我们的约定，到了第二年，我们家里发生了很大的变故，爸爸和妈妈离婚了，妈妈把我送回东北老家，我住在舅舅家，在那里上学。唉，我不想说了，反正我无法再来这里。到了初中一年级的秋天，家里一切又好起来，妈妈又带我到燕子岩，我看到你们比高矮的线再也没有增加，我知道，或许你们不会来这里比高矮了。可我还是一个人站在那石头下，在自己头顶上画了一根线，是用红笔，重重地画了几次，加粗了笔画，我想如果你来了就会看到。那时我几乎每个周末都来这里，多想再见你呀。可是，直到红叶完全飘落也没有看到你，我知道见不着你了，我只是怪自己食言，心里很不是滋味。于是，我在燕子岩下走啊走啊，我突然看到脚下有一个塑料小口袋躺在草丛里，我捡起来一看，竟然是那天我捡到的那张照片，那口袋还是我装大头贴的口袋。我把这张照片装进我的包里，无事的时候看着上面的你，看着你的脸，你头上那顶怪怪的瓜皮帽，还有你脚上的草鞋，心里感觉到很温暖……"雅妮说到这里，似乎有点羞涩了，声音散发出甜蜜和温柔的味道，轻轻地拍打我的鼻尖，让我沉醉。

我给她讲了我对她的思念，讲了这些年来自己的故事。

燕子又在高高的山梁上悄悄地笑了，为我和雅妮的重逢幸福地笑了，那笑声悄悄地穿进我的耳膜，变成一缕缕甜蜜。

"你终于等到了她。"燕子说。

"她就是那个在这里和我一见钟情的小姑娘。"我有点陶醉。

"你们会幸福的。你等了她十多年，她也等了你十多年。终于等到这一天。"

"感谢你的预言。"

"我看到你那么痴情才安慰你的。"

"你不会预言？"

"我只会把你的声音还给你，哈哈。"

是呀，石燕子只不过像一只燕子吧，它是石头做的。然而因为有这只燕子，我才有机会把我的心事讲给它听，才能把我的声音传递给它，让它把我的喜怒哀乐全部接纳，让它有了像我一样的喜怒哀乐。

"你在想什么呢？"雅妮问。

"没有啊。"我怕雅妮知道我和燕子的秘密，我把目光从燕子岩上收回来，放进她的眼中。

雅妮看到我怪怪的表情，很是疑惑，却看不出什么破绽。

等雅妮安静下来，我把目光从雅妮身上移开，投向燕子岩的顶峰，看着上面的杜鹃树还在不断地摇曳着，知道起风了，空气会凉起来。我轻轻对雅妮说："我们回去吧。"

趁着月色，经过梦溪谷，回到胡家大院，我们去看了婆婆的坟茔。我给雅妮讲春梅子，讲黑牛子，讲张老师、苟老师，讲王大山和孙萌萌，讲爷爷、婆婆和那些苦难的背二哥，让雅妮和我一起寻找我们放在胡家大院弯柏树下的童年。

把雅妮送到春梅子的梦溪谷游客中心，我回到城里，回到我甜蜜和幸福的爱情里，回到自己柔情的憧憬中。

## 十四

和雅妮相见的第二天，春梅子的养猪场出事了，近千头猪一夜之间被捕杀，因为非洲猪瘟疫情。春梅子欲哭无泪。

我和雅妮第一时间陪着春梅子赶到她的巴山养猪场。

春梅子走在这个空旷的养猪场里，里面空空荡荡的。我无法用语言安慰她，和雅妮陪在她的左右，在这个养猪场里来回地走着，春梅子往哪里我们也往哪里，春梅子停下我们也停下。其实我知道春梅子没有目的地，就是难受。

春梅子一言不发，东瞧瞧，西望望，强忍着泪水，不想让那些被捕杀的猪知道自己难受。养猪场的员工远远地望着我和雅妮，望着春梅子，没有谁敢靠近春梅子，每个人的心情都很沉重，像背二哥背着大山匍匐前行。

"没有什么能打垮我们春梅子的。"我不忍那样的沉重压住春梅子,我想不出什么好的言语安慰她。

我望着春梅子和雅妮,眼神在她们之间像一只飞来飞去的鸟儿,不知道落在谁身上。

"天无绝人之路,没有什么迈不过的坎。"我搜索着脑子里的词语,搜索着自己从小积累的语言,可苍白无力。

"你知不知道——"春梅子一个字一个字地说,"情况有多严重?"春梅子吐出话,似要把牙齿吐出来。

"不知道。"雅妮一直没说话,我接着春梅子的话,接着春梅子的疼。

"我给你算一笔账——"春梅子扳着拇指。

"九百多头巴山土猪,五十多元一斤的毛猪,近五百万啊!"

"这么多?!"

"就一头猪得病,九百头猪没有了!"

"一头猪?"雅妮接了一句,很惊讶。

"对呀,还不是我猪场的猪哟。"

"是哪里的?"

"损失了五百万?"雅妮睁着惊讶的大眼睛。

"可能有人带了病毒进了这个猪场,我不想追究病毒是哪里来的,防疫站的同志会弄清楚。这样的损失,我真的承担不起!"

"现在还有什么挽回的办法没有?"

"保险公司要赔一部分,可这么多工人的心血就白费了,我们这个猪场还要无限期关闭,这么多工人干什么?这几个月的工资从哪里来?"

"我们一起想办法。实在不行,我把爸爸给我的购房款先借给你嘛,你再找周叔叔,或者找银行贷点款,我们总会渡过难关的。"

"谢谢你的好心，这不是一笔小数字。唉，不说了，我想办法。唉，这个养猪场不知道什么时候才能恢复经营，这才是我最担心的。"

"妈妈存了一笔养老钱有一百多万，我叫妈妈先借给你，或许可以缓解一下资金问题。"雅妮毫不犹豫。

"雅妮，谢谢你了，我目前还能支撑。我可以把其他公司的资金拿一部分在这里周转一下，现在主要是用于日常的开销，其他不需要好多钱。等恢复营业了就会好起来。"春梅子很是感激。

随后我们陪着春梅子进了办公区。我们在会客室待着，春梅子说要开一个全体员工的会议。

会议开了半个小时，等春梅子出来时，我看到春梅子走路都有点踉跄了。到了车前，我叫雅妮陪着她坐在后面，我进了驾驶室。我开着车问："春梅子，我们去哪里？"

"我想去看看王大山。"春梅子有气无力地冒出一句我们都没有想到的话。我很不理解这个时候为啥要去看王大山，却还是按照春梅子的意思，把车子开上去公墓的道路。

车子正往公墓行驶，春梅子又接到养鸡场员工的电话："明月村发现了禽流感！"随后又接到电话，"养牛场的几条牛跑进山里不见了……"

春梅子合上手机，喃喃地说："来吧，来吧，都来吧，看把我整得死不？"

"还去王大山的墓地吗？"我放慢车速，问。

"去，我现在不想管鸡场，也不想管养牛场了，我想去看看王大山！"春梅子一下子把手机扔到雅妮包里。

我按照她说的方向开车。上了高速，回到城里，我们又上了乡间小道，很快到了公墓。

我们停好车，在公墓管理处买了鲜花，去了墓地。一丛丛翠柏掩映着那块小小的墓碑，上面贴着王大山的照片，刻着他的生平简介，刻着没有文字的往事。

看到这块墓碑，我的眼里又涌出了咸咸的泪水。

春梅子放下手中的花，面朝墓碑，一滴一滴的泪水已经滑过她的脸颊，顺着脸庞静静地落下，像要融化她无尽的酸楚和疲惫，还有伤感和沉重，一并滴落在王大山的墓前。

墓碑上的王大山傻傻地笑着，好像在和我们说着那些总是说不完的农村里的帮扶趣事。我又想起他说有一次一个贫困户请他们村两委班子去家里吃饭。看到那家人家里的清洁卫生极差，桌子上到处是灰，凳子上到处是灰，满院子脏得不能下脚。再看灶屋，一口锅里烧的开水里面还有柴灰，所有的碗除了边边是白的，其余全部都被脏东西黏着。看到这种情形他仍然硬着头皮走进他们家。人家这么热情，他们不去，他会从此说村干部看不起他们，他就会在以后的日子里逐渐疏远我们，不和村干部交往，村干部咋去做老百姓工作？可是那饭大家实在吃不下。于是王大山就给几个村干部悄悄讲，今天这顿饭就是请我们吃毒药我们也要吃进去，等以后关系处好了，我们再教育他们讲卫生，教育他们把生活过得更好……

王大山总是给我们讲那些贫困户的事情，虽然很多事情比较棘手，可是那些农民真的很淳朴，也很讲道理，心地善良，很多时候只要和他们成了朋友，都会肝胆相照地支持工作。

"大山啊，谢谢你对我这么好。今天来看看你，想给你说说我们燕子岩村现在越来越好了，经过你们的努力工作，这个村改变了很多。承蒙你的关照，我们的旅游和乡村产业发展得如火如荼，蒸蒸日上。

"你放心吧，你爸爸现在好着呢，等他满了七十岁，我就把他老人家接到我们的康养中心，让他和村上的老人一起安享晚年，我也会像你的亲妹妹一样去照顾他老人家。

"虽然我不是政府干部，我是一个做生意的，但是我也有担当，我会把我们燕子岩村建设得像你们想象和希望的一样美。

"我们是背二哥的后代，我们会记住我们的父辈甚至更早的先人，他们身体力行创造了一种精神，一种对美好生活向往的精神，就像你们一年一年扶贫，就像我们做着挣钱的梦，我们都想过上幸福的生活，我们都想过上自己想要的日子。想甩掉贫穷真不容易，背二哥他们奋争了上千年，可还在贫穷中挣扎，我们却在短时间内找到了实现富裕的路子。背二哥把苦干的精神留给了我们，我们在他们苦干的基础上又找到了巧干的办法，所以今天我们成功了！"

春梅子的眼泪扑簌簌地掉，把手上花儿淋湿了，花儿露出灿烂的色彩，像墓碑上的王大山傻傻地笑。

春梅子的话像昨天晚上精心准备过，站位那么高，眼界那么远，我真没想到。

一阵风吹来，那些山菊和翠柏开始摇曳，摇落我们无尽的哀思和追忆。雅妮静静地倚在我身边，听着春梅子的诉说，想着自己的心事。

回城的路上，春梅子倒在雅妮的怀里睡着了，我尽量把车开得慢一点，汽车在灯火辉煌的夜里静静地向前滑行，像一艘装满幸福的小船驶进弯弯的河流，流过村庄流过夜色。

进了城，所有的街灯都已点亮，又是一个溢光流彩的晚上。城市车水马龙，很多下了班的人又在这个夜晚开始了他们的休闲，广场上的坝坝舞，空地上围着一圈唱流行歌曲直播的年轻人，还有一群群的孩子在广场上穿着溜冰鞋飞跑，大人们聊着各自的趣事，整理一天的烦恼，放松白天的疲惫。

把春梅子和雅妮送到小区，我停好车，步行回到自己的公租房，回到春梅子的那些烦恼里和自己的无奈中。

## 十五

我请假到了西安,去医院陪着爸爸。

爸爸病了,很重。我不敢告诉爸爸,那病究竟有多重。医生说是胃癌,我欲哭无泪,很多个夜晚在爸爸的病房彻夜瞪着天花板,整理无助的幻想,不能入睡。

"不要担心,应该没有多大的问题。"爸爸不知道自己的病情,反而安慰我。

"就是就是,住上一段时间就会好了。"

我内心像针扎,还不得不撒着谎。

这一天,春梅子专程来西安看爸爸:"吴叔叔,你要好好养病啊。你看,现在的政策多好哟,你不用那么辛苦了吧,可以回来和吴月一起生活,和我爸爸他们打打牌,钓钓鱼,该享福了。"

"你说得对。等再过上一段时间,我把这边的事情处理一下就可以回去了。现在还有一些事情等着我。"

"你老是说等过一段时间就回去,我都等了多久了?"我老是感觉到爸爸在撒谎,就像我今天对他撒谎一样。

"这次是真的了。"看来爸爸气色很好。

我悄悄给春梅子说爸爸是癌症,春梅子一下子扑进我的怀里,双肩颤抖,眼泪"唰"的一下流出来。我抱着她,抱住她的悲伤,我也悲伤,坐在巷道上的长椅上。

"不哭了,不哭了。都这样了,哭也没有办法,只怪我命苦,妈妈消失了,婆婆没有了,现在,爸爸又要消失……"说着说着我也哭了,来自灵魂的痛楚让我的头慢慢低下,那些悲痛像一颗颗子弹一发一发击中我的神经,使我疯狂。

我的身体一直在发抖,像那条在黎明救我的大黄狗。

"我们都不哭了。"春梅子挣扎着站起来,"我们问问医生,给吴叔叔找到最佳的治疗方案,我出钱,我愿意出所有的钱,你尽管给他治嘛!"

"我问了啊。医生说,他这个病最多半年。平常就是生活没规律,饱一顿饥一顿的,唉,这么多年爸爸一个人过,真不知他是咋过来的,他总说我读书要用钱,婆婆要用钱,今后我结婚、买房子都得用钱。"我泣不成声。

"你爸爸多爱你啊,为你也真拼。"

我泪流不止,我多想抓一把泪洗去内心的疼。

"你要好好陪他,我空了也来陪叔叔。"

春梅子离开的时候给我一张卡,说尽管刷,里面的钱应该够用了。

春梅子离开后,雅妮和孙萌萌分别来看了爸爸,单位的领导和同事也来看爸爸。爸爸觉得拖累了我和雅妮的工作,他想让我和雅妮回去上班,我坚决不同意,只让雅妮回去了。

过了几天,爸爸说:"我想回胡家大院看看。想回去养一段时间。"

"那也要等你好一点后。"

"我现在就很好了。明天我们就出院。"爸爸眼里显露出坚定的光,那目光透露着婆婆的顽固。

可是,爸爸还是被医生留下来了,我继续陪着爸爸。

有一天,春梅子打电话问:"你爸爸最近咋样?"

我说:"这段时间爸爸的精神状态很好。"

"我的博物馆后天就要开馆了,我想请我们三个的爸爸参加开馆仪式,你爸爸能参加吗?"

"爸爸就是想回一趟老家。"

"罗叔叔已经回来了,就等你爸爸了。"

我给爸爸说了春梅子的意思。爸爸很高兴："好啊，这次医生再不批准，我们就逃跑，哈哈。"

终于做通了医生的工作，给了我们三天假。

## 十六

从西安到光雾山镇，爸爸像一个小孩子，总是倚在车窗上，忙着看车窗外的风景，好像很久都没有见过这山这水了，一切都是那样新鲜。我知道爸爸这次不回来，或许再也回不来了，心里凉凉的，就莫名其妙地悲伤起来。

一路上已经满山秋色了，红叶把群山都装扮得五色斑斓，璀璨夺目，让人应接不暇。空气清爽得让人不时打开车窗，想深深地对着大山和树木呼吸几口那些清新的空气，鸟儿也不时从一棵树上飞到另一棵树上，婉转地唱上几句，把这山这水唱得迷人起来。走着走着，我眼前一黑，仿佛就走进了刑场，那些树成了一架架刑具，树叶似一把把明亮锋利的柳叶刀，随时可以扎进爸爸的身体，刺烂我的心肝。鸟鸣变成了哀乐，像在为爸爸送行。一阵阵恐惧像一堵堵墙挡在我前进的路上，我跟着爸爸，跟着爸爸身后的凄凉。

终于到了光雾山镇，几个老友相聚，周叔叔和罗叔叔多喝了几杯，爸爸没有喝酒，因为有病，没有吃什么东西。他们像从前一样无拘无束地聊着天，说着这几十年的酸甜苦辣和风风雨雨，说着说着就到了该睡觉的时间。

"你们不要聊了吧。"春梅子催着。

"我们想通宵聊着。"周叔叔说。

"吴叔叔不能陪你们，你看吴叔叔都是临时请假从医院出来的。"春梅子对着周叔叔板着一张脸，像对着她的员工。

"好嘛，反正我们今后有的是时间，这次我回来就不走了。"罗叔叔说。

"我也不想走了。"爸爸说。

"你们都回来，住在我的梦溪谷养生谷，我给你们养老，我把爷爷和爸爸妈妈都送进去。"春梅子又笑了。

"等爸爸出院了，我就把爸爸接回来。"我说。

"好，我们一言为定。"周叔叔说。

"我们在梦溪谷等你。"罗叔叔对爸爸说。

我们入住梦溪谷游客中心，我和爸爸住在一起。罗叔叔和李婶婶在巴山新居聚居点住着。

夜里10点过后，爸爸看到我没睡着，便说："我想回老院子去看看。"

"明天我们就要去呢。"

"今天晚上我就想去，反正也睡不着。"

我担心爸爸的身体，没答应。

"我们去一趟嘛，我想给你说点事情。"

"现在也可以说啊，这屋里又没有其他人。"

"我们回胡家大院说嘛。"

我实在拗不过爸爸，只有随他回去。

我们慢慢走着，从梦溪谷走到胡家大院，月光也悄悄跟着我们走到胡家大院。大院修葺一新，正中梁上的牌匾被红绸缎子掩着，像婆婆的红盖头。新修房间的门都涂上了新漆，在月光的映射下闪闪发光，好像在迎接明天的开馆。

我不想揭开那红绸缎子，露出下面的牌匾，不想知道婆婆红盖头下的绝望。我不想把春梅子留给我的谜底揭开，我想等春梅子亲口告诉我究竟是什么博物馆，想得到那份惊喜。

爸爸站在院子的中央，四处凝望，看着我们曾经被火烧掉的房屋，禁不住老泪纵横，我不想打搅他，让他静静地伫立，让他想着自己的心事，想婆婆的寂寞。我却担心爸爸的身体能否经得住这样寒露凝重的夜晚对他的侵扰，担心他对往事追忆时沉重的压迫。

"我可以给你讲了，可以给你讲了！"爸爸站在那棵被春梅子救活的弯柏树下，用双手抚摸着裂着缝隙的树干，仿佛抚摸着婆婆满是皱纹的面孔，抚摸着自己坑坑洼洼的回忆，兴奋又激动。

"不急，慢慢说，慢慢说。"

"你妈妈要回来了，要回来了。"爸爸好像在对我说，又像对自己说，眼里闪着光，异常兴奋。

"什么要回来了？妈妈？"我一下子蒙了，我分明听清楚了，想拒绝爸爸的话。

"你要接纳你的妈妈，要好好待她。"爸爸轻轻地说，眼睛没有看我，而是看着我看的挂在月亮下的柏丫枝，眼光随着树枝起伏不定，一高一低。

"不，我不——"我的脑海里已经对妈妈产生很深的怨恨了，我咋能接受，还要好好对待？

"我理理思路，让我好好想想——"爸爸的话音有点颤抖，像弯柏树下被风吹着的小草。

"我不要什么妈妈了，我只要你，只有你啊，爸爸。"我的内心莫名地拒绝着，拒绝着已经消失在自己记忆里的妈妈，拒绝着无数次思念的疼痛，拒绝着在很多寂寞黑夜里撕心裂肺的呼喊！

"不，你的妈妈一直在看着你，在想着你，在牵挂着你。她像你婆婆一样，她是世界上最好的女人，是世上最好的妈妈，你慢慢听我给你讲。"爸爸语调由轻松变得低沉起来，呼吸却急促了很多。

爸爸理了理吹乱的头发，开始他天方夜谭般的讲述，像在编故事。

"那一年，就是我说妈妈不再回来的那个春节前，妈妈进了监狱，被判了二十年，没有记错的话，你那一年快十二岁了。"

"但是，我们是被冤枉的。那时，我们公司势头正好，业务也很多，经营得顺风顺水，于是，很多人眼红，有个当地人想来入股，我们坚决不同意，这下就得罪了他。我们想只要遵纪守法合法经营就不会有事，可是我们还是太天真了，哪知道这个人那么坏，那么阴……

"我们很平静地过了一段时间，一切照样红红火火。突然有一天，公司出事了，公安局来搜查，在我们的仓库里发现了毒品……我们哪有什么毒品？我知道这是有人陷害的，可是，还是把我们抓了。我们请了律师，在律师的周旋下，为了保住我，你妈妈违心地承认了一切。

"你妈妈被判了二十年！

"为啥我这么多年一直待在西安啊，就是想给你妈妈翻案，可是一直没有机会，直到今年3月，这个案子才终于有了进展。这不是我的功劳，但是总算苍天有眼，你妈妈被认定为错判，获得了国家赔偿。总算苍天有眼，苍天有眼啊！"

说到激动处，爸爸的声音沙哑起来，我想给爸爸弄点水喝，可是这儿没有开水。

"这次因为那个陷害我们的人涉嫌另外一桩案件，把你妈妈的案子也牵扯出来了，那个人不但交代了现在所犯的罪行，还把栽赃陷害我们公司和你妈妈的事一股脑儿交代了，这样，你妈妈才终于有了重见天日的机会。

"明天你妈妈就要提前出狱了，提前五年出来。"

爸爸哽咽了，泪水掩饰不了激动。

我的眼泪禁不住唰唰地流下来，随着爸爸的话，我的眼前飞舞着妈妈的身影，是啊，妈妈竟然一直在坐牢，为了爸爸坐牢，为了我们这个家坐牢，足足十五年啊！唉，苦命的妈妈，含冤的妈妈！

我内心对妈妈的恨瞬间跑远了，在我的眼泪里，一阵阵浓浓的思念立即从四面八方涌了上来，在我周身流淌。

"那，我们明天去接妈妈吧。"我迫不及待。

"不行，你妈妈坚决不准我们去接她，她和我约定明天在我们院子里相见。妈妈说她要看看婆婆，和我们一起看婆婆，我们一家人终于可以团聚了呀！"爸爸接着说，"只是，你妈妈整整地坐了十五年的牢啊，这十五年有多漫长？这十五年里我们是怎样熬过来的啊……

"我每次去看你妈妈，都把你的照片给她，你现在知道我为啥每隔一段时间都要你的照片了？你妈妈说，只有看到你的照片她才有继续活下去的希望和勇气，你的照片一次次被她看着、亲着，很多照片都被她的眼泪浸烂了，你照片上的影子成了她活下去的希望……"

"不要说了！"我撕心裂肺！

"你继续听啊。你妈妈一年一年看着你长大，总是问我，狗狗现在在干啥，身体好不好，长高没有？成绩咋样？总是说这辈子对不起你，对不起婆婆。"

"那为啥不早给我说妈妈在坐牢？我也可以去看看她？"

"你妈妈坚决不让告诉你。那时候你多小啊，正在读书，她怕因为自己是个犯人对你影响不好，她不想你知道这一切，她不想你周围的人说你妈妈是个罪犯。她想你像正常人一样健康成长，想你没有心理负担。

"当时我们还瞒着你婆婆，怕你婆婆经受不起打击，想不到后来还是让你婆婆知道了。直到你读初一，那年春节，在她的逼问下，我如实地说了你妈妈被冤枉坐牢的经过，你婆婆那时一下子就瘫坐在床上，很久都一言不发。等她回过神来，她就自言自语地说：'就是嘛，秀英不是这样的人，不会这么没良心，不会抛下我们这一家，狗子还在我们家呢。'"

"婆婆说这话是啥意思？"

"唉，等妈妈回来再说吧。"爸爸欲言又止。

"你婆婆真了不起,默默承受着这一切,担负起养育你的重任,让我在外面安心地打拼,只是每次回来都要问我秀英的事办得咋样了,我只能对她说快出来了。

"你知道你婆婆为啥不搬出胡家大院和你一起住?她想在这里等你妈妈啊,胡家大院失火前的那个春节还对我说,她死了也要葬在胡家大院的后山上,她不见到你妈妈回来,死不瞑目啊!你婆婆说,如果胡家大院没有了,你妈妈就找不到回家的路,她知道只有这个院子才是你妈妈的家,只有梦溪谷和燕子岩的路你妈妈才熟悉。

"婆婆为啥总是纳鞋底?因为她把你妈妈纳的鞋底全部扔了,她总是觉得对不起你妈妈,内心一直愧疚哟。就一直做鞋底,可是又总觉得没有你妈妈做得好。她想把鞋底做好等你妈妈回来看。唉!

"每次听到你婆婆和你的消息,你妈妈就很激动。听说你去找她差点丢掉性命,就捶胸顿足,扯着自己的头发,说对不起你!听说你大专毕业了找到了教师的工作,你妈妈兴奋得好几个晚上睡不好觉,听说你进了文化局,又很是高兴,对我说,孩子终于有出息了,有出息了。

"你妈妈说得感谢婆婆,感谢我们院子里的人,尤其要感谢春梅子,感谢王大山的爸爸,感谢那些关心你、帮助你的人。你妈妈说,等她出来了,要把那些关照我们家的所有恩人都请出来,一并感谢!"

我的心里像打翻了五味瓶,不知道酸甜苦辣究竟是哪一种味道,那些味道跑进我的血管胡乱地蹿着,刺激着我的灵魂。唉,妈妈真了不起,为了我们家坐了十五年牢,这十五年啊,漫长又寂寞的十五年会把妈妈变成什么样子?我多想一下子见到妈妈啊。

爸爸终于停顿下来,胸口起伏不定,不断地咳嗽,喘出一口口热气,如释重负,过了很久,那胸口渐渐平静下来。我感觉爸爸的心在怒吼，燕子岩突然有了号子，从梦溪谷传回胡家大院——

  天上落雨又打雷
  一日望妹多少回
  山山岭岭望成路
  路旁石头望成灰

  那些号子，那样地凄凉，为爸爸和妈妈，为我，还为婆婆，为那些悲惨和寂寞的故事。

## 十七

  第二天早晨，梦溪谷游客中心像过节一样热闹，人来人往，熙熙攘攘。苏雅妮来了，市里、县里来了很多嘉宾。他们都提前来到这里，准备参加春梅子在胡家大院举办的这次活动。

  春梅子，哦，现在应该叫周董事长了，在胡家大院忙上忙下，风风火火地招呼着四面八方来的客人。我和雅妮在一起说着话，爸爸和周叔叔还有罗叔叔一起愉快地聊着天，王婶婶陪着李婶婶说着话，人们的心情看来都很不错。

  上午9点半，一阵鞭炮声打破了人们的谈话，把人们迅速地聚集在一起。主持人用标准的普通话邀请领导们走上主席台，主席台在红绸缎子包着的牌匾下方，地上铺着红地毯。爸爸、周叔叔、罗叔叔和其他嘉宾对称着站在主席台的另一边。其余的参会者整齐地站在红地毯的对面，正对着牌匾。

  市委常委、宣传部部长主持会议，副市长亲自揭牌，一揭牌就显出几个遒劲的狂草："巴山背二哥博物馆"！

我的心咚咚直跳,眼里充盈着泪水,内心升起一团火,那是一股我对春梅子无比热爱的火焰,能把自己融化!

周春梅致辞,这次不是出自我的手笔:

尊敬的各位领导,各位来宾,大家上午好。

感谢光雾山镇的父老乡亲,感谢我的父辈和那些千千万万的曾行走在这块土地上的背二哥。是他们给了我勇气和梦想,让我把胡家大院改造成"巴山背二哥博物馆",这是我和我们集团给这块土地献上的一份薄礼,也是给千百年来在这块土地上行走的背二哥一个拥抱,以慰藉他们为追求幸福生活的灵魂!

今天,燕子岩的"巴山背二哥博物馆"正式落成开馆了,感谢市委市政府和市、县文化局,感谢光雾山镇党委政府的关怀和支持。我们在他们的支持下,征集到了很多背二哥曾经使用过的物品,有背架、打杵、石镰、草鞋、垫肩、马灯,还有猎枪,等等。有一些收集来的照片,有一些口述的故事,更多的是他们在背运途中自编自唱的背二歌,这些背二歌已经被市文化局在去年10月成功申报为国家级非物质文化遗产了,我们今天请来的三位嘉宾都是巴山背二歌国家级非遗传承人,他们生于斯长于斯,从这个院子出发,把一生的勤劳奉献给了这块神奇的土地。我在这个院子长大,我亲历和见证了背二哥的艰苦和寂寞,我和他们一样也一起盼望着好日子的到来,因为这个院子,因为我是背二哥的后代,我萌发了一定要修建这个博物馆的念头!

我的父辈是燕子岩村最后的背二哥,他们沿着几千年的先人们的足迹走遍千山万水,为幸福美好的生活努力拼搏。几百上千年来,我们燕子岩村的背二哥像所有大巴山的背二哥一样,在崇山峻岭中爬行,在风餐露宿中迎来一个又一个黎明,冒着生命危险，从东到西，走南闯北，想要过上幸福生活。可是，几百上千年来，他们寂寞地行走，并没有换来他们所向往和想要的美好生活。

到了今天，他们不用那样辛苦行走了，放下了背篼和打杵，一样能过上比以往更好的生活，这是因为啥？是因为赶上了好时代，有了小康社会，有了乡村振兴发展。

虽然，背二歌成了燕子岩村最后的绝唱，但是背二哥精神将会永远激励我们这一代年轻人一路前行，努力奋斗，为我们对美好生活的追求而奋斗，为我们的乡村振兴而奋斗！

我们要铭记过去，不忘历史。我们要牢记背二哥精神，在他们的感召下奋勇直前，开创新时代新农村的新局面。

春梅子致辞的每一个字都挤进我的灵魂，深深地打动着我，打动着每一位听众。她那些话像婉转的歌谣，被那些热烈的掌声拍给群山和大地，使人们眼含热泪。

春梅子致辞完毕，院子里再次响起了噼里啪啦的鞭炮声，阳光一缕一缕地照射到人们的脸上，像给每个人脸上化上了一抹浓妆，使他们神采奕奕，气宇轩昂。接着，镇上的领导讲话，县上的领导讲话。

副市长宣布：巴山背二哥博物馆正式开馆！

人潮涌动，高潮又起，周叔叔、罗叔叔和爸爸站在院子里，不，他们站在背二哥博物馆中，昂首挺胸，大声喊出一曲高过一曲的号子：

你把山歌唱起来
我的山歌有安排
捧口凉水润润口
一家一个唱起来

周叔叔唱完,爸爸接着唱:

  叫我唱来我不推
  糍粑落地也沾灰
  猫儿不吃死老鼠
  必定是个假慈悲

罗叔叔又唱:

  说唱歌来就唱歌
  你的没得我的多
  堆起就有几座山
  船装压断几条河

爸爸接着又唱:

  会唱歌来唱山歌
  不会唱歌打阿嗬
  阿嗬阿嗬三阿嗬
  三个阿嗬算一歌

周叔叔、罗叔叔齐唱:

  你唱山歌要我接
  黄瓜落地两半截
  你一截来我一截
  二人唱起多闹热

我感觉爸爸很累了,但是爸爸和周叔叔、罗叔叔的兴致很高,我不忍打断他们。这个时候,我心里又在盼望着一个人的出现,却不好问爸爸。

"周董的讲话怎样?"苏雅妮得意地问我。

"写得很好,想不到春梅子有这样的文字功夫。"

"是雅妮帮我写的。"春梅子转过身来,目光如水,温柔地泼向雅妮。

"嗯,写得真好。"我盯着雅妮,雅妮反而不好意思。

"都是周董的意思,我哪儿了解啊。但是背二哥精神真的让人感动。"雅妮热泪满目。

"我和春梅子都是出生在背二哥家庭里的,我们这个山里大多数人都是背二哥的后代。"

"我以后想把背二哥搬上舞台,让更多的人了解背二哥。"雅妮似乎有了什么灵感。

开馆仪式结束,主持人宣布大家可以进到馆里自由参观。

等爸爸他们唱完背二歌,我和雅妮拉着爸爸回到游客中心,中午我们在那里用餐、休息。

我还是耐心地等着,没有问爸爸,想要他早点休息。

雅妮总是想看穿我的心事,觉得我有什么事情瞒着,总是疑惑地看着我,把我看成一只行骗的狐狸。

我一直没有告诉雅妮关于妈妈的那些故事,我不想让她走进我的悲伤里。

我想让我们一家人先团聚,等有了一点幸福的感觉,再把那些感觉分享给心爱的雅妮,让她也幸福一下吧。

## 十八

明天上午我们就要离开梦溪谷回西安了,晚上爸爸回到房间休息,我去外面溜达,想着妈妈。妈妈现在会是什么样儿,还像年轻时的模样吗?打我的屁股我还能感觉到疼吗?这些年,妈妈在监狱里是咋熬过来的啊,受了那么多的委屈和磨难。

想着想着,我又回到了房间,看到爸爸竟然在穿衣服,边穿边说:"我们准备出去。"

"这么晚了,出去干啥?"我怕爸爸折腾一天,身体受不了,不想让他出门。

"去接妈妈。"爸爸的话像一颗炸弹丢在我身边。

我终于等到这句话了。

"在哪里?我一个人去就行了。"我脑袋嗡嗡直响,"爸爸,你就不去了,外面很冷。"

"我们一起去吧,你肯定都不认识你妈妈了。"爸爸小心地扣完最后一粒纽扣,仿佛把妈妈的样子也扣进他的衣服里。

推开门,山里的雾应声而入,像冰水一样从头到脚泼来。我赶紧让爸爸再添件衣服,毕竟是深秋了。

爸爸带我回到背二哥博物馆,回到胡家大院,已经安静下来的博物馆和院子,还有那棵似乎又在发芽的弯柏树,被秋风笼罩着,散发出阵阵寒意,牵引着我们的目光。

我们没有找见妈妈。

"去哪儿了呢?"爸爸收回他投向弯柏树的眼神,四处顾盼,自言自语地说。

"我想起来了,我们去婆婆的坟上。"爸爸拍拍脑袋,拉着我的手，我感觉到他的手很凉，像拿着一个冰冻的红薯。

借着灯光，我们很快到了后山。

透过昏黄的灯光，一个白发苍苍的老妇人跪在婆婆的坟前，口里喃喃自语。我和爸爸站在她身后，等着，等着，等到她在心里把给婆婆的话讲完，她才转过身来。

"是，是狗子吗？"妇人已经泣不成声了，"对不起啊，对不起，狗子，哦，该叫……该……该叫……吴月，你看我想了这么久。"她理了理头上的白发，也理了理放在发梢上她的记忆。

"快，快喊妈妈。"爸爸说。

"是妈妈吗？"

我看到眼前的老人和脑海里浮现过千百次妈妈的模样相去甚远，像灿烂的红叶和冬日的枯草。

"还会有错？是妈妈啊。"爸爸松开我的手，上前扶住妈妈的肩，让妈妈转过脸，让真实的妈妈回到我眼前。

时间只给妈妈化了五十多年的妆，就把她化得如此苍老！

"妈妈！"我的眼泪簌簌地流了出来，像一束光射向妈妈苍老的脸，那束光变成一根根线填满妈妈脸上的皱纹。

妈妈怔怔地望着我，望着我千百次无数个痴痴的思念。

"来，把手给我。"爸爸又来拉我的手。

"来，秀英，也把你的手给我。"爸爸又握住妈妈的手。

爸爸的手颤抖着，他紧紧抓住我们的手，害怕重逢的喜悦一瞬间从他的指缝里溜跑了。

"我把儿子还你了……"爸爸很痛苦地对着妈妈说，脸色惨白，话语像昏暗的灯光滴在远处的树叶上。

"我把妈妈给你找回来了。"对着我，爸爸似乎又很兴奋。

"不，不，你不要这样说，狗子他爸！"妈妈老泪纵横，那些泪滴滚落在满是皱纹的沟壑里，在妈妈的脸上尽情驰骋，被背二哥博物馆的路灯照射着，漏出妈妈无尽的酸楚。

"孩子，我不是你的亲生父亲，记住，妈妈才是你的亲生母亲！"爸爸似乎鼓足了勇气，"这个秘密，除了你婆婆知道，院子里其他人都不知道。我在世的时日不多了，我要把真相告诉你，我不想把这个秘密带进坟墓。"

"老吴啊，喊你莫说你偏要说，狗子的父亲就是你，就是你，就是你呀！"妈妈似乎已经哭哑了嗓子，"来，狗子，我们给你爸爸跪下！"

"不，秀英，我承受不起，我哪承受得起哟？你们站起来，站起来。"

我脑子蒙蒙的，妈妈一下拉住我的手，用尽力气按住我的肩，按住我的疑虑："跪下，听妈妈说。"

我和妈妈都跪在地上，看到我们跪下，爸爸也一下子跪了下来。我们三人抱成一团。

"那一年，我们贵州老家遭水灾，整个村子都被大水围困，亲人们被洪水冲没见了，等洪水退去，家里只剩我们母子俩。你亲生爸爸不知道被冲到哪儿了，后来看到乡上统计的死亡名单上有你爸爸、爷爷和那些亲人的名字，我才确信全家只有我们还活着。

"那时候我才从月子里出来，你才满月，家里没有一颗粮食，我们都饿了几天的肚子了，我没有奶水，你整天只会哇哇地哭。有一天，你现在的爸爸经过此地，给我们拿了很多吃的，还住了几天，专门照顾着我们娘俩。

"他要回四川老家了，看到整个村子那样地荒凉，几乎没有人烟，就提议，要我们跟着他回四川，说不能眼睁睁看着我们在这里饿死。于是我同意和他回来。

"我们又编好了故事，说爸爸和我在贵州成亲了几年，我一直在娘家走不开，直到你出生后，我才随你爸爸回来。这样我们顺理成章地成为夫妻，谁也不知道你不是爸爸的亲生骨肉。唉，亲生骨肉又怎样？我和你亲生爸爸过了一年的日子，而狗子啊，你一生下来哪见过你的亲生爸爸?

"你要记住,你爸爸既是我们的救命恩人,又是你最好的父亲!他才是你永远的亲生爸爸!"

妈妈在她不断线的眼泪里诉说着我从未听过的故事,是那样的惊心动魄和那样的真实感人,我跟着妈妈的眼泪,一次一次地流出自己的眼泪,流出对爸爸的崇敬。妈妈几次都要昏过去,我一直扶着妈妈跪在地上,爸爸也扶着妈妈,我们三个就这样一直跪着,抱着,相互搀扶着,跪在婆婆的坟前,跪在妈妈遥远的回忆里,听妈妈讲述着这个让我痛彻心扉刻骨铭心的往事。

"大家为啥没有对狗子你起疑心?因为黑牛子和春梅子的妈妈也是他们爸爸在汉中和阆中带回来的,在胡家大院结婚生子。"妈妈继续说着。

风继续吹着,吹着吹着,我看到妈妈的白发一缕缕地飞动,在昏黄的灯光下像一朵朵蒲公英四散飘零,我看到爸爸像枯萎的莎草,像他曾经扔掉的打杵,在风中慢慢地倒下。妈妈一直抱着爸爸,我搂着爸爸妈妈,很久很久。

"幸好你提前五年出来,否则我等不来这一天。"爸爸倒在妈妈的怀里,脸上露着幸福的笑,眼里泛着亮晶晶的泪光,"我终于放心了。"

天快亮了,爸爸不再说话,爸爸再也没有醒来。爸爸倒在婆婆的坟前,倒在妈妈的怀里,倒在胡家大院的后山上,倒在燕子岩的深秋里,倒在弯柏树的摇曳里,倒在"巴山背二哥博物馆"的灯光中,倒在我和妈妈的痛楚里,安静地睡着了。

我流干了眼泪,在这个黎明到来的时候,悲痛欲绝。妈妈已经哭不出声了,时间却在哭着,哭着我们这一家的命运,哭着这个用双脚丈量生活,用肩膀背着梦想,用自己最善良的爱给予诠释人生最美真谛的巴山汉子。秋风好像也在诉说着这个背二哥的故事,把这样的诉说告诉燕子岩,这些诉说从梦溪谷穿过,飞过燕子岩,飞过大巴山。

  我的脑子里又响起了爸爸的号子，那是爸爸给婆婆唱出的最后挽歌：

    父母恩情实难叹
    比如地阔与天宽
    十月怀胎受磨难
    三年哺乳费心田
    父母精血十月篇
    有影无形在身边
    怀胎三月四月黄
    不敢走东和西南
    怀胎五月六月满
    不想茶饭与冷酸
    怀胎七月八月满
    一切美味不想餐
    怀胎九月十月娩
    行不宁来坐不安

我接过爸爸的号子唱：

    太阳落坡明天升
    亲人走了闷沉沉
    燕子鸟儿捎个信
    你说我们想父亲

母亲的声音又响起：

郎上山来姐下河
千里姻缘来碰着
双手抓住罗裙带
你是神仙难跑脱
你是神仙跑脱了
太阳不走西方落

妈妈还在唱：

我郎死得好年轻
留下妹儿一个人
叫声我郎慢慢走
奈何桥头把奴等

天亮了，一片惨白的云在我们一家人的头上跑来跑去，像拿着打杵背着背篓的爸爸，渐渐地离开我和妈妈，从胡家大院的上空飘然而去，飘过梦溪谷，飘过燕子岩，飘过古老的米仓道，飘过我和妈妈深深的不舍……

爸爸的追悼会很隆重，我给爸爸致了悼词，我用标准的普通话向爸爸诉说，想让雅妮听懂。那些声音随着片片纸灰穿过梦溪谷，飞越燕子岩，飞向妈妈的老家，飞向爸爸曾经行走的地方，带去我无尽的思念和悲痛。

妈妈把爸爸的骨灰撒到燕子岩，撒到婆婆的坟前，撒到胡家大院的弯柏树下，撒到燕子岩的大路边。妈妈说我们要看得见爸爸，也要让爸爸看得见我们。

## 十九

  这个秋天，正是红叶灿烂的季节，天空开始落雪了。飘飘洒洒的雪花给光雾山穿上一件厚厚的白棉袄，怒放的红叶和秋雪在这个秋天里争宠。这座山有时一处红得灿烂，有时一处又白得耀眼，雪花和红叶把光雾山的秋天装扮得出奇的美，美得让很多媒体都来光雾山直播，中央电视台也来凑热闹，第一次对这个景区进行了现场直播。因为这些直播，光雾山在随后的日子被挤得水泄不通，宾馆更是一床难求。

  春梅子的游客中心每天都超过警戒人数。

  我没有欣赏风景的心情，在失去爸爸的悲伤中继续悲伤着，我不知道什么时候才能走出这样的悲痛。我觉得自己的身世好像一部电影，故事跌宕起伏，连我自己都不能猜到结局。我没有见过自己的亲生爸爸，我又有世上最好的爸爸，我有世上最善良最真诚最有责任心最有担当大义最疼爱我和妈妈、婆婆的好爸爸。

  "找时间出去走走吧，你这样很让人不放心。"雅妮说。

  "我哪儿都不想去，我只想静静地待着。"

  "那就看书吧，或许看一些书能赶跑你那些忧伤的时光。或者做点其他的事？"雅妮的表情和话都像苟老师。

  "好吧。我，去看你彩排节目吧，那些热闹或许能冲淡一点我对爸爸的思念呢。"

  我们来到《燕子岩色彩》的彩排现场，我看到张小雨和那些演员一起，正在挥汗如雨地跳跃着。

  我突然想起这个孩子应该上高中了，便问："雅妮，这些演员都是在哪里找的？"

"很多都是在校学生，我们这个公司养不起专业演员，这是节目发展的瓶颈，不好解决。"

"春梅子没有想办法？"

"主要是，这样的节目第一次在这里排演，以前没有经验，现在要成立一个专业剧团，凭剧团来养活演员很难，国家很多大型的剧团都难以为继。"

"还要看这台剧目今后在燕子岩演出的效果，当然我还是希望有专业团队来承担节目演出。"

"这个，周董应该有所谋划。"

看到小雨，我说："这个孩子都长这么大了。"我若有所思，"你认识她吗？"

"认识啊，张小雨是我重点培养的苗子，我想她今后能够考上音乐学院，她的嗓音很有天赋。"

"是吗？你不知道这个孩子算是春梅子的养女？"

"哦，周董没有提起过呢。"

我给雅妮说了春梅子资助孩子的事情，只是张小雨和弟弟的妈妈一直没有音讯，孩子从四年级到现在都读高中了。又想到自己，自己还是比这两个孩子更幸运吧，至少还有妈妈在身边，有妈妈就有家。而张小雨他们的妈妈在哪儿？家在哪儿？可是张小雨又有妈妈也有家，她的妈妈就是春梅子，她的家在春梅子这里。

春梅子可以找男朋友了，今年春梅子都快二十八岁了。

"雅妮，你得给周董物色一个男神了，这个女强人顾不上谈恋爱，你得帮她找一个男朋友。"

"周董的心里应该有目标了吧。"

"你看，我们这么远都相聚在一起了，她也该心有所属了，虽然现在她的事业越做越大，可是女大当嫁啊。"

"就是，我好久问问她。"

因为张小雨这些孩子们的微笑，失去爸爸的沉重，竟然被淡化了一点。

等彩排结束,张小雨跑到我身边:"吴老师,还认识我不?"

"当然认得啊,你是张小雨嘛。"

"谢谢你和孙老师对我和弟弟的帮助,没有你们就没有我今天这么好的生活。"

"你得好好感谢董事长,今后只要记住董事长就行了。"

"我当然记得,我和弟弟都喊她妈妈了。"孩子的话后面飘出一张真诚的脸,微笑着,写满幸福。

"妈妈对你好不?"我故意问,"她要是欺负你,你可以给我告状。"

"没呢,对我们很好啊。说等我们上了大学她才结婚。"

"她为啥要这样说?"

"她说怕找个爸爸对我们不好。"

我们就笑。我想春梅子说这些话也许对孩子是真的,但是对自己,这是不找男朋友的一个理由吗?好久真的得给她上上课,教育一下这个倔女子了。

"可能她没时间给你找爸爸吧。"我笑着说。

"好好读书,有什么不懂的就问雅妮阿姨,她是大都市来的专家。"我指着雅妮对张小雨说。

"阿姨对我好着呢。今后不懂的我一定多请教阿姨。我们这些演员都很敬重阿姨,知道她是从西安来的大导演。这段时间经过阿姨的指导,我们感觉进步很大。"小雨很认真地说,"听说阿姨把这台节目排完就要走?"

"不走了。"雅妮说,"我准备在这里正式入职,不知道董事长要不要我,哈哈。"雅妮盯着我笑,也把笑分给小雨一部分。

"我要你就行了。"我对雅妮笑着,小雨疑惑地望着我们的笑,心里想着要说的话。

"哦,我知道了,你们是一对?"小雨反应很快。

"小孩子不要乱说。"雅妮故意阻止小雨。

我看到春梅子快步走过来,问道:"你们这么高兴,在说啥子?"

"嘿,妈妈来了。阿姨在说你得不得让她在你的公司工作。"小雨抢着说。

"你说呢?她最近的工作合不合格?"

"最合格了,最合格了。"小雨急忙对春梅子说。

我们就笑,还是孩子天真啊,心想。

随后,我们一起和小雨还有演职人员到食堂吃自助餐,我和雅妮喝了很多饮料,感觉到心里平静了许多。

雅妮用她的爱情,包裹着我的悲伤,为我祛痛。

窗外又是一地月光,黑夜渐渐地恢复了一点生气。

## 二十

妈妈要回西安处理爸爸公司的事,走之前我和雅妮送她。妈妈很高兴,说:"我很快就回来,我要和你们一起,再也不分开了。"

"等你回来了,我也把妈妈接来,妈妈喜欢这里的山水,喜欢这里的红叶,喜欢这里的空气。"雅妮对妈妈说。

春梅子的公司正要上市的时候,新冠疫情蔓延开来了,一切仿佛停滞不前。

红叶最终还是败给白雪了。冬天来了,光雾山一切都被雪花覆盖了,连鸟儿都飞到很远很远的大山深处。风都吹不动树叶了,水似乎也不流淌,连梦溪谷里的小鱼儿也不成群结队地出游了,一尾一尾孤单地寻觅着食物,像我们在家隔离着。日子安静极了,安静得只有阳光偶尔还在山坡上移动，看到白天黑夜在轮回，才知道世界还没有完全静止。

那一天，黑牛子在美国和我们视频："你们还好吧。疫情严不严重？"

"我们没有多大影响。"春梅子说。

"我们这边的疫情很严重，关键还没人管哟。"黑牛子说。

"那你要小心点，注意安全。"我说。

"快毕业了吧，好久回来？"春梅子说。

"我都在工作了，回不来。现在的航班基本取消了，一张回国机票都炒到十万美元了！"

"你这博士到哪里都吃香。"我说。

"吃啥子香哟，我想回来。"

"回来嘛，现在周董事长正缺人才。"我笑。

"就是，我急需你这样的环境专业的专家，我的种养殖业，我的旅游业，我的山货加工企业，都需要像你这样的人才。上次，你出主意解决了我的养牛场养跑山牛的问题，自从你建议给我的每一条牛都装上卫星定位器，我的工人再也不怕牛跑进山里找不到了，哈哈。现在我的养殖场全部安装了监控，每个地方发生的任何状况我都可以随时跟踪。"春梅子说了一长串话，像豆子一样倒进手机屏幕里面，"只怕你看不起我这个小摊摊。"

"哈哈，哪里哪里哟，我听土狗子说你的企业都要上市了，怎么还是小摊摊啰。"

"欢迎欢迎，我把位置给你留着，你考虑清楚才回我。"

"你不知道我们这些在国外的留学生受到的啥子待遇哟。我考虑很久了，决定要回来，我们只有在自己的土地上才有做人的底气，心里才感到踏实。好了，我回来后再细说。"

春天过去，夏天来了，疫情暂时告一段落。孙萌萌竟然带着她的男朋友到春梅子的公司签约，春梅子说孙萌萌应聘为另一部儿童剧《梦溪谷萤火虫童话世界》的编导,这部实景剧作为旅游公司的新节目将长期在梦溪谷和燕子岩上演,孙萌萌的加盟对这部剧的打造和梦溪谷今后旅游的宣传将会起到很好的作用。孙萌萌的男朋友加盟了"燕子岩电商集团",他是计算机专业的博士,从阿里巴巴出来,追随孙萌萌,追随他们的爱情。

我没有问孙萌萌为啥不在省城发展,也不想问。

雅妮回了一趟西安,再回来的时候,把她妈妈带回来了。雅妮的妈妈是音乐学院退休的教授,依旧年轻漂亮。

妈妈回来了。妈妈带着国家给她的赔偿款和卖掉爸爸公司的钱,给我在城里买了一套房子,把余下的钱全部投资到春梅子的公司,折成股份写上我的名字。妈妈说,这也是爸爸生前的意思。

妈妈没有和我一起住,她回到梦溪谷养生中心,和雅妮妈妈,还有周爷爷和周叔叔夫妇、罗叔叔夫妇、王大山爸爸,以及很多村里的老人和外面慕名而来的老人们一起生活。妈妈说:"你好好工作吧,妈妈喜欢老家,喜欢看着胡家大院。梦溪谷和燕子岩才是我们的根,我这一辈子都走不出去了。"

"好吧,有雅妮母女陪着你,还有周叔叔、罗叔叔、王叔叔他们陪着你,我没有不放心的,你能安度晚年就好了。"我知道妈妈放不下爸爸,放不下婆婆,更放不下胡家大院梦溪谷燕子岩和光雾山。

"好吧,我盼着你和雅妮快点成亲,我和雅妮妈妈还等着抱孙子呢。"妈妈笑着说,妈妈的皱纹真好看。

我蓦然发现,我真的长大了,真的该成家了。

我也发现,因为春梅子对燕子岩村的打造,这个农村竟然越来越漂亮了,有空的时候,自己越来越想回梦溪谷住上一个晚上,再也没有曾经像走进古墓的感觉了。唉,人啊,总是因环境的变化而变化着自己的心情。

## 二十一

秋天又来了,除了红叶漫山红遍,还有山花烂漫,一朵一朵的花儿灿烂得我心悸,开在这个秋天里,开在我的眼前,开在我幸福的心情里,格外美丽。

黑牛子说他回北京了,会坐直飞老家的飞机回梦溪谷。

"现在真方便,从北京回家只要两个多小时了。"黑牛子在电话里很兴奋。

"这飞机去年就通了,现在开通了很多条线路,我们可以直飞很多地方。"我说。

"我和吴月来机场接你。"春梅子很正式地叫着我的名字,像在张老师面前喊我,甜甜地笑着。

我们总是私下都叫着小名,感觉到乡音让人亲切。我觉得春梅子这一次怪怪的。

"好,我马上起飞了,等会儿见。"

我开着春梅子的汽车,从城里出发,一路奔驰在新修的高速路上,不到一个小时就到了机场,机场的喇叭正在播送航班信息,知道黑牛子的飞机正准备着陆。

春梅子从后备厢取出一束鲜花。我眼前一亮,心想这春梅子还这么浪漫,从前真没看出来。

春梅子化了淡妆,洒了淡淡的香水,我像发现了新大陆,眼前一亮。唉,女大十八变,真好看。

没有来得及夸几句春梅子,黑牛子就拖着皮箱走出来了。春梅子上前把鲜花递上去,黑牛子给了春梅子一个大大的拥抱:"春梅子,这下可以给土狗子说一下我们的关系了?"

春梅子一下子脸就红了:"你给他说嘛。"

"我回来就是给春梅子当压寨夫人的,哦,错啦,当压寨夫君的,哈哈!"

"你们真瞒得住哟。"我说,"好久搞上关系的,你们要老实交代。"

"好,好,回去慢慢说,回去慢慢说。"黑牛子笑着。

我开着车,很快回到梦溪谷,把黑牛子带回到梦溪谷人才公寓,等他稍稍洗漱,我们又去吃饭。

随后,去梦溪谷养生中心看望罗叔叔、王婶婶。

"回来好,还是回来好啊。"黑牛子妈妈说。

"这下你们家也团圆了!"我说。

"我们都团圆了!"雅妮不知道什么时候来到这里,来到我们重逢的喜悦里。

"感谢春梅子,感谢周董。"雅妮竟然学会了四川话,不无顽皮地说,"是她把这个地方建设得这么漂亮,我们没有理由不在这里相聚。"

看完老人们,春梅子提议:"我们去燕子岩看看,走走。"

"好啊,我们去看看我们儿时的必经之路,找一找我们的童年。"黑牛子文绉绉的,他已让爱情调理得意气风发。

梦溪谷的水汩汩地流淌着,红叶灿烂得让人兴奋,黄昏的时候,游客已经渐次散去,梦溪谷多了我们的脚步声,水里的鱼儿静静的,不知道是游累了,还是被这秋色灌醉,或者想要偷听我们最新的故事。

爬上燕子岩,一阵阵秋风拂来,把雅妮的长发掀得老高老高。几只不知名的鸟儿在半山腰来回地飞翔,叽叽喳喳地吵个不停。几树红叶在山间随风摇摆,把一抹抹的红投向夕阳,投向我们的脸庞,装扮我们多彩的笑意。

"你们看,那里竟然多了一根红线。"黑牛子指着我们画线比高矮的石头，指着我们的童年。

我和雅妮不说话，但是我们都知道。

"是谁画的？"春梅子问，"这个地方除了我们三个和罗爷爷知道，谁还来过这里？"

"我呀。"雅妮笑着说，"我发现了你们的秘密。"

"难怪，那天吴月见着你就和你很熟悉似的。"春梅子说。

"这也是我们的秘密。"雅妮说。

"土狗子，你也要老实交代你和雅妮的秘密。"

"你得先交代，你们得先交代。"我说。

"好嘛。"黑牛子正想说话，春梅子抢过话去，"生意经营到现在，我觉得很累很累，有点力不从心了。有一天我给黑牛子打电话，问了很多管理上和环保方面的知识，觉得黑牛子是我要找的依靠，我想了很久，还和黑牛子探讨过，坚定了我要他回来帮我打理生意的信心。经过一段时间的继续考察，觉得这个黑牛子在做人的品质上没有什么改变，凭女人的直觉，认定他还是一条实在的巴山汉子，值得托付。加上他在美国并不如意，我就劝他回来发展，和我们一起建设新农村。"接着又说，"这个死牛子硬是懂不起我，总要我把话说得清清楚楚明明白白，脑壳像进了水样不开窍，整得我很没面子，好像和他处对象还要我求他。唉，想不到我欺负他一辈子，这次还是被他欺负了！"春梅子就咯咯咯地开怀大笑。

"哪里嘛，我确实没有想到，没有想到……你还看得起，看得起我。"黑牛子对着春梅子，声音越来越小，"我还是要感谢你，不是你的劝导，我就走不出我的抑郁和迷惘，是你给了我重拾生活的信心，把爱情给了我。我义无反顾心甘情愿地回来，和你们一起继续当光雾山的小背老二，一起建设我们的新农村。"

随后，雅妮又说了我们的相遇和一见钟情。

"有情人——终成——眷属啦——"春梅子沉浸在一种难得表露的幸福中，扬着脸大声对着燕子岩吼着，想让满山的红叶为我们祝福。

　　远处，又传来一声声背二哥的号子，那号子变成一阵阵的回声，从梦溪谷飞来，燕子突然开口唱：

　　　　郎是天上飘飘雪
　　　　姐是河边嫩桑叶
　　　　雪花飘在桑叶上
　　　　太阳一照两离别
　　　　说离别来就离别
　　　　离别就在今晚黑
　　　　麻绳就在细处断
　　　　把郎丢了咋舍得

　　"祝贺祝贺，祝福祝福。有情人终成眷属，嘻嘻。"
　　我的脸非烫，嘴微微张开。想说什么却欲言又止。
　　"好好在这片土地上耕耘吧，这里的每一寸土地都属于你们年轻人的，每一片云彩都是你们应该拥有的。"燕子像念着一首诗，一首美梦成真的诗。
　　春梅子、黑牛子和雅妮都惊讶地看着我，仿佛要看穿我和燕子的秘密，读懂我和燕子之间的对话。
　　时间定格在燕子岩每一寸黄昏的夕照里，定格在我们四个人的爱情里，这个秋天幸福得让一树一树的红叶都那么嫉妒。这些秋色从白天到黑夜无拘无束地绽放着它们的美丽，美丽着我们的那些幸福和快乐的时光，让我们在幸福里更加幸福，在快乐里更加快乐。
　　黑牛子捡起一块石子，大步走向那块石头："我们再比一次高矮吧。"
　　"就是嘛，我还没有和你们比一次呢。"雅妮伸出小指和我拉钩。
　　春梅子第一个站在石头下面，学着小时候的动作，踮起脚尖，脸上露出灿烂的笑，黑牛子在她头顶上画出一根线；随后雅妮走上前去，我给她画一根线；然后黑牛子走过去，春梅子踮起脚给他画一根线；我最后一个走到岩石下，雅妮给我画线。我们是按照高矮顺序比着高矮，我最高，黑牛子其次，雅妮第三，春梅子最矮……

我们完成了一次比高矮，仿佛童年就站在眼前，大家尽情地欢笑着。

我的眼前仿佛出现了黑牛子爷爷，看到春梅子老是踮着她的小脚，撅着嘴扬起脸，看到雅妮一个人在这山上用红笔自己给自己画线。我看到黑牛子的眼里竟然有了泪水，或许他也想起了他的爷爷，那个从小就要求他努力读书的爷爷，那个在家里教他唱过国歌、数过数，还教他背过唐诗的爷爷，那个总是想着孙子出人头地、不当背二哥的爷爷，那个黑牛子没能在他生命的最后时刻送他一程的爷爷。

风继续吹着，群山沉浸在一种恋爱的氛围里，鸟儿沉默着，连歌都不唱了，不忍心打扰这群幸福的年轻人。

我们继续留在童年里，无比陶醉。

## 二十二

到了春天，我和雅妮陪着春梅子和黑牛子坐着缆车第一次到达燕子岩的山顶，眼前的那些群山都被雾笼罩住，我的眼前变成了一片瞭望无际的云海，我什么都看不到的时候就很失望。可是，随着云海的变化，我的失望逐渐变成了惊奇，我惊叹大自然的神奇，觉得这一生只有那么一瞬间的美丽。我看到，那云海中露出的山巅，仿佛变成一艘艘帆船，那些船载满一树树的杜鹃花，像举着一树树燃烧得红艳艳的火把，那些盛开的杜鹃花成了船上的风帆和桅杆,那些满载着杜鹃花的小船在云海里缓缓向我驶来,哦,这是燕子岩在给我献花吗?我张开双臂,想要拥抱这美丽的花海。云海一忽儿浓,一忽儿淡,变换着不同姿势的时候,我看到更令人惊奇的景致,百舸争流的群山,在云海里徜徉,载着那一树树火把似的杜鹃花在山巅开始舞蹈,随后我脚下的燕子岩载着杜鹃树也开始舞蹈了,刹那,群山在开满杜鹃花的燕子岩的领舞下依次第起舞,从左到右,从远到近,尽情地展示各自曼妙的舞姿。偶尔,天空会落雨,滴答滴答的雨声像钢琴的键盘上敲出的一个个音符,随便滴落在某一处山巅,敲打着我的心扉,渐渐连成一片,变成我心海的歌唱,似背二哥的号子,那些号子想要把云海赶走,想要献给我那些山峦所有的舞蹈,我闭着眼睛慢慢地陶醉……

等小雨停下来,我睁开双眼,映入我眼帘的是离我最近的杜鹃树,捧着绽放得像火把似的杜鹃花儿慢慢地向我踏歌而来。不久,我眼前的群山也载着满目火红的杜鹃花向我飞舞而来,扑向我温暖的怀抱。

第一次登上燕子岩山顶,我惊羡大自然的鬼斧神工,从心底里感谢春梅子为旅游做出的奉献。是啊,这样的燕子岩谁不喜欢?这样的燕子岩的5月谁不喜欢?

有了缆车,我可以和燕子嘴对嘴地对话了,感谢春梅子,感谢这缆车,让人们看到更好的风景,让我听到燕子最温柔的呢喃,听到燕子多情的回声。

游客络绎不绝,燕子岩成了春梅子开发出来的著名景点。

游客中心来了一大批游客。

燕子岩的活动中心,在雅妮妈妈的带领下,一群群老年朋友正在翩翩舞蹈;一群群小朋友在教练的指挥下,在球场上努力奔跑;雅妮带着那一群俊男靓女对改进后的《燕子岩色彩》进行最后的彩排。

"背二哥博物馆",几个专家模样的游客,对着话筒看着墙上的背二歌歌词莫名地兴奋,不时放声歌唱,梦溪谷又隐隐约约传来一阵阵回声:

> 背老二,挑老三
> 抬脚就是大佬官
> 走起,走起——
> 拼命挣钱为啥子
> 想有一口饭来饱肚子
> 走起,走起——
> 背老二,挑老三
> 走起——
> 抬脚不是大佬官
> 是啥子嘛
> 抬脚就是大马路
> 哈哈,哈哈
> 撸起袖子加油干
> 为啥子——
> 为了幸福万万年

燕子岩的回声久久地萦绕在我的脑海,在大山深处静静地飞旋,一声一声地传递着燕子岩和光雾山最美的讯息。